ダフネ

春日部こみと
KOMITO KASUKABE

Noche

NB
ノーチェ文庫

登場人物紹介
クライヴ
寡黙な王太子。
双子の兄のアーサーに代わり、
王太子となった。
夜毎、ダフネを翻弄しているが
その本心は……？
ダフネ
未来の王太子妃となるべく
育てられた宰相の娘。
クライヴへの、叶わぬ想いに
苦しんでいる。

レディ・イオナ
白薔薇の館に住む
未亡人。クライヴの
愛人らしいが……？
オルトナー
ダフネの父。
「赤き宝刀」と呼ばれる
名宰相。
グロリア
かつてダフネの父と
権力闘争を繰り広げた
マールバラ公爵の娘。
アーサー
元王太子。
現在は臣下に下り、
王国軍の将軍を
務めている。
マグノリア
薬師として、ダフネに
雇われた美女。
アーサーに見初められ、
彼の妻となる。

目次

ダフネ

序章　伽《とぎ》

ぎし、ぎしとベッドが揺れる。

覆《おお》い被《かぶ》さる大柄な体躯《たいく》は、鞭《むち》のようにしなやかな筋肉がついており、小柄なダフネを屈服させんとばかりに組み敷いて逃《のが》さない。

――こんなことをしなくても、逃げやしないのに。

逃げられるものなら、とうに逃げている。

冷えた思考とは裏腹に、淫《みだ》らな呻《うめ》き声を上げるダフネの身体は、陸に打ち上げられた魚のようにビクビクと跳ねる。

「ひ、ぁ、……ぁあっ……だ、めぇっ……、も、ク、ライヴ、……っ」

途切れ途切れに名を呼ぶダフネに、クライヴは喉をくつりと震わせると、彼女の内部を凶暴なもので更に激しく穿《うが》った。

「きゃ、ぁあああっ、ひぃんっ、も、ゆる……！」

身体の奥の奥、子宮口を抉《こ》じ開けんばかりに突き上げられ、目の前に火花が散った。悲鳴を上げて頤《おとがい》を反らすダフネの耳朶《じだ》を、肉厚の舌がねっとりと舐《ねぶ》り上げる。くく、と低い艶《つや》やかな笑い声が彼女の耳孔《じこう》に忍びこんだ。

「赦《ゆる》しを請《こ》う口とは全く逆のことを、下の口は言っているが？　ホラ、涎《よだれ》をダラダラと垂れ流して、私のものを根元まで呑みこんでいる」

「いやぁっ……！」

ずちゃ、ぐちゃ、という卑猥《ひわい》な水音は、己の中から溢《あふ》れ出す淫奔《いんぽん》の証《あかし》。そう思うと、恥ずかしさに涙が込み上げる。

「気持ち好《い》いのだろう？　ああ、お前は嘘吐きだったな。お前はいつだって嘘ばかりだ。……だが、この身体は正直だ。実に従順に、私に応《こた》えてくれる……」

その声は歌うように優雅で、余すことなく晒《さら》されたダフネの肌を滑《すべ》り、全身に染み渡っていく。

——まるで麻薬。

甘い甘い匂いで誘われ、快楽で絡め取って地に堕《お》とされ、永遠にそこから逃《のが》れることができない。

——あなたの毒は、わたしの静脈に流しこまれて、もう全身を回ってしまった。

逃《のが》れられない。

どんなに苦しくても。どんなに惨《みじ》めでも。

ダフネを揺さぶる男は不意に動きを止め、小さな顎《あご》を右手で掴《つか》むと強引に目を合わせる。

涙の膜を張った翡翠《ひすい》の瞳は、普段の知的な輝きを失い、ただ虚《うつ》ろな愉悦《ゆえつ》に溺れて揺れている。目が合っているにもかかわらず、自分を見ることのない翡翠《ひすい》に、クライヴは苛《いら》立《だ》ったように舌を打つ。

「ダフネ。こちらを見ろ。私を」

酷《ひど》く不機嫌そうな口調に、ダフネはようよう意識を取り戻す。白磁《はくじ》のような顔をわずかに歪《ゆが》めて、彼女は男の漆黒《しっこく》の瞳に映る自分の顔を見た。

「お前は、誰に抱かれている？」

――何故、そんな当たり前のことを。

だがそれはもはや習慣となっていた。クライヴはことの最中に必ずと言って良いほど、この質問を浴びせる。だからダフネもいつもと同じように答える。

「――クライヴ、です……」

「――そう、私だ。お前を抱いているのは、クライヴ・ナサニエルだ。忘れるな！」

どうすれば忘れられると言うのか。

この世でただ一人、ダフネの身も心も情欲に塗《まみ》れさせ、翻弄《ほんろう》する人物を。

クライヴ・ナサニエル。誰よりもダフネの胸を高鳴らせ、それでいて決してその想いを告げることを赦《ゆる》さない、冷たく残酷な彼女の支配者。

この国の王太子にして王に次《つ》ぐ権力の持ち主。

双子の兄に想い人を奪われた悲劇の王子。

哀《かな》しみを黒曜石《こくようせき》の瞳に隠し、決して人を寄せ付けないことで己を保つ、美貌の黒獅子《くろじし》。

「ぁあっ！」

パン、と肌と肌がぶつかり合う音が響き、クライヴが深く、ダフネの膣内《なか》を穿《うが》つ。脊椎《せきつい》にまで響くほど重いその衝撃に甲高《かんだか》い嬌声《きょうせい》を上げながら、ダフネは熾火《おきび》のような熱が下腹部に充満していくのを感じていた。

我知らず、ぎゅう、と膣道が縮まる。自分の身体の中を淫《みだ》らな音を立てて掻《か》き回す肉刀が、一瞬動きを止めた。真上にあったクライヴの端整な顔が迫って来て、乱暴に唇を塞《ふさ》がれる。

「……ん、ぁふ、……ん」

噛み付くように下唇を食《は》んだ後、舌を強引に滑《すべ》りこませ、ダフネのそれを絡め取り吸い上げる。ダフネは決して拒まない。――拒めない。

けれど、彼女の従順なその態度にクライヴは満足することなく、執拗《しつよう》に攻め立て、さらに追い詰める。尖《とが》らせた肉厚な舌が、ダフネの口内を蹂躙《じゅうりん》した。ただでさえ性急な口づけに呼吸困難気味だったのに、喉を圧迫されてダフネは思わず仰《の》け反《ぞ》った。頭を反らした拍子に、クライヴの唇が外《はず》れ、お仕置きとばかりにその喉に噛み付かれる。

「い、たっ……！」

痛みにダフネが呻《うめ》き声を上げると、クライヴは冷たく笑った。

「逃げるお前が悪い」

「……逃げてなんか……」

反論しようとすると、クライヴは右手で彼女の首を、す、と掴《つか》んだ。ダフネの細い首はクライヴの骨ばった大きな手に難なく覆《おお》われてしまう。このまま少しでも力がこめられれば、ダフネの呼吸はいとも簡単に止まるだろう。

ダフネはゴクリと喉を鳴らし、自分の命を握っている目の前の男を凝視《ぎょうし》した。クライヴは自分の肉竿をダフネの体内に収めたまま、薄ら笑いを浮かべている。その漆黒《しっこく》の瞳にあるのは、何故だろう？　――自虐的《じぎゃくてき》な色だった。

「嘘ばかりだな、お前は。『逃げない』んじゃない。『逃げられない』だけだ。いつだって探しているだろう？　逃げ道を。私から逃《のが》れてどこか遠くへ行くための、逃げ道を」

ダフネは息を呑んで、目を大きく見開く。

それが事実だったから。身体だけ貪《むさぼ》られる日々に、もう疲れ果てていた。

逃げたかった。クライヴから。自分の想いから。何もかも全て忘れて、楽になりたかった。

――もう、わたしを解放して。

その一言が、言えたなら。

クライヴは瞠《みは》ったダフネの翡翠《ひすい》の奥に、何を見たのか。

彼は沈黙した彼女に、一瞬くしゃりと顔を歪《ゆが》ませた。その表情に、ダフネは胸を抉《えぐ》られる。酷《ひど》く切なげに見えたから。

だが次の瞬間にクライヴが見せたのは、捕食者のような残虐《ざんぎゃく》な笑《え》みだった。

「逃がす、ものか。決して逃がさない。お前は私の妻だ。この国の王が決めた、私の正妻。ならば、私の子を孕《はら》んでもらわねばならない。たとえ、そこに愛はなくとも――」

ダフネはぎゅ、と瞼《まぶた》を閉じた。

見たくない。聞きたくない。クライヴの口から、その事実を突き付けられるのを。

『そこに愛はなくとも――』

そう。わたしは愛されない妻。

クライヴ・ナサニエルが王命によって渋々受け入れた、子を産ませるための道具。

――分かっている。分かっているの。

あなたが愛しているのはわたしではない。

あなたが愛しているのは、ただ一人。兄、アーサーの妻となった、マグノリアだけ。

分かっていても、あなたを愛してしまったわたしが愚《おろ》かなだけ。

見て見ぬふりをしていた傷が、ぱっくりと開いてドクドクと血を垂れ流す。

――愛してる。

――こっちを見て。

――わたしを、見て。

言えない言葉が、ダフネの心の深淵《しんえん》の水底にひとつ、またひとつと沈殿《ちんでん》していく。

目を閉じたまま涙を流すダフネに、クライヴは忌々《いまいま》しげな唸《うな》り声を上げる。

「――っ、お前は……！」

「ひ、ぁあっ！」

突き刺さったままの肉茎を更にずん、と押し入れられ、ダフネは悲痛な声を発した。

膨《ふく》れ上がった切っ先で、子宮口を突き破らんばかりにグリグリと抉《えぐ》られる。鈍《にぶ》い痛みに吐き気が込み上げてきた。

「う、ううっ……は、……おねが、……まって……」

「待たない！　お前は、私の妻だ！」

そう吐き捨てたクライヴは、激しい抽送《ちゅうそう》を繰り返す。肉と肉がぶつかり合い、拍手のような音と、粘液が泡立つ水音とが高い天井に木霊《こだま》している。硬く滾《たぎ》った肉茎が溢《あふ》れ出る甘蜜に塗《まみ》れながら、ギリギリまで引き抜かれては勢いよく押しこまれる。

「あ、ぁ、あ、ひ、ぁあん、……も、あぁっ、あ」

「――はっ、……ダフネ……！　ダフネっ！」

クライヴの余裕のない声が、遠くから聞こえる。

嵐の中の小舟のようにもみくちゃにされ、ダフネは怒涛《どとう》の渦の中で快楽と痛みの境界線が溶ける瞬間を見た。

白い。

眼裏《まなうら》に瞬《またた》くその光は、音のない稲光《いなびかり》のようで。

ダフネは本能的に恐怖を感じ、踏み止まろうとする。

「ああ、……も、出す、ぞっ！」

「――ぁあっ！」

冷酷な宣言と同時に、肉筒にみっちりと収まっていた怒張《どちょう》が、より一層膨《ふく》れ上がって最後の攻撃を仕掛けてくる。

その瞬間は、ざわめきのようで、しじまのようで。

音も、匂いも、触れ合っている感触ですら、ドロドロに溶けて曖昧《あいまい》になってしまっている。

そんな混沌《こんとん》の中でただひとつ、冴《さ》えわたっているのは、視覚だけで。

白。刹那《せつな》の、真白が広がる。

その純粋な白の中に身を投げ出した瞬間、自分の中にあるクライヴが痙攣《けいれん》し、愉悦《ゆえつ》の白濁を子宮に叩きつけるのを、ダフネは感じていた――


目が覚めると、夫の姿はなかった。

自分の隣のシーツをそっと撫《な》で、その冷たさにダフネはひっそりと泣いた。

「…………ばかね。何を期待していたの」

夫、クライヴが朝まで隣で眠ってくれたことなど、一度もない。

嵐のような情事が済めば、いつだって背を向けて行ってしまう。ダフネとの行為は、単なる世継《よつ》ぎを作るための義務に過ぎない。愛してもいない女と朝まで床《とこ》を共にするなど、クライヴにとっては耐えられないことなのだろう。

クライヴの愛する女性は今も昔もただ一人――マグノリアだけなのだから。

だがマグノリアは、クライヴではなく、アーサーを選んだ。

アーサーは第一王子であるにもかかわらず、平民であるマグノリアと結ばれるために王位継承権を放棄して見せた。

ダフネとの婚約を破棄して――

クライヴとダフネは、棄《す》てられた者同士。

惨《みじ》めな政略結婚。それが、ダフネ達夫婦の事実。

だが、ダフネにとってはそうではなかった。

ダフネはクライヴを愛していたから。幼い頃からずっと、彼だけを愛してきたから。

クライヴにとっては不本意でしかない結婚だということは十二分に分かっていた。愛する者を双子の兄に奪われた男は、その兄が棄《す》てた者を娶《めと》るように王に命令された。ダフネとの結婚に嫌悪を感じて当たり前だ。

だからダフネはこの結婚が決まった時、不機嫌そうに押し黙るクライヴにこう言ったのだ。

『わたしはこの結婚に、愛は、望みません――』

愛されなくてもいい。傍《そば》に居させてさえくれれば――

ただ傍《そば》に居たかった。それだけで良かった。

「……それなのに」

いつの間に、こんなにも貪欲《どんよく》になってしまったのか。

今にも口から飛び出しそうになるのは、浅ましくも愛を乞《こ》う言葉で。

クライヴが欲しい。クライヴの身も、心も、全部。全部全部、自分のものであって欲しい。

だがそんな強欲な願いを口にすれば、クライヴは侮蔑《ぶべつ》の眼差《まなざ》しを向けてくるだろう。

それだけは、耐えられない。

愛されぬ妻でありながら、それでも王太子妃として立っていられるのは、ダフネが誰もが認める『賢妃』であるからだ。賢く、思慮深く、穏やかで、決して何事にも動じない、王妃となるに相応《ふさわ》しい王太子妃ダフネ・エリザベス。決して美しくはないが、実父にして名宰相《めいさいしょう》ウィルフレッド・チャールズ・オルトナー譲りの頭脳で、次期国王を支える懐刀《ふところがたな》。それがダフネの評価だ。その賢妃が、どうして『愛して』などという戯言《ざれごと》を言えよう？

もとより、愛は求めないと約束した上での結婚だ。

クライヴはマグノリアを奪われたことで『愛』への関心を失った。だからこそ、『愛』を望まないダフネとの結婚を承諾《しょうだく》したのだ。品行方正で冷静沈着な、望ましい未来の王妃像そのものだから。

その自分が『愛してほしい』などと言ったら……あの黒曜石《こくようせき》の瞳に軽蔑《けいべつ》の色が宿《やど》るのを想像して、ダフネはブルリと身震いする。

理想的な王太子、王太子妃。

だが夫妻の寝室を一歩出れば、クライヴは自由の身だ。

半年ほど前から、クライヴには愛人ができた。

白銀の髪と、湖の水色の瞳――マグノリアと同じ色を持つ、愛人が。

次代の王なのだから、他の女性から声がかかるのは当然だろう。だがダフネは、あえてそういった噂を耳に入れないようにしていた。愛人がいるという事実だけでも辛いのに、その相手の女性の情報など知ったら、いよいよ身がちぎれるだろう。それくらい許してもらわなければ、もう立っていることすらできない。

ぱたり。枕に落ちる水滴は、今ダフネが独りだからこそ赦《ゆる》される感情の発露《はつろ》だ。

相手が侍女であろうが、実の父であろうが、――夫であろうが、決して見せてはならない、哀《かな》しみの雫《しずく》。

ぱたり、ぱたりと痛みが零《こぼ》れていく。

流れていけばいい。流れて流れて、この身体の中の水が干上《ひあ》がってしまっても。

泣いて泣いて、全部洗い流してしまえばいい。

この胸の痛みを。哀《かな》しみを。この身に巣食《すく》う、浅ましい願望を。

全部流れたら、もう一度笑えるから。もう一度、立てるから。

「わたしは、王太子妃」

ダフネは目を閉じて呟《つぶや》く。その声は、掠《かす》れても震えてもいない。

——ホラ、まだ大丈夫。

「誰よりも寛容《かんよう》でありなさい。誰よりも冷厳《れいげん》でありなさい。誰よりも柔軟《じゅうなん》でありなさい。誰よりも高潔《こうけつ》でありなさい。そして自分に惑いなく、毅然《きぜん》と顔を上げていなさい」

嫁《とつ》ぐ時、父から受けた言葉を繰り返す。

「わたしは、ダフネ・エリザベス・オルトナー。王太子クライヴ・ナサニエル唯一の妃《きさき》」

ダフネは目を開けた。翡翠《ひすい》の瞳がひたと現実を見据《みす》える。

そして勢いよく寝台から飛び起きると、侍女を呼ぶために呼び鈴の紐を引いた。

第一章　王太子妃

ウェスター公爵、アーサー・ガブリエルが訪れたのは、ダフネが朝食後の紅茶を嗜《たしな》みつつ、今日の予定を王室書記官から聞いている時であった。

「ごきげんよう、王太子妃殿下。今日もお美しい」

アーサーはそう挨拶《あいさつ》しながら、少し気取った礼をして見せる。

太陽の光を切り取ったような金の髪がその美しい顔を縁取《ふちど》り、まるで絵画の中の天使のようだ。紺色《こんいろ》のぴっちりとした乗馬服が、背が高くしなやかな身体つきのアーサーに良く似合っている。

「まぁ、アーサーったら」

ダフネはクスクス笑いながら同席を手で促《うなが》す。

現国王の第一王子であったアーサーは、以前は王太子の立場にあった。しかし平民であるマグノリアとの結婚を選び、王太子の座を弟であるクライヴに譲ったことから、『王位よりも愛を選んだ王子』として、国中がその恋愛劇に沸いた。

アーサーは臣下へと下《くだ》ったが、武芸に秀《ひい》でていたことから、今は王国軍の将軍を務めている。当然王宮にも足しげく通っており、こうやって義妹となった幼馴染《おさななじみ》のダフネの所にも顔を出しているのだ。

アーサーとダフネは元婚約者同士ではあるが、互いに恋愛感情を持ったことは一度もなかった。

だからアーサーがマグノリアを選んだ時も、衝撃は受けたものの、彼を恨《うら》んだり憎んだりすることはなかった。弟のように大切な存在のアーサーが、本当に愛する女性を見つけられたことを嬉しくさえ思った。

それが、クライヴの想い人でさえなければ、もっと心から祝福できたのだろうが。

『本当にそうかしら？』

ダフネの中の黒い心がせせら笑いながら問いかける。

『アーサーがマグノリアを奪ってくれて、嬉しいと思ったんじゃないの？　そうすれば、体良《ていよ》くアーサーとの婚約を破棄できる上、あなたの愛するクライヴが、自分の方を見てくれるかもしれないじゃない。たとえそれが、クライヴを不幸にすることであっても……』

――違う！　わたしはそんなこと思わなかった！　クライヴが不幸せになる方が良いなんて、そんなこと……

昏《くら》い考えを振り払うために、ダフネはアーサーに話しかけた。

「マグノリアは？　お元気？　もう随分と会っていないわ」

「元気だよ。もう元気過ぎるほどね！　マギーも君に会いたがっているよ。今度連れてこよう」

――この王宮に？　冗談じゃないわ。

マグノリアとクライヴを鉢合《はちあ》わせさせるわけにはいかないのだ。二人は恋仲だったのだから。

「そうね……またいずれ、あなたのお屋敷に遊びに行かせて頂《いただ》いてもいいかしら？　わたしもたまには息抜きのために、王宮の外に出たいもの」

そう提案すると、アーサーは嬉しそうにその話に乗ってくれた。

「それはいいね、是非《ぜひ》おいでよ！　いずれと言わず、いつだって大歓迎だよ。まぁ、クライヴも君も公務が忙しそうだから、まずは予定を調整してもらって、それからクライヴの許可を取らないといけないけどね」

「それはあなただってそうでしょう？　そういえば、あなたの従者が倒れたと小耳に挟《はさ》んだのだけれど……ちょっと忙し過ぎるのじゃなくて？」

義兄はいつだって呑気《のんき》そうに見えるが、この国の軍事を預かる将軍としては非常に有能な人物だ。こうしている間も、部下達が悶々《もんもん》としながら待っているだろうと思うと、倒れたというその従者に同情してしまう。主《あるじ》が忙しければ、従者はその倍駆けずり回らなくてはならないのだから。

するとアーサーは小鼻に皺《しわ》を寄せて嫌そうな顔をした。

「誰がそんなことを君に告げ口したんだい？」

「ですから、小耳に挟《はさ》んだのよ。誰から聞いたかなんて、もう覚えていないわ」

澄まして紅茶を啜《すす》れば、アーサーはやれやれとでも言いたげに肩を竦《すく》めた。

「よく言うよ。一度頭に入れれば決して忘れない記憶力を持っているくせに。まったく、君は本当に理想的な王太子妃だよ！　それはそうと、……ああ、残念。朝食はもう終えてしまったんだね。王宮の食事は美味《おい》しいから、期待して来たのに！」

屈託のないアーサーに、ダフネはつい噴き出してしまう。アーサーは本当に子供の頃と変わらない。

「呆れた。朝ご飯を食べて来なかったの？」

「可愛らしい妻を持つと、朝がつい遅くなってしまうんだ」

悪びれないアーサーの言葉に、ダフネはわずかに顔を赤らめて睨《にら》み付ける。本当なら盛大に赤面したいところだが、ここには侍女を含め人目がある。『賢妃』ダフネ・エリザベスが、この程度のことで動揺を見せてはならないのだ。

「もう。不作法でしてよ、ウェスター公爵。淑女《しゅくじょ》の前で」

静かに窘《たしな》めるダフネに、アーサーはニヤリと口を歪《ゆが》める。

「そういう王太子妃殿下こそ、王太子殿下にたいそう愛されていらっしゃるようだ」

「え？　何を……」

クライヴに愛されてなどいるものか。

クライヴが愛しているのは、あなたの愛妻、マグノリアだけ――

そう言いたいが、言えるはずもない。その代わりに少々険《けん》のある目でアーサーを見ると、アーサーはにやにやとしながら自分の鎖骨を指差していた。

「今日はショールを着けた方が良いと思うな、ダフィー」

昔のように愛称で呼ばれ、ハッとして自分の胸元を見れば、そこには紅い痕《あと》が花弁のように散っていた。

「――！」

口づけの痕《あと》だ。

――どうして。

クライヴが付けることは滅多《めった》になかったので、恥ずかしさよりもまさかという想いが強い。

「クライヴも独占欲が強いからなぁ」

くつくつと喉を震わせながら、アーサーが呑気《のんき》に言う。

「でも安心したよ。クライヴが妻を置き去りにしているって噂を聞いたから、心配して来たんだけど、その様子じゃあ杞憂《きゆう》だったみたいだ」

――置き去り。

ズキン、と胸の奥が痛む。

クライヴが、ダフネのもとを去った後、足しげく通っている場所。

――知っている。あのひとの所だ。

耳を塞《ふさ》いで、心に壁を作っても、それは夜の冷気のように隙間《すきま》を縫《ぬ》って忍びこむ。

淡い白金《プラチナ》の髪と、光に溶けてしまいそうな薄い水色の瞳の、あの女性。

クライヴの心を掴《つか》んだきり離さない、マグノリアと同じ色を持つ、艶《なま》めかしい美貌の女性――


『あなたが、クライヴの奥さん？』

小馬鹿にしたようにダフネを一瞥《いちべつ》した、あの猫のような目を、脳裏《のうり》から消し去ることができない。

お忍びで出掛けた城下町で、その女性はダフネが変装しているにもかかわらず、彼女の正体を見破った。とはいえ『賢妃』ダフネの顔は市井《しせい》の人にも知れ渡っているのだけれど。

『あれが例の……レディ・イオナです』と言う苦々しい侍女の耳打ちがなくとも、ダフネにはそれが自分を悩ませているクライヴの愛人だと、一目で分かった。

何故なら、その人はマグノリアと同じ色の髪と瞳をしていたからだ。

無言で立ち去ろうとしたダフネの後ろ姿に、その美しい人は歌うように嘲笑《あざわら》いながら声をかけた。

『アラアラ、賢妃ともあろう御方が、泣き寝入り？　悔しかったらアタシの邸《やしき》までいらっしゃいな！　文句のひとつくらい聞いてあげてよ？　場所はお分かり？』

――いけない。人目のある所で、あんなことを思い出しては。

ダフネは記憶の中に引きずりこまれそうになって、慌てて現実に踏みとどまる。

何もなかったように紅茶を啜《すす》り、カップをソーサーにそっと置いてから、にっこりと笑みを作る。

「確かに今日は少し肌寒いかもしれないわ。ショールを着けることにしましょう。ご忠告、ありがとう、アーサー」

一分《いちぶ》の隙《すき》もない貴婦人の笑顔に、アーサーはやれやれと両手を上げた。

「賢妃、ダフネ・エリザベスに敵《かな》う者なしってね。こりゃクライヴも尻にしかれて大変だろうな」

「失礼ね。わたしのお尻はそんなに大きくありません」

次の瞬間、軽口を叩き合う二人の会話に、低く艶《あで》やかな声が割りこんだ。

「そうとも。私の妻の尻は小さいが、実に魅力的でね」

ダフネは心臓が止まるかと思った。笑顔が強張《こわば》るのを感じたが、直すことができない。

声のした方を振り返れずにいると、アーサーが嬉しそうに言った。

「クライヴ！　おはよう。君にしては珍しいな！　こんな遅くに朝食かい？」

「いや、朝食はすでに済ませた。少し所用があってね。ようやく終わったので、愛《いと》しい妻の顔を見に来たというわけだ」

クライヴがこちらに近付く衣擦《きぬず》れの音が聞こえる。ダフネは微動だにできないまま黙って前を見据《みす》えていた。

――所用。

恐らく、あのひとの所に。

一度《ひとたび》そう考えてしまえば、心が黒く醜《みにく》い嫉妬《しっと》で染まる。

――どうして、平然とそんなことが言えるの。

「おはよう、私のダフネ。よく眠れたかな？」

優しい優しい、見せ掛けだけの甘い声。それがダフネを酷《ひど》く傷付けることに、クライヴは気付いているだろうか？

ダフネの肩に大きな手が乗った。見上げなくとも、気配でクライヴが身を屈《かが》めてダフネに口づけをしようとしているのが分かった。

ふわりと、サンダルウッドの匂いが鼻腔《びこう》を擽《くすぐ》る。クライヴは、香水を付けない。

――イヤ！

ダフネは咄嗟《とっさ》に少し俯《うつむ》いて、クライヴの唇を避けた。柔らかな感触は、ダフネの唇を掠《かす》めるようにして頬に落ちる。

肩に置かれたクライヴの手に、力がこもった。

――怒らせた。

ぎくりと胆《きも》が冷えたが、後の祭りだ。

頭を上げる一瞬、耳元でクライヴが囁《ささや》いた。

「人の目がある所で、醜態《しゅうたい》を晒《さら》す気か。王太子妃。笑え」

氷のように冷たいその言葉に、ダフネは奥歯を噛み締めた。

王太子妃。クライヴにとって、それだけの価値しかないわたし。

――いいえ。王太子妃という、価値を認められている。

クライヴ・ナサニエル王太子妃はこの世にただ一人、ダフネ・エリザベスのみ。

それがわたしの唯一無二の誇りだ。たとえ、愛されない妻であっても。

——笑え！　誇り高く、優雅に！

ダフネはゆっくりと、けれど自然に息を吐き、表情を静かに綻《ほころ》ばせた。

「おはようございます、殿下。ええ、とてもよく眠れましたわ」

柔らかな声色でクライヴを見上げ、にっこりと微笑《ほほえ》みかけるその姿は、夫に愛される妻そのものだ。寄り添い微笑《ほほえ》み合う王太子夫妻の様子を、周囲は笑顔で見守りつつ、各々《おのおの》の仕事に従事している。アーサーは少々ふてくされた様子で嘆息《たんそく》し、片眉を上げた。

「ああ、本当に心配して損した。王太子夫婦の仲が冷えてるなんて、誰が噂してるんだよ、全く！　逆にアテられちゃったじゃないか！」

あーあ、と言って席を立つアーサーに、見せつけるようにしてダフネを抱き寄せ、クライヴが訊《たず》ねる。

「そんな噂があるのか？」

「まぁいつもの貴族のくだらない噂だろ。とにかく、僕は安心したから、職務に戻るとするよ」

「それがいい。——ああ、アーサー。マグノリアにも、また顔を見せるように伝えてくれ。随分と顔を見ていない」

ぎゅ、と胸が痛む。

――マグノリア。

クライヴの口からその名が出るだけで、どうしてこんなにも胸が締めつけられるのか。

けれどもダフネは、柔らかな笑顔を崩さない。

心と身体が正反対の動きをすることに、随分と慣れてしまったことを、ダフネは喜ぶべきなのか悲しむべきなのか分からなかった。今はただ、自分の肩を抱く愛《いと》しいはずのその人が、恐ろしかった。

「ああ、マギーも喜ぶよ！　じゃあ！」

アーサーが爽《さわ》やかに敬礼をして去って行くのを待って、クライヴは控えていた書記官に穏やかな口調で言った。

「少し王太子妃と話をしなくてはならなくてね。私とダフネの午後までの予定を繰り下げて欲しい。キャンセルできるものはキャンセルしてもらえればありがたい」

書記官は特に異《い》を唱えず、「かしこまりました」と一礼して退出していった。

「さて」

クライヴが低く呟《つぶや》く。ダフネはその広い腕の中で、ビクリと身を引き攣《つ》らせた。

「お仕置きだな、ダフネ」

パタリ、と静かに閉められたのは、ダフネの寝室のドア――豪奢《ごうしゃ》な天蓋《てんがい》付きのキングサイズのベッドが置かれるそこは、先ほどまでダフネ達が居た王太子夫妻の居室と続き部屋になっており、反対側にはクライヴ専用の寝室がある。閨事《ねやごと》に至る時のみ、クライヴはダフネの寝室を訪れるが、それ以外は別々に眠るのだ。

カチャリと金属音が鳴り、クライヴが鍵をかけたことに気付くと、ダフネは素早くクライヴの腕の中から脱け出し、駆けた。もう人の目はない。すぐにクライヴから離れなければ……！　けれどどこへ？　この部屋にある出口はひとつ。クライヴの背にあるドアのみだ。

それでも逃げなければ……！

怒った時のクライヴは容赦《ようしゃ》がない。

以前怒らせた時には、ダフネが泣いて懇願《こんがん》しても赦《ゆる》してもらえず、足が立たなくなるまで抱き潰されたのだ。あの時は三日間ベッドから出ることができなかった。

清く正しい『王太子妃』が、病気でもないのに三日も公務をさぼってベッドに伏すなど、有り得ない失態だ。そんな姿を周囲に晒《さら》してしまい、ダフネは本当に恥ずかしく情けなかった。

もう二度とクライヴを怒らせないと誓ったのに、どうしてこんなことになってしまったのか――

もっとも、ダフネには何故クライヴが怒ったのか、未《いま》だに理解できていないのだけれど。

「また逃げる、か。……お前はどうしてそう学習能力がないのかな、ダフネ」

背後から感情の窺《うかが》えない平坦な声がかかる。

ぞくりとした。抑揚《よくよう》のないその声色が、クライヴの嗜虐性《しぎゃくせい》を表している気がしてならない。恐怖のあまり振り返ることもできず、ダフネは一心不乱に逃げ場を探す。

だが気が焦《あせ》るばかりで、優秀だと言われているはずの頭は一向に働かない。自分の頭がこんなに重く鈍《にぶ》く感じたことはない。もたもたしている間に、クライヴに腕を取られ、あっという間に引き戻される。

その勢いで扉にぶつかりそうになった直前、背後から抱き締められた。

「無駄だ」

低く端的な断定と共に降りてきたのは、サンダルウッドの香気《こうき》。

ダフネの血の気《け》が一気に引いた。

――やめて！

「逃げるな……ダフ」

後ろから耳孔《じこう》に吹きかけるように囁《ささや》かれたのは、今はもう遠い昔の愛称。クライヴだけが呼んだ、ダフネの愛称——

「——っうして……」

啜《すす》り泣きそうになるのを必死で押し殺して、ダフネは呻《うめ》いた。

どうして、そんなに残酷な真似ができるのだろう。

『ダフ』と呼んだ少年はもういない。そう呼ばれた少女も、もういない。

ここにいるのは、優しい思い出も、愛も想いも全て断《た》ち切った、打算だけで繋がった無機質な男と女だ。

「こちらを……顔を見せて。ダフ」

そんな風に囁《ささや》かないで。まるで懇願《こんがん》するように、切なげに。

——レディ・イオナにも、そんな風に言うの。そんな風に嘘を吐《つ》くの。

甘く切なく、まるでマグノリアに語りかけるように——

クライヴが欲しい。その身も、心も、全て！　全身の皮膚が、血が、喘《あえ》ぐようにそう叫ぶ。

いっそクライヴの中に溶けこんでしまえれば、この虚《むな》しい想いも消えてくれるだろうに。なのに実際は、近付けば近付くほど現実を思い知らされ、心をズタズタにされるばかりで。

背後から抱き締めるクライヴの体温がより近くなれば、サンダルウッドは容赦《ようしゃ》なく濃厚に香る。

――やめて！

輪郭《りんかく》をなぞるように触れる男の指先を、ダフネは震える手でそっと押し退《の》けた。

「……触らないで」

触らないで。これ以上、傷付けないで。

あなたを愛しているの。だから、もうこれ以上、わたしの想いを無下《むげ》にしないで――

そう叫べたら。

けれどそれをすれば、クライヴは躊躇《ためら》いもなく、ダフネの想いの息の根を止めるだろう。

彼の隣に立つために縋《すが》り付いている、『王太子妃』という自尊心を粉々にして。

「――そ、んなに、私に触られるのが嫌か。蒼褪《あおざ》めて、身震いするほどに……っ」

クライヴの強張《こわば》った声がして、ダフネはハッと身を竦《すく》めた。

――違う。そうじゃない。

けれどどう説明すればいい？

あなたを愛しているから、愛されてもいないのに抱かれるのが辛いのだと？

それが言えれば苦労はしない。

逡巡《しゅんじゅん》している間に、クライヴは結論付けてしまう。俯《うつむ》いたまま自分の方を見ないダフネに、く、と嘲《あざけ》るように喉を鳴らし、愉快そうな声で囁《ささや》きかける。

「それで？　大嫌いな男に無理矢理嫁《とつ》がされた気の毒な王太子妃、ダフネ・エリザベス？　夫に触れられないように逃げこむ先を算段中《さんだんちゅう》か？　愛《いと》しい愛《いと》しい、元婚約者の所に？」

わけの分からないことを言われ、ダフネはカッとなって振り返る。クライヴは酷《ひど》く残虐《ざんぎゃく》そうな笑《え》みを浮かべてこちらを見下ろしていた。

「——何を……！」

「マグノリアにかこつけて、王宮を出て密会か？　私から逃げてアーサーに助けを求めるつもりか」

「ちが……！」

どうやらクライヴは先ほどのアーサーとの会話を聞いていたらしい。だがダフネがアーサーの屋敷に行きたがったのは、マグノリアをクライヴに会わせたくなかったからだ。未《いま》だマグノリアを愛するクライヴが、哀《かな》しい想いをするのが嫌だったから。そしていつか彼がマグノリアを忘れるかもしれない時が遠のいてしまうことを恐れて——

——そんな時なんて、永遠に来ないかもしれないのに……レディ・イオナが、マグノリアと同じ髪と瞳の色をしていることが示すように、クライヴ自身がマグノリアを忘れたいなどと、思っていないことは明白だ。

期待してしまう自分の、なんと滑稽《こっけい》なことか。

「何が違う？　お前はいつだって逃げたがっている。——私から！　分からないとでも思ってるのか？　私が来なければ、あの場でアーサーに逃がしてくれとでも頼むつもりだったんだろう？」

せせら笑うクライヴの追及は畳み掛けるようで、ダフネはどうしていいか分からなくなる。

いったんこうなってしまうと、クライヴはもう止まらない。クライヴは、ダフネがこの結婚から逃げたがっていることを赦《ゆる》さない。それはそうだろう。

『王太子』『王太子妃』という責任を全《まっと》うするために、余儀《よぎ》なくされた結婚だ。クライヴが耐えているのに、ダフネだけがその重圧から逃《のが》れようとすれば腹立たしく思うのは当然。

だから、ダフネがこの関係に音《ね》を上げる素振りをするたび、クライヴは激怒するのだ。

ダフネは蛇《へび》に睨《にら》まれた蛙《かえる》のようになって呟《つぶや》く。

「——ごめ、んなさい……」

怒らせてしまって。

けれど必死の謝罪も、クライヴには届かない。それどころか余計に苛立《いらだ》ちを煽《あお》られたようで、漆黒《しっこく》の双眸《そうぼう》が怒りに歪《ゆが》んだ。懇願《こんがん》するダフネの細い首に手を伸ばし、掴《つか》もうと掌《てのひら》を広げ——だが次の瞬間、何かを振り払うようにそれを拳《こぶし》にしてギュッと握った。

「悪いと思っているのなら、罰を受けてもらわないとな」

「……罰」

「ドレスを脱げ」

ひ、とダフネの喉から細い悲鳴が上がった。

真っ青になって弱々しく首を振る様子に、クライヴは端整な顔を愉悦《ゆえつ》に綻《ほころ》ばせる。

「どうした? 早く脱げ。悪いと思っているのだろう? それとも、その謝罪は口先だけということか?」

美しいその顔が、今ダフネの目には獰猛《どうもう》な肉食獣に見えた。今にも襲《おそ》い掛からんと舌舐《な》めずりする、漆黒《しっこく》の獣。

ダフネはカタカタと震える両手を、胸の前で握り合わせて哀願《あいがん》する。

「ちが……お、お願い、クライヴ……そんな」

「脱げ」

静かな、それでいて慈悲《じひ》のない声がダフネの訴えを両断した。

ダフネはぎゅ、と唇を噛み締める。

クライヴはもう耳を貸さない。ダフネが自分の言うことに従うまで追い詰めるだろう。今までの経験で、ここで従わなければ、更に酷《ひど》い目に遭《あ》わされることは分かっている。今ならまだ、意識を失うまで苛《さいな》まれはしないだろう。

ダフネは震える手でドレスのボタンを外していく。ひとつ、またひとつと外すたび身体に纏《まと》わり付いていた衣の重みが剥《は》がれていく。最後のひとつを外し、肩をすぼめるようにして袖を抜くと、ドレスがバサリと重たげな音を立てて床に崩れた。

残るはシュミーズとドロワースとコルセットのみ。

身体を覆《おお》っていたもののほとんどを奪われ、肌に触れる空気の冷たさにダフネは泣きたくなった。

寒いのは、身体か。それとも心か。

ダフネは涙を呑んで、ドロワースの紐を緩めて足を抜く。中からしわくちゃになったシュミーズの裾《すそ》が現れ、慌ててそれを引っ張って伸ばした。少しでも足を覆《おお》う物があって欲しかった。

ダフネの両脇に手を付いて、ドアと己とで囲いこんでその様子を傍観していたクライヴが、ここでゆっくりと身を起こした。

それから後ろを向いたままのダフネの背を、指でつ、となぞる。背にびっしりと並ぶコルセットの紐がその指に当たり、とんとんとん、と小さくリズミカルな振動をダフネに伝えた。

「これはお前だけでは外せないな。手伝ってやろう」

そう言って身動《みじろ》ぎをする気配がしたかと思うと、ピィ、っという甲高《かんだか》い音がして、一気に身体が解放された。

「きゃっ……！」

驚いて身を引くように振り返れば、クライヴが銀色の煌《きら》めきを手にして、こちらを満《まん》足気《ぞくげ》に見下ろしている。よく見ればそれは小型のダガーで、ダフネはクライヴに自分のコルセットをシュミーズ諸共《もろとも》切り裂かれたことを知った。

「ホラ、楽にしてやったぞ。脱げ」

イタズラが成功した子供のように笑いながら、クライヴが先を促《うなが》す。

ダフネはガクガクと震えながら、両腕を組んで押さえていた衣から手を離す。背中をぱっくりと開かれた下着は、あっさりとダフネの身から剥《は》がれ落ちた。

もはや身を守るものは何もない。

生白い裸体に、クライヴの視線が這《は》っていくのを感じて、ダフネは小鳥の雛《ひな》のようになすすべもなく震えた。

「こちらを向け」

非情にも下《くだ》される命令に、ダフネは瞼《まぶた》を固く閉じて従った。

どれほど時間が経過したのか。

一分か、それとももっと長いのか。だが、ダフネには永遠にも思われるような時であった。その間彼女はできるだけ深い呼吸をすることで、全ての感情をやり過ごそうとしていた。そうしなければ、気を失ってしまいそうだった。

「いい恰好だな、ダフネ。折り目正しい淑女《しゅくじょ》の鑑《かがみ》である王太子妃が、一糸纏《いっしまと》わぬ姿で仔鼠《こねずみ》のように震えている。いつもの威厳《いげん》はどうした？　愛《いと》しいアーサーに向ける、あの気取った笑《え》みをして見せろ」

——仔鼠《こねずみ》。

クライヴの戯言《ざれごと》にいちいち傷付いて見せるのが愚《おろ》かなのかもしれない。

マグノリアやあの愛人は、豊満な身体つきをしている。華奢《きゃしゃ》で肉付きの薄いダフネは、彼女達と比べれば貧相としか言いようがなく、クライヴの言う通り、まさに仔鼠《こねずみ》そのものだ。

こうやって嘲《あざけ》るために裸にしたのかと思うと、哀《かな》しくて、情けない。

「……どうしてわたしは、マグノリアじゃないの……」

悲痛な想いは、いつの間にか呟《つぶや》きになって漏れ出ていた。

瞬間、空気が逆巻《さかま》いた。そう錯覚するほど、クライヴがすさまじい殺気を放《はな》ったのだ。

「お、まえはっ……！」

ダン、と荒々しくドアに身体を押し付けられ、乱暴に顎《あご》を掴《つか》まれると、噛み付くようなキスに襲《おそ》われた。

「ん、うっ、む、んん――っ！」

顎《あご》の付け根を押さえ付けられ、強引に口を開かされる。舌が捻《ね》じこまれ、嵐のように口内を蹂躙《じゅうりん》された。それはもはや口づけではなく、凌辱《りょうじょく》に近かった。クライヴの舌が目まぐるしく動き回り、逃げ回るダフネのそれを追いかけては絡め取り、嬲《なぶ》る。唾液を喉の奥に流しこまれるが、呼吸困難に喘《あえ》ぐダフネは巧《うま》く呑みこめず口の端から零《こぼ》してしまう。

――苦しい。息が……

身体が空気を求めてヒクンと痙攣《けいれん》し、脳裏《のうり》がチカチカと瞬《また》き始めた時、蹂躙《じゅうりん》は唐突にやんだ。

ぜっ、とおよそ色っぽいとは言えない音を立てて、ダフネの肺が息を取りこむ。四肢《しし》の筋肉が弛緩《しかん》し、その場にずるずるとへたりこむダフネに、クライヴは更にとんでもないことを命じた。

「自慰をしろ」

「…………え？」

酸欠に脳が霞《かす》み、ダフネは何を言われているか分からなかった。

「聞こえなかったのか。自慰をして見せろと言ったんだ。私の目の前で、自分で自分を慰《なぐさ》めるんだ」

じい——自慰？

「——できないわ！」

内容が理解できた瞬間、ダフネは叫んでイヤイヤと首を振った。

そんなことできるはずがない。

だがクライヴは意《い》に介《かい》さない。

「何故？　愛《いと》しい男を想って、自分を慰《なぐさ》めるだけだ。簡単だろう？」

愛《いと》しい男が、クライヴだと知って言っているのだろうか？

だとすればこれ以上の辱《はずかし》めはない。

クライヴはダフネがそんなことをしているとでも思っているのだろうか。

「――酷《ひど》い。どうして、こんなことをするの、クライヴ……」

ダフネは戦慄《わなな》く唇でクライヴを責めた。

ダフネは弱虫だ。愛されなくとも、傍《そば》に居たい――そう自分で決心したくせに、一年も経《た》たないうちに後悔していた。けれどもそれを他人の前で出して見せたことはない。ダフネには誇りがあるから。唯一、『王太子妃』という誇りを残されていたから。

それなのに、クライヴだけには何故かその内心の弱さを嗅《か》ぎ取られてしまうのだ――最初から。最初から、クライヴはダフネがこの結婚に、浅ましくも『愛』を欲してやまず、それが得られないがために逃げ出したいと思っていることを見抜いていた。

だからこうしてダフネを苛《さいな》むのだ。

自分だけ逃げ出そうとする、卑怯《ひきょう》なダフネを懲《こ》らしめるために。

でも、かといってこんなやり方はあんまりだ。

「――酷《ひど》いのは、お前の方だ……！」

苦しそうな唸《うな》り声がして、ダフネはクライヴを見上げた。そこには、眉根を寄せて何かを堪《こら》え、歯を食いしばる苦悶《くもん》の表情があった。

「クライヴ……？」

クライヴのそんな辛そうな顔を見ていられなくて、ダフネはつい我を忘れてクライヴの頬に手を伸ばす。だがクライヴは熱いものにでも触れたかのようにそれを振り払った。

「――酷《ひど》い、女だ、お前は……！」

噛み締めた歯の隙間《すきま》から絞《しぼ》り出すように言うと、クライヴはダフネの右手を掴《つか》み、それを下肢の薄い赤毛の茂《しげ》みへと持っていく。何をしようとしているのかが分かり、ダフネは蒼《あお》くなって抵抗する。

「……っ！　クライヴ、やめ」

「黙れ」

冷酷なまでに一蹴《いっしゅう》され、クライヴの指に従わされるようにして、自分のその場所に触れた。

何の刺激も受けていないそこは、当然ながらまだ潤《うる》みはない。

「乾いているな」

淡々としたクライヴの言葉に、ダフネは真っ赤になる。

「――っ、あたり、まえです……」

こんな強制的に裸にひん剥《む》かれ、自慰をさせられそうになっている状況で、心も身体も溶けるはずがない。

「だがすぐに蜜が溢《あふ》れ出す。男なら誰にでも反応する、淫乱《いんらん》な身体だからな」

「ひど……！」

クライヴの心ない一言に、ダフネは涙を滲《にじ》ませる。

どうしてそんな酷《ひど》いことばかり言うのだろう？　誰にでもなんて嘘だ。ダフネはクライヴにしか抱かれたことなどないし、クライヴ以外に抱かれたいと思ったこともないのに。

「誰にでも、なんて……！　わたしは、あなたとしか……！」

目を瞬《また》かせて涙をやり過ごし必死で言ったが、返って来たのは「は！」という嘲笑《ちょうしょう》だった。

「そうだ。生憎《あいにく》なことに、お前の相手は私だけだ。全く残念だったな！」

「――っ」

酷《ひど》い。クライヴは、酷《ひど》い。けれど。

――残念。そうよ、残念以外の何物でもないわ。

本来ならば、クライヴの隣には愛《いと》しいマグノリアが立っているはずだった。アーサーが今立っている立場にクライヴが居るはずだった。アーサーが『王太子』となり、クライヴが『王弟公爵』としてそれを支える。そして、その傍《かたわ》らには美しいマグノリアが居たはずだった。

それを、恋が覆《くつがえ》してしまった。

アーサーとマグノリアの間に芽生《めば》えた、嵐のような恋が。

誰も二人を止められなかった。

王陛下にも、ダフネにも、――クライヴにも。

マグノリアを得るために死さえも辞《じ》さないと言ったアーサーに、皆が折れるしかなかった。

クライヴは不器用だけれど、優しい人だ。最愛の兄の命と愛《いと》しい女性の幸せを、自分の想いと天秤《てんびん》になどかけられるはずがない。彼はすぐさま身を引き、代わりに差し出されたダフネを娶《めと》るしかなかった。

「さあ、指を動かせ。自分のいい所を擦《こす》るんだ」

苛立《いらだ》たしげに言い捨てるクライヴに、ダフネは嗚咽《おえつ》を堪《こら》えて、ごくりとそれを嚥下《えんげ》した。

「ああ、この方がやり易《やす》いか」

クライヴはそう言うと、ダフネの身体をくるりと回し、背後から覆《おお》い被《かぶ》さった。そしてダフネの手の上から自分の手を重ね、先ほどと同じようにダフネの秘密の場所へと触れた。

クライヴに自分の指を動かされる。まだ開かぬ花弁の裂け目をゆるゆるとなぞるように。クライヴの指は、裂け目の上に咲いた小さな花芽をわざと掠《かす》めるように、ダフネの指を先導する。敏感なその部分は、ほんのわずかな接触にも反応をしてしまう。

「……っ、……ふ」

「……く、本当に、淫《みだ》らだ……」

くぐもった笑い声が背後から響く。その息遣いが迫ったかと思うと、びちゃり、と巨大な水音が脳裏《のうり》に木霊《こだま》し、熱く濡れたものが耳の中に入って来た。

「ひ、ぁん!」

ビクン、と身をしならせてダフネが啼《な》いた。耳をぐちゅぐちゅと舐《な》め回され、ゾクゾクとした快感が背を駆け上がった。身体中の血液の中にむずむずとした熱を流しこまれる。

「手がお留守だ」

身を捩《よじ》って快感から逃《のが》れようとするダフネを、クライヴの艶《つや》のある声が叱咤《しった》する。

「ん、……っはぁっ……」

指の律動を再開すると、そこは熟《う》れ始めた快楽に蕩《とろ》け出した蜜を滲《にじ》ませていた。

自慰を強要され、濡れてしまうなんて。

己の身体の淫《みだ》らさが恥ずかしくて、ダフネは手を止めようとする。だがクライヴは、彼女の指を無理矢理蜜壺の中に押しこんだ。

「んぁっ」

「とろとろだな」

クライヴが耳孔《じこう》に息を吹きかけて、揶揄《やゆ》するように囁《ささや》く。

「——やぁ……」

「イヤじゃないだろう？　こんなに滴《したた》らせておいて。私の手までもうぬるぬるだ。……どうだ？　自分の膣内《なか》は。熱いだろう？」

意地悪く囁《ささや》きかけながら、クライヴはダフネの手を掴《つか》んで、中に入った指を出し入れさせる。ぬちゅ、ぐちゅ、という卑猥《ひわい》な水音が立った。それが自分の内側から鳴っている音だと思うと、恥ずかしさと同時に、妙な高揚感が広がる。心臓の音がどくどくと酷《ひど》く大きくなった。

「ぁ、……はぁっ、ん、……ぃあ、ん」

「お前の膣内《なか》は気持ちが好《い》いぞ。指で感じるだろう？　熱く蕩《とろ》けて、絡み付いてくる。私のものも、拳《こぶし》を握るように締め付けるんだ。淫《みだ》らな、いやらしい、私の為の空《うつ》ろだ。この空《うつ》ろで私を受け入れ、この空《うつ》ろに私の子を宿《やど》し、この空《うつ》ろから産みだす。そうだろう？　ダフネ」

ダフネの指を誘導していた長い指は、いつの間にか離れて、滴《したた》り落ちる蜜を掬《すく》い上げるように絡め取る。そしてたっぷりとその指を潤《うるお》すと、ダフネの陰核を優しく左右に嬲《なぶ》り出した。

「ひぁ、あああっ」

強烈な快感に、ダフネの視界が甘く霞《かす》む。

「ここがお前の一番好きな所だ」

「あ、……ぁあっ、も、……んふ、ぅ……は、ぁ」

泡立てるような水音が忙《せわ》しなく鳴った。

ダフネはクライヴがもたらす快楽に、全身の神経がギリギリと引き絞《しぼ》られていくのを感じていた。

「あ、あ、……ああ……っ！」

膨《ふく》れ上がった熱が、放出口を求めてダフネの中で暴れ出す。

ドンドンと心臓の鼓動が煩《うるさ》い。

きつく眉《まゆ》を寄せ、背を弓のように反らすダフネに、クライヴの短い命令が下《くだ》る。

「達《い》け、ダフネ」

同時に、首筋に鋭く甘い痛みが走った。

――あ。

ダフネは眼裏《まなうら》に瞬《また》く星を見て、身の内に膿《う》んだ欲求を解放した。

頤《おとがい》を反らし、身をガクガクと痙攣《けいれん》させてその場に崩れ落ちたダフネを、クライヴは無言で見下ろした。やがてバサリと自分のモーニングコートをダフネにかけると、唸《うな》るように呟《つぶや》いた。

「…………本当に、淫《みだ》らで残酷な、私の妃《きさき》」

嘲《あざけ》りのはずの言葉は、けれど酷《ひど》く苦しげに聞こえた。

まるで、罪人の祈りのように。

第二章　双子

ダフネ・エリザベス・オルトナーは裕福な侯爵家に生まれた生粋《きっすい》の令嬢だった。

王と父とは従兄弟《いとこ》同士で、仲も非常に良かったため、ダフネは幼い頃より王宮に出入りする機会が多くあった。

王夫妻は長らく子宝に恵まれず、年の離れた従弟《いとこ》の娘をたいそう可愛がってくれた。

特に王妃のダフネへの愛情は周囲も苦笑するほどで、ダフネが来るとなればお菓子だのお人形だの、とにかく小さな女の子が好むものを片っ端《かたぱし》から用意して待っていたものだ。

ダフネはもちろん、優しいこの夫妻が大好きだった。

そんな王夫妻に待望の子供が生まれたのは、ダフネが三歳になった時。

王妃のお腹がどんどん大きくなっていき、ダフネは不思議に思って訊《たず》ねたものだ。

『おうひさま、だんだんとおなかがおおきくなっているわ。そのなかにはなにがはいっているの？』

するとと王妃は幸せそうに微笑《ほほえ》んだ。

『ここには赤ちゃんが入っているのよ、ダフネ。もうすぐ生まれてくるから、そうしたら、可愛がってあげてね』

大好きな王妃のそんな幸せそうな顔を見たのは初めてだったので、ダフネは自分まで嬉しくなって、大きく頷《うなず》いた。

『うん！　わたし、おねえさまになるのね！　うんとかわいがるわ！　おんなのこだったらいっしょにおにんぎょうあそびをしてあげる。おとこのこだったら……どうしたらいいかしら？　おにんぎょうはよろこぶかしら？』

ダフネには兄弟がおらず、男の子がどんな遊びをするのか分からなかった。母方に五つ上の従兄《いとこ》がいたが、確かお人形遊びを馬鹿にされた気がする。

小首を傾《かし》げて懸命に考える赤毛の少女に、王妃は更に顔を綻《ほころ》ばせて優しく髪を撫《な》でた。

『うふふ、そうね。では男の子だったら、ダフネはこの子のお嫁さんになってくれないかしら？　そうしたらダフネはわたくしの本当の娘になるわ！　素敵じゃない？』

王妃は常々ダフネに『わたくしの娘だったら良かったのに！』と言うことがあって、それにはダフネも少々困っていた。というのも、彼女は王夫妻のことは大好きだったが、自分の父と母も大好きだったからだ。王夫妻の子供になってしまったら、父と母の子供ではなくなってしまう。それは、困る。

だが、ダフネが王夫妻の子供と結婚するのであれば、父と母の娘のままで、王夫妻の娘になれるのだ。

それは実に良い案だ。

『ええ、分かったわ！　わたし、うまれてくるのがおとこのこだったら、およめさんになってあげる！　そしておうひさまのむすめになってあげる！』

今思えば、無邪気な子供が言ったこととはいえ、なんと傲慢《ごうまん》だったのだろう。国の王妃に向かって『嫁に来てやる』宣言をしたのだから。だが王妃はこの他愛ないやり取りを交わした後、喜色満面で夫とダフネの父親の方を振り返って言ったのだ。

『ねえ、あなた！　聞きました？　この子が男の子だったら、ダフネがお嫁に来てくれるんですって！　ああ、本当にそうなったらなんて素敵なんでしょう！』

王は頬を薔薇色《ばらいろ》に染める妻の肩にそっと手を置き、くすくすと笑った。

『そうだねぇ。ダフネがお嫁に来てくれるなら、私も心強いな。この世で最も信頼する従弟《いとこ》である宰相《さいしょう》が、息子の義父になるのだから』

当時、ダフネの父はまだ年若かったが、非常に切れ者であったため、宰相《さいしょう》として王の執政《しっせい》を支える地位にあった。

『ね？　そうでしょう！　だから、この子が生まれたら、ダフネと婚約させましょう！　それが良いわ！』

きゃっきゃと騒ぎ立てる夫婦を窘《たしな》めるのは、いつもダフネの父と決まっていた。

ダフネと同じ艶《あで》やかな赤毛を後ろできっちりと一括《ひとくく》りにした父は、王夫妻よりも随分と年下だが、年上に見られることの方が多かった。

『両陛下。そのお話は、とにかく、無事に殿下がお生まれになられてからが宜《よろ》しいかと』

『お前は相変わらず堅苦しいなあ、ウィルフレッド。いいじゃないか、夢くらい見ても』

『あなた方の夢は夢に留まらないから性質《タチ》が悪い』

『夢は叶えるものだろう？』

『寝言は寝てから仰《おっしゃ》ってください』

父の敬語は完璧だが内容は非常に不敬、というのは当たり前で、幼いダフネはそれが普通なのだと思っていた。今思えば恐ろしい話である。

そんな二人の男のやり取りを、王妃がおっとりとした表情で、

『いっつも仲良しさんねぇ』

と呟《つぶや》くのも、また日常茶飯事であった。

そんな話題の種となっていたお腹の子が誕生したのは、それから数ヶ月後。生まれたのは双子の王子だった。母親譲りの金の髪の王子と、父親譲りの黒い髪の王子。待ちわびた世継《よつ》ぎの王子が、同時に二人も誕生し、国中が沸いた。

王子達はそれぞれアーサー・ガブリエル、クライヴ・ナサニエルと名付けられ、髪の色から『金の王子』『黒の王子』という愛称で親しまれた。

ダフネはこの黒と金の王子を、それはそれは可愛がった。まるで絵画の天使のように愛らしい二人の赤ん坊は、幼いダフネの母性本能をもくすぐった。双子のベッドの側でその寝顔を何時間でも見守り、起きればおもちゃでご機嫌を取り、泣けば何とか泣きやませようと四苦八苦《しくはっく》。三歳の少女が懸命に赤子の世話をしようとする様《さま》は、何とも微笑《ほほえ》ましく、周囲の大人達は目を細めて見守った。

『本当に、ダフネはクライヴとアーサーが好きねぇ』

　ある時、よちよちと歩き回る双子の後を、ハラハラしながら付いて回るダフネの様子を見て、王妃がしみじみと言った。四つになろうとしていたダフネは、コクンと頷《うなず》いた。

『うん！　だってわたしはクライヴとアーサーのおよめさんだもの！』

　単に王夫妻にそう言われたことを覚えていたから倣《なら》ったまでなのだが、王妃は途端に表情を輝かせた。

『まぁ、本当に!?　では、ダフネはクライヴかアーサーのお嫁さんになってくれる!?』

　そうなるのが当然だと思っていたダフネは、何故そんなにも王妃が嬉しそうなのか不思議に思いつつも、こっくりと頷《うなず》いた。

『まぁあああ！　素敵、なんて素敵なの！　では早速準備に取り掛からなくては！　あなた！　あなた！』

　黄色い声を上げて、王妃は席を立って夫を探しに行ってしまった。

　取り残されたダフネは呆気にとられていたが、もみじの手をしたアーサーが、『あー、うー』と喃語《なんご》を話しながらダフネに抱っこをせがんできたので、すぐにどうでも良くなってしまった。

　――こうして、可愛い双子と遊んでいる間に、ダフネと第一王子アーサーの婚約が決まったのである。

同じ年、第一王子の婚約者として、ダフネは王宮に迎え入れられた。それまでも宰相《さいしょう》の娘として、そして王と王妃のお気に入りとして出入りしていたので、ダフネにしてみれば特に何が変わったというわけではなかったのだが。

ダフネと双子の王子は本当の姉弟のように育った。

三人は王宮の庭で転げ回り、乗馬を習い、野狸《のだぬき》の仔のように丸くなって昼寝をし、同じ家庭教師に習い、褒められる時も叱られる時も一緒だった。

アーサーとクライヴは髪の色同様に、性格も全く異なっていた。

陽気で楽天家のアーサー。寡黙《かもく》で思慮深いクライヴ。

どちらも知力、体力は同じくらい優秀であるのに、性格だけが違うのだ。

だが、だからこそこの二人の均衡《きんこう》は保たれているのだと、ダフネには分かっていた。

同じ立場の二人。互いの領域がこれほど重なっていれば、いがみ合うことの方が多いだろうが、アーサーとクライヴの仲は非常に良かった。それは、二人が自然に互いを対極に置くことで、巧《うま》く衝突を避けていたから成し得たことなのだ。

アーサーが欲しがるものと正反対のものを。クライヴの得意なものとは、真逆のものを。

そうやって住み分けをすることで、彼らは均衡《きんこう》を保《たも》ってきたのだ。

ダフネはそんな二人を一歩引いた、けれどもすぐ手を差し伸べられる場所で、ずっと見守って来た。

——姉として。

『アーサーの婚約者』とされてはいても、幼いダフネにとってそれは体面上のことでしかなかった。生まれた時から面倒を見てきたアーサーとクライヴは、ダフネにとって二人とも可愛い弟だった。どんな我儘《わがまま》でも聞いてあげたかったし、自分にしてあげられることなら何でもしてあげたかった。

彼らにしてみても、そうであった。ダフネは彼らの姉で、共に育った幼馴染《おさななじみ》。

それ以上でもそれ以下でもない。

そう思っていた。

その思いこみが破られたのは、ダフネが十六の秋のことだった。

その日ダフネはいつものように王宮を訪れた。

二人に渡す予定のハンカチーフが、綺麗《きれい》にリボンをかけられて手に握られている。ダフネが自《みずか》ら刺繍《ししゅう》をしたものだ。

アーサーには鷹《たか》を。クライヴには鷲《わし》を。

それぞれ丁寧に一針一針縫《ぬ》い上げ、やっと仕上げることができたのだ。教えてくれた母にも、上出来、と太鼓判《たいこばん》を捺《お》してもらえた。

「二人とも、喜んでくれるかしら」

そう独り言《ご》ちながらも、ダフネはアーサーとクライヴが手放しで喜ぶことを疑っていない。ダフネのあげたものを、彼らが喜ばないことは一度もなかったのだから。

二人の喜ぶ顔が見たくて、完成してすぐに王宮に来てしまったのだけれど、今日に限って二人はいつもの応接室に居なかった。

「殿下達はどこにいらっしゃるの？」

ここへ通してくれたメイドに訊《たず》ねると、

「現在のお時間ならば、タブロス少将に剣技のご指南《しなん》を受けていらっしゃると思います」

という答えが返ってきた。

「ああ、そうだったわね……」

王子達は、この国を統《す》べる王の子として、帝王学、哲学、経済学、地理、歴史など、学ばなければならないことが無限にある。いずれは王妃、あるいはそれに準じる者となる身として、ダフネも座学であれば、ある程度一緒に講義を受けていたが、さすがに剣術に交じるわけにはいかない。

最近ひとつ年を経《へ》るごとに、自分と王子達との間に、それまでなかった差が開いていくのを、ダフネは淋《さび》しさと共に感じていた。

彼らが刺繍《ししゅう》を習うことがないように、ダフネもまた剣技を習うことはない。分かっているはずなのに、分かりたくない自分がいる。

アーサーとクライヴは十三になる。

まだまだ幼いと思っていた弟達だけれど、今や背丈はダフネを超え、体格もめきめきと大きく頑丈《がんじょう》になっていっている。今まで手を引いて遊んでやっていたのに、いつの間にか自分より高い位置で笑うようになり、ダフネは一抹《いちまつ》の不安を感じていた。

双子の王子達は、美貌の両親から受け継《つ》いだ秀麗《しゅうれい》な容姿で、まだ青年になり切らないうちから女性達を虜《とりこ》にしている。侯爵令嬢という高い身分と『王太子の婚約者』という肩書から、表立って文句を言ってくる者は居ないものの、陰ではダフネを悪《あ》しく思っている者がいるのは知っている。

ダフネは特に美人というわけではない。可愛らしいとは言われるけれど、炎のような赤毛は今流行《はや》りの白金髪《プラチナブロンド》にはほど遠いし、胸も尻も随分と薄い。

唯一誇れるものがあるとすれば、宰相《さいしょう》である父譲りの記憶力くらいか。ダフネは一度目にしたものは決して忘れない。そんな能力をそなえていたことから、王や父は女であるダフネを王子達の座学に同席させたのだ。

だがそれは、女性としての魅力とは到底言えないだろう。

――わたしには、女性としての魅力がない。

それをダフネに意識させたのは、ある人物だった。

「いやだわ。こんなことばかり」

つい否定的なことばかり考えてしまう自分を叱咤《しった》して、ダフネは王宮内をそぞろ歩く。

剣術の稽古《けいこ》を見に行っても良かったが、邪魔になるといけないので、中庭を散歩しようと考えたのだ。幼い頃から王宮への自由な出入りを赦《ゆる》されているダフネにとって、王宮の庭は自宅の庭と同じくらい親しみがある。今の時期ならば噴水の奥にあるガゼボに咲く薔薇《ばら》が美しいだろう。

気分を変えるのにちょうどいい、と足取りを軽くして庭へ向かった。

だがわずかに浮き立った心は、中庭へと続く回廊に差し掛かった時に、再び沈んでしまった。

向こう側から歩いてくる一行に気付いてしまったからだ。

「おや、これはこれはレディ・ウォートン。良い午後ですな」

背後に侍従を従え、熊《くま》のような体躯《たいく》を聳《そび》やかしてそう挨拶《あいさつ》するのは、トバイア・ヴィンセント・アサル――マールバラ公爵だった。その腕に手をかけて寄り添うのは、その一人娘であるグロリア・ルイーズ・アサル。蜂蜜《はちみつ》のような豊かな色の巻き毛を高く結《ゆ》い、贅《ぜい》を尽くした、けれど品のあるドレスを着こなした美少女だ。

――レディ・ウォートン。

耳慣れない自分の呼び名に、ダフネは正直なところ戸惑った。

父はウォートン領をいただく侯爵なので、娘であるダフネは確かに『レディ・ウォートン』で間違いない。だが幼い頃より王太子アーサーの婚約者とされてきたダフネは、周囲から『プリンセス・ダフネ』と呼ばれることがほとんどで、だからそれが当たり前だと思ってきた。だがその認識は傲慢《ごうまん》なものだったのだと、この時ハッキリと気付かされた。

にこやかな笑顔を崩さないマールバラ公爵と、あからさまに侮蔑《ぶべつ》するような嘲笑《ちょうしょう》を投げかけてくるグロリアに、ダフネはそれでも微笑を作った。

「ごきげんよう、マールバラ公爵様、レディ・マールバラ」

公爵は鷹揚《おうよう》にダフネに頷《うなず》いて見せる。

「お元気そうで何よりだ。これからどちらへ？」

「少し時間ができましたので、中庭へ散策に参ろうと思っておりますの」

「それはいい。天気も良いので、きっと良い気分転換になるでしょう」

「ありがとうございます。公爵様達は、今日はどちらへ？」

当たり障《さわ》りのない会話を進めながらも、ダフネは緊張していた。

マールバラ公爵のアサル家は、古くは建国の王アレクザンダー一世まで遡《さかのぼ》る、この国一、二を争う由緒《ゆいしょ》ある貴族である。マールバラ公爵は野心的な人物として知られており、血統主義を掲げる古いタイプの政治家であるため、身分にかかわらず、秀《ひい》でた者を重用しようとするダフネの父、宰相《さいしょう》オルトナーとは犬猿の仲である。

王の眷顧《けんこ》がオルトナーに向けられ宰相《さいしょう》に抜擢《ばってき》された年、公爵はそれまで就《つ》いていた大臣の職を辞《じ》して領地に引いた。だが、その権力と財力から未《いま》だ政治への影響力は大きい。

そして一人娘であるグロリアを、王太子アーサーに嫁《とつ》がせたいと考えていると噂されていた。

つまりその婚約者であるダフネは、彼らにとって邪魔者でしかない。

「我々は王妃様の所へ。我が娘も今年社交界デビューを済ませましてな。そろそろ王妃様のサロンでいろいろ学ばせて頂《いただ》かなくては、と思いまして」

「まぁ……」

ダフネは微笑《ほほえ》みながら、その裏を読む。

貴族の妻や子女を招いて開かれる王妃マーゴットのサロンは、いわば政界の縮図だ。何気ない会話の中で、政界、経済界の流れが決まることも稀《まれ》ではない。マールバラ公爵ほどのコネクションと権力の持ち主の娘となれば、たとえ気に食わない娘であったとしても、王妃とはいえ軽々しく否《いな》とは言えない。

そのサロンに自分の娘を――その意味は明らかだ。

――公爵は本当に、ご自分の娘を『王太子妃』にしようと考えているのだわ。

これはダフネへの宣戦布告と言っても過言ではない。

無論、王太子の婚約者であるダフネも王妃のサロンのメンバーだ。幼い頃よりダフネを可愛がっていると知られる王妃のサロンに、あえて乗りこんでくるのだ。一見捨て身のようにも見えるが、恐らく自信の表れなのだろう。

「レディ・マールバラのようなお美しい方が仲間に加われば、きっとサロンも華やぐことでしょう。王妃様もお喜びになられますわ」

ダフネは如才《じょさい》なく答えながらも、やんわりと牽制《けんせい》する。ここで狼狽《うろた》えたり弱味を見せたりしたのでは、オルトナー家の名が廃《すた》る。

するとと公爵はフ、とわずかに鼻を鳴らした。

「……さすがは宰相殿《さいしょうどの》のご令嬢だ。実に賢く隙《すき》がない。……だが、それだけでは『妃《きさき》』

としては少々危《あや》うくはありませんかな」

「……どういった意味か、お訊《たず》ねしても宜《よろ》しいでしょうか？」

言ってしまってから、ここは受け流すべきだったと後悔したが、もう遅い。

マールバラ公爵は口の端を上げた。

「『妃《きさき》』はしょせん女だ。王たる男を惹《ひ》きつけてこそ、その能力を発揮できる。男を魅《み》了《りょう》して離さぬ力が、あなたにはおありかな？　レディ・ウォートン」

揶揄《やゆ》するようなその物言いに、ダフネはカッと頭に血が上《のぼ》るのを抑えられなかった。

二の句を継《つ》げなかったダフネに満足したのか、マールバラ公爵は自分の腕に置かれた娘の白い手を、殊更《ことさら》ゆっくりと撫《な》でて見せる。まるで人形のように美しい娘は、愛らしく父親に微笑《ほほえ》み返す。

「では、我々はそろそろ」

公爵親子は優雅に会釈《えしゃく》をし、ダフネの脇を通り抜ける。

「みすぼらしい女」

吐き捨てられた言葉は、グロリアのものだった。

ダフネは咄嗟《とっさ》に顔だけを彼女に向けた。

勝ち誇った笑《え》みを浮かべたグロリアと目が合う。

華やかでありながら、品を失わない後ろ姿を見送り、ダフネは呟《つぶや》いた。

「愛らしいひと……」

揺れる金の巻き毛、鹿のように大きな瞳をした、可憐なグロリア・ルイーズ・アサル。嫋《たお》やかで艶《あで》やかで、女性の魅力に溢《あふ》れている。

確かに彼女であれば、男性の目を惹《ひ》きつけてやまないだろう。

ダフネはふらりと中庭へ向けて再び足を運んだ。皆忙しいのか、中庭に人気《ひとけ》はなかった。午後の柔らかな日射しはサラサラと流れる噴水の水に乱反射している。その様はまるで光と水が戯《たわむ》れているよう。

その噴水に近付き、水の中を覗《のぞ》きこむ。

揺れる水面に、赤毛の青白い顔をした貧弱な女が映っている。

「本当に、みすぼらしいこと……」

それは自嘲《じちょう》なのか、確認なのか。

美しい双子の王子。その隣に並び立つ者として、自分は本当に相応《ふさわ》しいのだろうか？

そう気付いてしまえば、その昏《くら》い考えは常に付き纏《まと》い、事あるごとにダフネを不安にさせた。

ダフネは首を小さく振って、噴水から離れて奥にあるガゼボに向かう。あそこの脇に咲く薔薇《ばら》を見るために、ここに来たのだから。

それなのに、その薔薇《ばら》を見る気も失《う》せて、ガゼボの中のベンチに力なく座った。

手にしていた贈り物の包みをぎゅっと抱き締める。

ダフネが刺繍《ししゅう》をしたハンカチーフ。もちろん、彼らは喜んでくれるだろう。けれど、本当にこんなものを彼らに渡してしまっていいのだろうか？　女性手ずから刺繍《ししゅう》を施《ほどこ》したもの——それを渡すことは互いが親密な関係であることを意味する。

「——やっぱりダメよ。渡せない。こんなもの」

不安に襲《おそ》われて、ダフネは独り、首を振った。

「何を渡せないって？」

「きゃっ！」

唐突に掠《かす》れた声がかかって、ダフネは飛び上がって悲鳴を上げた。振り向けば、クライヴが白いシャツと黒いトラウザーという軽装で、ガゼボの入り口に寄り掛かるようにして立っていた。少し伸びた黒い前髪が額にかかり、こちらを斜めに見るその姿がやけに艶《つや》っぽく見え、ダフネの胸が何故か跳ねた。

「ク、クライヴ！　ビックリした！　いつの間に!?」

「少し前から。そうだな、ダフが噴水を覗《のぞ》きこんでいた時からかな」

それでは、鬱々《うつうつ》と物思いにふけっていたのをずっと見られていたことになる。ダフネは顔を真っ赤にしてクライヴを睨《にら》んだ。

「酷《ひど》いわ。声をかけてくれればよかったのに！」

するとクライヴはクスリと笑って肩を竦《すく》め、こちらに近付いて来た。

「可愛かったから見てたんだ。──コマネズミみたいで」

その声は、高いような、低いような──どちらともいえず、掠《かす》れている。

「まぁ、もう！　クライヴ、失礼だわ！　レディに向かってネズミだなんて！」

そう言えば、双子は随分と身長が伸びたようだ。ダフネの背を抜いたのは去年の冬だったが、ここ数ヶ月でまたぐんと伸びたのかもしれない。

そして、この声。クライヴはアーサーより先に声変わりを迎えていた。

「どうして？　コマネズミは可愛い。小さくて、白くて、目が愛らしくて──ね？　ダフにそっくりだ」

「でも、ネズミだわ！」

「ネズミは僕の一番好きな動物だよ。だってダフに似ているから」

憤慨《ふんがい》したダフネの物言いにクライヴは意《い》に介《かい》した風もなく、わけの分からないことを言ってくる。

「──っ、だから、それが失礼なのよ！」

喚《わめ》くダフネを無視して、クライヴは、つ、と手を伸ばす。そして、贈り物を持っていないダフネの左手を取った。手袋をしていないダフネの手の甲に親指を滑《すべ》らせ、その感触を楽しむように何度も撫《な》でている。クライヴの手はいつの間にか自分のそれよりも骨張って大きくなっており、まるで包みこむようなその温もりに、ダフネは胸の奥に妙な熱を覚えて戸惑った。

「ク、クライヴ？」

「──小さいな、ダフの手」

囁《ささや》くように落とされたその言葉に、クライヴもまた自分と同じものを感じているのだと、ダフネは本能的に悟った。と同時に、自分とクライヴとの間に起きている、この得《え》体《たい》の知れない反応に、恐れを抱《いだ》いた。

──ダメ。これは、いけない。この感情は。この熱は。

自分達の関係を壊すものだ。それはしてはいけない。決して。

だからダフネは、『姉』として毅《き》然《ぜん》と振る舞った。不自然にならない程度にやんわりと、クライヴに捕らわれた自分の左手を抜き取る。

「論点がずれているわ、クライヴ。哲学の先生にも言われたでしょう？　議論の論点は見失ってはいけないと。わたしが言いたいのは、女性に対する比喩《ひゆ》にネズミというのは適切でないということで――」

「ずれてないよ。ダフは可愛い。世界一可愛い」

「なっ！」

まるで夢見るような目でそう言われ、ダフネは顔を真っ赤にしてしまった。

そのダフネの様子に、クライヴはあどけなさの残る美しい顔を綻《ほころ》ばせ、ダフネをぎゅっと抱き締めた。

「可愛い。ダフ、可愛い」

自分よりも背が伸びたクライヴの身体は、以前の記憶よりもずっと硬く、そして逞《たくま》しくなっていた。すっぽりと包みこまれた腕の中で、ほんのりとクライヴの汗の匂いがした。そう言えば、メイドが剣の指南《しなん》を受けていたと言っていた。

クライヴの首すじに頬を押し付けるような形で抱き締められながら、ダフネは自分の心臓が早鐘《はやがね》を打っているのを、全身で感じていた。

クライヴの肌の熱が、布越しに伝わる。肩と腰に回った腕の、力強さも。

クライヴの、熱と、匂いと、力と――ダフネの五感の全てが、クライヴに支配されたような感覚に囚《とら》われ、くらくらと眩暈《めまい》がした。

——どうしよう。誰か……アーサー！

普段寡黙《かもく》で我儘《わがまま》を言わないクライヴだが、ダフネと二人きりになると時折甘ったれになることがあるのだ。それはダフネにしか見せないクライヴの一面で、彼女はまるで彼を独占しているかのようで、嬉しいと思っていた。今回もそれなのかもしれない。けれども、これは行き過ぎだ。

アーサーがいる時には絶対にそうはならないので、ダフネは咄嗟《とっさ》にアーサーの気配を探ったが、残念ながらもう一人の弟はまだどこかで道草を食っているらしい。

首を動かしたことで、ダフネの視線の先を感じ取ったのか、クライヴの腕に力がこもった。

「アーサーを探してるの？　ダフ」

その声色は、今まで聞いたこともないほど冷えたものだった。ダフネはぎょっとして顔を上げた。

そこには、見知らぬ男の表情があった。

良く見知った顔のはずだった。可愛い、愛《いと》しい、生まれた時からの大切な『弟』、クライヴ——だが今ダフネを見下ろすその秀麗《しゅうれい》な顔は、残酷な嘲笑《ちょうしょう》を湛《たた》えて——それでいてどうしようもなく切なく熱い色を瞳に宿《やど》す、一人の『男』の顔があった。

――誰。これは、誰。

ダフネは凍《こお》り付いた。こちらを射抜くクライヴの眼差《まなざ》しに、心ごと磔《はりつけ》にされた気がした。身を竦《すく》ませるダフネに、クライヴが苦く微笑《ほほえ》んだ。そこに滲《にじ》むやるせなさに、ダフネの胸の奥がじくりと痛む。

――どうして。どうして、そんな目をするの。

「アーサーに助けを求める？　婚約者だものね。ただの『幼馴染《おさななじみ》』の僕に、こんな風に抱き締められたら、困るんでしょう？　でも残念。アーサーは来ないよ。父上の所に鷹《たか》使《つか》いが来ていて、そっちにすっ飛んで行ったから」

それでも、クライヴはダフネを離そうとしない。ダフネは首を左右に弱々しく振った。

――そうじゃない。困ったりしない。

そう言いたいのに、ダフネの喉は干上《ひあ》がってしまって、一言も声を発してくれなかった。

そんな自分が情けなくて、ダフネの翡翠《ひすい》の瞳に涙が浮かんだ。

潤《うる》んだ目でただひたすら首を振り続けるダフネに、クライヴの顔がくしゃりと歪《ゆが》む。

まるで今にも泣き出しそうなクライヴのその表情に、ダフネの涙腺《るいせん》が決壊した。瞬《まばた》きもせずボロボロと涙を零《こぼ》すダフネの頬を、クライヴがそっと包んだ。

漆黒《しっこく》の双眸《そうぼう》と、翡翠《ひすい》の双眸《そうぼう》が対峙《たいじ》した。

クライヴの瞳の中にぼんやりと映る自分の顔を、ダフネは見つめた。

「ねぇ、ダフ。もし……もし、君の婚約者がアーサーではなく、僕だったら……君は、そんな風に泣かないでいてくれた？　赦《ゆる》してくれた？　抱き締めて、キスをしても――」

語尾はダフネの口の中に消えた。

柔らかな感触がして、ダフネは自分が口づけられているのだと知った。

逃《のが》れようとは思わなかった。それどころか、とても心地好かった。

クライヴはダフネの唇を啄《ついば》むように、何度も何度もキスを繰り返した。やがて角度を変えてそれが降りて来たかと思うと、ぬるりとした熱いものが口内に侵入してきた。

初めての経験にビクリと身を揺らすと、逃《のが》さないとばかりにクライヴに引き戻された。

「――んっ……」

そのまま奥深く舌を突き入れられ、ダフネはその圧迫感に呻《うめ》いた。

ダフネももちろん初めての行為だったが、十三になったばかりのクライヴだって、初めての行為だったろう。その口づけには技巧など何もなかった。ただがむしゃらに舌と舌を絡め合い、唾液を混じえるだけの行為。

けれど、ダフネの中の『情』に火を点《つ》けるには、充分なものだった。

それがクライヴの痛いほど純粋で、混じり気のない『熱』に誘発されたものなのか、あるいはダフネの中に元々燻《くすぶ》っていたものなのかは、分からない。
けれど、この瞬間、ダフネは気付いてしまったのだ。
自分の恋情に。
――わたしは、クライヴがすき……
クライヴの切ない表情を見るたび、胸が甘く痛むのも。
自分にしか見せないクライヴの顔に、独占欲を感じたのも。
この腕の中から出たいとも、逃《のが》れたいとも思えないのも。
このキスを、涙が出るほど嬉しいと思うのも。
――クライヴが、すき……
けれど、次の瞬間思い出したのは、自分の立場だった。
『王太子の婚約者、ダフネ・エリザベス・オルトナー』
――いけない！
ダフネは弾《はじ》かれたように、クライヴを突き飛ばした。
二人の身が離れる。

クライヴは息が上がっていた。その唇が、艶《なま》めかしく濡れている。

ダフネもまた息を切らしながら、その光景を目にしていられず、咄嗟《とっさ》に顔を背《そむ》けた。

「……ダフ……」

「ダメ、言わないで、クライヴ。何もなかったの。わ、わたし達は、何もしてない。ただここで、話をして、そして……そして、わたしがこの、ハンカチーフを渡しただけ。ふ、ふたりのために、わたしが刺繍《ししゅう》をした——」

言いながら、声が震えた。堪《こら》える間もなく涙が頬を転がり落ちる。

どうして、恋をしてしまったのが、クライヴなのだろう！

どうして、婚約者がクライヴじゃなかったのだろう！

「ダフ」

「これ！　ハンカチーフよ！」

近付こうとするクライヴを押し留めるように、ダフネは持ったままだったハンカチーフを突き出した。

にっこりと笑顔を作って見せる。声は震え、涙はとめどなく流れていたけれど。

「わ、我ながら、巧《うま》くいったと思うの。お母様にも、褒められたのよ！　ア、アーサーは鷹《たか》で、クライヴは鷲《わし》。見てみてちょうだい。ほ、ほんとうに、よく、できた——」

嗚咽《おえつ》が漏れた。

肩を震わせてそれを堪《こら》えようとするダフネに、クライヴが言った。とても穏やかな声だった。

「――うん。ありがとう、ダフ。とても、とても綺麗《きれい》だ」

その声には、それまでの熱はなく、湖のように静かだった。

ダフネは思わず顔を上げた。クライヴは微笑《ほほえ》んでいた。

その笑顔は、ダフネの知る『弟』のもの――

「ごめん、ダフネ。もう困らせないよ。ダフネは、これまで通り、僕の『姉さん』だ。そして将来は、義姉となる人」

「クラ……」

「ハンカチーフ、ありがとう。大切にするよ――ずっと。ずっとね」

クライヴはそう言って、踵《きびす》を返した。まだ少年特有の細さの残る、けれどしなやかな背中。

ダフネはそれを呆然《ぼうぜん》と見送るしかなかった。

それしか、できなかった。

そして、以来クライヴが『ダフ』と呼ぶことはなくなったのだ。

第三章　マグノリア

王太子アーサー・ガブリエル。第二王子クライヴ・ナサニエル。そして王太子の婚約者、ダフネ・エリザベス・オルトナー。この三人の仲睦《なかむつ》まじさは、良く知られていた。そして二人の王子に一人の娘という異質な環境に身を置きながら、ダフネに妙な噂が立たなかったのは、ある時期を境《さかい》に、第二王子クライヴ・ナサニエルが浮名《うきな》を流すようになったからだ。

プリンセス・ダフネはあくまでも、兄王子アーサー・ガブリエルの婚約者。

第二王子のお相手ではない。

周囲は第二王子の奔放《ほんぽう》な噂に苦笑しつつも、それは青年期の男子にありがちなことであったので、取り立てて騒ぐことはなかった。それは彼が決してうら若き無垢《むく》な女性を選ばなかったことも、一因であったのだろう。彼の好みはずっと年上の手馴《てな》れた女性——未亡人《みぼうじん》であったり、高級娼婦《こうきゅうしょうふ》であったり——つまり、王族の『妻』候補にはなり得ない女性ばかりだったから。

そんな第二王子とは対照的に、王太子アーサー・ガブリエルとプリンセス・ダフネの二人は順調に関係を築き上げていった。二人で孤児院を訪問したり、他国からの留学生との交流会に参加したりと、いずれ国民に発表されるであろう、『王太子夫妻』としての関係を着実に歩んでいた。

美しく、聡明《そうめい》で快活、太陽のようにあたたかな王太子。清楚で思慮深く、優雅なプリンセス。

品行方正な『王太子』『王太子妃』を絵に描いたような二人に、周囲の人間は賞賛《しょうさん》の溜息を零《こぼ》す。『まさに理想的なお二人だ』と。王子達が十八となり成人した暁《あかつき》には、王太子とプリンセス・ダフネとの結婚式が盛大に執《と》り行《おこな》われるだろう。

誰もがそう思い、疑いもしなかった。

アーサーとクライヴの成人を祝う晩餐会《ばんさんかい》を一月後《ひとつきご》に控えたある日、ダフネは孤児院を訪問するために馬車に乗った。

以前アーサーと慰問《いもん》に訪れた孤児院で、子供達のいじらしさに心を打たれたダフネは、アーサーがいなくても定期的に訪れるようになっていた。

「今日も聖トマス孤児院まで、宜《よろ》しくね。ロディ」

侯爵家に長く勤めている壮年の御者《ぎょしゃ》に声をかけると、男はニカッと歯を見せて笑った。

「もちろんです、プリンセス！　安全に参りますので、どうぞご安心くださいませ！」

本来ならば、使用人である御者《ぎょしゃ》が、このように主人の娘であるダフネに気安く受け答えするのは不作法だろう。しかしダフネは幼い頃より知っているこの御者《ぎょしゃ》のことが好きだったし、こういったやり取りに心の平穏を感じているため、あえて声をかけるようにしている。

貴族も平民も、同じ人間に相違《そうい》ない。

もちろん人の上に立つ者として、貴族には貴族の役割がある。だがそれは平民や使用人と口を利《き》くのは不作法だ、とするような価値観に立脚《りっきゃく》するものであってはならない。

それがダフネが王子達と学んだ座学の中で培《つちか》った信念だった。またそれが、ダフネが国民から支持される所以《ゆえん》でもあるのだ。

二頭立ての小さな馬車は、ダフネを乗せて走り出した。

ガタガタと揺られながら、ぼんやりと孤児院の子供達のことを考えていると、急に「うわあ!!」という悲鳴が上がり、ガタンと大きく目の前が揺れた。

「きゃあ！」

自分の声がやけに大きく感じた。

馬の嘶《いなな》きが聞こえた。身を投げ出される一瞬の浮遊感の後、時が止まったかのような錯覚に見舞われ、それから一気に激痛が身体を襲《おそ》った。

――痛い!!

背中と後頭部に痛烈な衝撃が走り、そのあまりの痛さに呻《うめ》き声すら上げられずに、ダフネは昏倒《こんとう》した。

気が付くと、見慣れた光景が目に映った。自分のベッドの天蓋《てんがい》だ。

寝ている。いや、寝ていたの、だろうか……?

「……わたし、どうしたのだったかしら……、――っ!」

頭を動かそうとした瞬間、首から後頭部にかけて鈍《にぶ》い痛みが襲《おそ》い、ダフネは息を呑んだ。

するとその声に気が付いたのか、枕元に人が駆け寄ってくるのが分かった。

「お嬢様! 気が付かれたのですね!! すぐにお医者様をお呼びします!」

その人物はそう叫ぶように言い置いて、バタバタと再び走り去っていった。声からして、恐らく傍付《そばづ》きのサリーだろう。確か十八になったばかりだったろうか。良い子なのだけど、少々落ち着きがない。

苦笑と共に、ふと気が付く。

——お医者様？

すると、わたしはこの頭痛が原因で床《とこ》に伏せていたのだろうか？

ダフネは記憶を辿《たど》り、自分が孤児院へ行く途中だったのを思い出した。

「ええと、馬車に乗って、それから……」

独りぶつぶつと呟《つぶや》いていると、「失礼いたします」という声と共に、侯爵家の主治医と、なんとクライヴが姿を見せた。

久し振りに見るクライヴは、いつもきちんと撫《な》でつけられている黒髪が少し乱れていて、眉間《みけん》には深い皺《しわ》が刻《きざ》まれている。酷《ひど》く険《けわ》しい表情だった。

——どうして、クライヴが。

度肝《どぎも》を抜かれて絶句するダフネに構わず、二人の男はベッドに近づいて、ダフネの顔を覗《のぞ》きこんだ。

「ご気分はいかがですか、レディ」

医者が穏やかな声で訊《たず》ねる。ダフネはクライヴを気にしつつも、その質問に答えた。

「あまり良くありませんわ、ドクター。何故ここに寝ているのかも分からないですし、何より身体を動かすと頭が酷《ひど》く痛むんです」

顔を歪《ゆが》めるダフネに、医者はふむ、と頷《うなず》いた。

「お名前を伺《うかが》ってもよろしいですかな？」

「まぁ、わたしの名前をお忘れになったのですか？　ダフネですわ。ダフネ・エリザベス。小さな頃からドクターのお世話になっておりますのに、随分と薄情でいらっしゃるわ」

てっきり何かの冗談かと思い、からかうような物言いでダフネがそう言うと、医者は神妙《しんみょう》な顔で「いやいや」と首を振った。

「そうではありませんよ、レディ。無論貴女のお名前はちゃんと存じ上げております。あなたは馬車の事故に遭《あ》われ、頭を強く打って気を失ってしまわれていたのですよ」

「まぁ！」

言われて、ダフネは一気に思い出した。

そうだ。孤児院に向かう馬車の中、ロディの悲鳴が上がって、身体が宙に浮いて、それからものすごい衝撃が来て——

「事故だったのね……」

ぼんやりと呟《つぶや》いていると、クライヴの少々苛立《いらだ》った声が上がった。

「ドクター。とにかく、診察を」

ドキリとしてダフネが視線をやれば、クライヴは漆黒《しっこく》の瞳に思い詰めたような色を宿《やど》して、相変わらず険《けわ》しい表情をしていた。医者は慌てて手にしていた重たげな鞄から道具を引っ張り出した。

「失礼を。レディ」

医者はそう短く断ると、ダフネの上瞼《うわまぶた》や下瞼《したまぶた》を引っ張って眼球を診《み》る。そして首と頭の様子を確かめると、道具をしまいながら、何故かクライヴの方を見て説明した。

「このまま吐き気や眩暈《めまい》、激しい頭痛がなければ問題はないでしょう。とはいえ、今日明日はとにかく安静に。何かあればすぐご連絡ください。明日また往診に参ります」

「分かった。侯爵にもそう伝えておく」

「お願いいたします。それでは、私はこれで」

まるでこの家の主《あるじ》のように振る舞うクライヴに、ダフネは少々戸惑いながらも傍観《ぼうかん》していた。

何しろあのキス以来、ダフネとクライヴが二人きりになるのは、これが初めてだったのだから。

「あの、お父様とお母様は？　クライヴは、どうしてここに？」

「侯爵夫人は君が事故に遭《あ》ったと聞いて、気を失って伏せっておられる」

「まぁ、お母様！」

「侯爵は事故の検分に立ち会い、陛下に報告するために王宮へ向かっている。アーサーはジェイル地方の慰問《いもん》に出たところで不在だったために、私が侯爵に彼の代理を頼まれたんだ」

ジェイル地方は、先月季節外《はず》れの暴風雨で水源であるニーケ川が氾濫《はんらん》し、甚大《じんだい》な被害を被《こうむ》った地域だ。その慰問《いもん》にダフネも行きたいと申し出たものの、まだ半壊状態の街に女性は連れて行けないとアーサーに断られたのだ。

恐らく幼い頃から王子達を見てきた親近感から、父は何の気なしにクライヴに代理を頼んだのだろうが、クライヴにとっては迷惑だったに違いない。

妙な緊張を孕《はら》んだ雰囲気に、ダフネはできるだけ気安い調子で口を開いた。

「そ、そうだったの。ごめんなさいね、迷惑をかけてしまって」

クライヴの眉間《みけん》の皺《しわ》は、依然深いままだ。きっと来たくもないダフネのもとへ来させられたのが、不本意なのだろう。医者を急《せ》かす言動や、苛立《いらだ》ったような表情から推《お》し量る限り、そう考えるのが妥当《だとう》に思えた。

もしかしたら、ここへ来させられたことで、恋人の所へ行けなくなったのかもしれない。

クライヴにとって、ダフネを世界一可愛いと言ったあの告白は、思春期の熱病のようなものだったのだろう。身近な異性といえばダフネしかいなかったから、勘違いしてしまっただけだったのだ。

今もきっと、ダフネなど逆立ちしても敵《かな》わぬような、美しい女性が待っているのだろう。

胸の内の自虐に、口元が歪《ゆが》む。ダフネはそんな顔を見られたくなくて、クライヴから顔を背《そむ》けて言った。

「もう大丈夫だから、戻ってくださって結構よ。お父様ももう戻って来るでしょうし、それに……」

「そんなに、嫌なのか！」

頭上から怒声《どせい》が降ってきて、ダフネは驚いて顔を上げた。

クライヴが悲痛に顔を歪《ゆが》めて、こちらを睨《にら》み下ろしていた。その漆黒《しっこく》の瞳に浮かぶ激しい色に、ダフネは心臓を射抜かれて、身動《みじろ》ぎできなくなった。

「君が事故に遭《あ》ったと知らせを受けて、私がどれだけ……っ、それなのに、君は、傍《そば》にいることすら拒むのか‼」

――あ。

ダフネはようやく気が付いた。クライヴが顔をしかめていたのは、ダフネを心配していたからだ。

強がりなクライヴは、いつだって我慢をするのだ。怖いのや哀《かな》しいのを堪《こら》えて、我慢し過ぎて顔を強張《こわば》らせてしまう。それが怒っているかのような表情になってしまい、よく周囲に誤解されていた。

王や王妃ですら間違えるその感情の発露《はつろ》を、ダフネとアーサーだけが分かってあげられた。

クライヴのこの顔は、この表情は、不機嫌だからじゃない。泣くのを堪《こら》えている顔なのだ。

「ごめんなさい、クライヴ」

ダフネの口から、するりと言葉が出てきた。

真っ直ぐなダフネの言葉に、クライヴの双眸《そうぼう》が揺れる。

「ごめんなさい。わたしは、大丈夫よ」

ダフネはベッドに横たわったまま、両腕を開いて名を呼んだ。

「クライヴ」

くしゃり。クライヴの険《けわ》しい表情が、解《ほど》けた。そして、クライヴはその頭をダフネの胸の中に預けた。どしりとした重量が胸部に乗ったが、ダフネは苦しいとは思わなかった。

ただ愛《いと》しかった。その黒髪に口づけるように頬をすり寄せ、ゆっくりと、何度も何度も絹《きぬ》のような黒髪を手で梳《す》いた。クライヴの身体は、小刻《こきざ》みに震えていた。

「君が、無事で良かった――!」

絞《しぼ》り出すようなその低い声に、ダフネの全身が戦慄《せんりつ》した。

そして悟《さと》った。

自分は、一生クライヴしか愛せないのだと。クライヴだけを愛して、生きていくのだと。

そして、その愛の不毛《ふもう》さに、絶望した。


王子達の成人を祝う晩餐会《ばんさんかい》まで二週間となったある日、ダフネは先日行けなかった孤児院へとようやく足を向けることができた。というのも、事故で気を失って以来、父がなかなか外出を許してくれなかったからだ。

「王子達の晩餐会《ばんさんかい》まで、大人しくしていなさい」

というのが父の言《げん》だったが、いくらそのために万全を期《き》して安静にすると言っても、一月後《ひとつきご》の催《もよお》しのために邸《やしき》の中に閉じこもり切りというのは、ダフネとしては納得がいかない。

身体はもう回復している。事故から三日後には、医師から普通の生活をして良いとお墨付《すみつ》きをもらっているというのに。

そもそも、なるべく晩餐会《ばんさんかい》のことは考えたくないと思っているダフネにとって、その準備のために浮き足立つ邸《やしき》の中にいることは、非常に苦痛でもあったのだ。

「お父様、お願いです。晩餐会《ばんさんかい》が終われば、今度は結婚式の準備に移ってしまうのでしょう。そうなると、自由な時間などほとんどなくなってしまうわ。まだ身軽な身の内に、孤児院の子供達の顔を見てきたいの。また行くと約束をしてしまったんだもの。未来の王太子妃が嘘を吐《つ》いたと、あの子供達が思ってしまっては大変でしょう?」

渋る父に再三《さいさん》食い下がると、父は深い溜息を吐《つ》いた。

「全く、屁理屈《へりくつ》ばかりうまくなって、仕方のない子だ。いいだろう、行ってきなさい。ただし、私が選んだ護衛を必ず連れて行くように。決して一人で行動してはならない。分かったね?」

「ありがとう! お父様!」

父の首に抱き付いてお礼を言うと、父は苦笑を漏らしながらも、娘の華奢《きゃしゃ》な身体を抱き締めて幼い頃のように頭を撫《な》でた。その感触を愛おしむように味わっていると、父はおもむろに腕を外し、ダフネを床に下ろして立たせた。

見上げる父の緑の瞳は、自分と同じく深い色合いをしていた。その目尻には、いつの間に刻《きざ》まれたのか、細かな皺《しわ》があった。そこには王と共にこの国を背負《せお》う宰相《さいしょう》としての威厳《いげん》と、その重責《じゅうせき》を担《にな》ってきた苦労が表れていた。

自慢の父だ。

冷静沈着で、どんな困難な局面にも常に最善を尽くすことのできる、王の懐刀《ふところがたな》。『王家の赤き宝刀《ほうとう》』と異名を取ったその頭脳は、まさに切れ味鋭い刀の如《ごと》く、多くの不正や悪を一刀両断し、正義を執《と》り行《おこな》ってきた。

――父のようになりたい。父の名に恥じぬ『王太子妃』、ひいては『王妃』となり、王を、この国を支えたい。

それはいつの頃からだったか、ダフネの心に芽生《めば》えた願望だ。女の身で何を傲慢《ごうまん》なことを、と言われるかもしれない。けれど、『王太子妃』の身分を授かるだろうダフネには、その願いは的《まと》の外《はず》れたものでもなく、そして必要なものであった。

その父が、今、執政者《しっせいしゃ》の目をしてダフネを見下ろしていた。

だからダフネも、娘としてではなく、王太子妃候補としての自分を瞬時に立ち上げて、自分と同じ翡翠《ひすい》の視線を受けた。

「だが我儘《わがまま》を聞くのは、これで最後だ。お前は王太子妃になる。この国を、王と共に担《にな》う片翼《かたよく》になるのだ。そのような自分の想いだけで行動できることは、この先一切なくなると心得なさい。お前の言葉、仕草、そのひとつひとつに、この国の尊厳《そんげん》がかかっているのだから」

「――はい、お父様」

「誰よりも寛容でありなさい。誰よりも冷厳《れいげん》でありなさい。誰よりも柔軟《じゅうなん》でありなさい。誰よりも高潔《こうけつ》でありなさい。そして自分に惑いなく、毅然《きぜん》と顔を上げていなさい。――それが、王太子妃であるということだ」

「肝《きも》に、銘《めい》じて」

――自分に惑いなく、毅然《きぜん》と顔を上げていなさい。

ダフネはぎゅ、と目を閉じる。

今はほど遠い、その心境に。

いつかこの国の『王妃』として毅然《きぜん》と、あの漆黒《しっこく》の瞳と向き合うことができるように。

検分の結果、馬車の事故は車輪の軸止めが外《はず》れてしまったがために起きたらしい。馬車から車輪が外《はず》れた時、生身のまま放り出された御者《ぎょしゃ》のロディは、腰を打って大怪我をし自宅療養しているという。ダフネは心配したものの、事故に関してあの気のいい御者《ぎょしゃ》にお咎《とが》めはないと言われ、ホッとした。そして、温かい食べ物とワインを送るようにと執事に言付《ことづ》けた。ロディは馬車の手入れを任されていたはずだから、一般の貴族の邸《やしき》では今回のようなことがあったら解雇処分されてもおかしくはない。父は他の貴族のように使用人に理不尽なことをする人ではないが、娘であるダフネが怪我を負《お》ったことで激《げっ》高《こう》しやしないかと不安だったのだが、杞憂《きゆう》だったたようだ。

そのロディの代わりの御者《ぎょしゃ》というのが、なんと王宮から派遣された王国親衛隊の騎士だった。

王とその家族を護るべき立場の騎士に、御者《ぎょしゃ》の真似をさせるなど、とダフネは非常に恐縮したが、浅黒い肌のその騎士はにっこりと白い歯を見せて笑った。

「王の勅命《ちょくめい》ですから、どうぞプリンセスはお気に病《や》まれませんよう。それに、プリンセス・ダフネはいずれ王族のお一人となられるお方。その御身《おんみ》をお守りすることは、親衛隊の職務から決して外《はず》れてはおりません」

そう言われてしまえば、ダフネに否《いな》はない。「ありがとう」と微笑《ほほえ》み返し、差し伸べられたその手を取って馬車に乗りこんだ。孤児院に向かう馬車は、順調に進み目的地へと着いた。

孤児院の院長や子供達に満面の笑《え》みで迎えられたダフネは、それまでの憂鬱《ゆううつ》な気分をその笑顔で払拭《ふっしょく》することができた。

「プリンセス！　鬼ごっこをして！」

「ダメだよ！　絵本を読んでもらうんだから」

「違うよ、今日はカードを教えてくださるんだから！」

我先にと群《むら》がり、ダフネの関心を引こうと躍起《やっき》になる子供達を、ダフネは微笑《ほほえ》ましく思いながら一人一人の相手をする。

子供達を見ていると、思い出すのは双子の王子の幼い頃だ。あの二人も、ダフネを挟《はさ》んでよくこういった小競《こぜ》り合《あ》いをしたものだ。一人しかいない『姉』役のダフネの意見は、いつだって双子の世界の物事の優劣を決めていたから。

あの頃、世界は極《ごく》単純だった。『すき』と『きらい』だけに分けられていて、ダフネ達は三人でいることが『すき』だった。三人が三人ともお互いに大すき。ただそれだけで良かった。

単純で、ひどく愛おしいあの時間。

子供達を見ていると、その時間の中に再び戻れるような気になれた。

――ああ、だからわたしは、ここに来たかったのね。

三人の関係が決定的なものとなってしまう、晩餐会《ばんさんかい》の前に。

ダフネの心の中にある隙間《すきま》。それはクライヴによって開けられてしまった。彼でなくては埋まらないその空洞《くうどう》を、ダフネはこうして思い出を手繰《たぐ》り寄《よ》せることで埋めようとしているのだ。

自分を取り戻すために。

「あの、プリンセス……お茶をご用意いたしました」

不意に背後から声をかけられ、ダフネは驚いて振り返る。そして息を呑んだ。

立っていたのは、自分と同じ年頃の女性だった。着古したあずき色のドレスに白いエプロン。飾り気の欠片《かけら》もない恰好をしていたけれど、彼女にはそんな物は一切不要だった。

豊かな白金髪《プラチナブロンド》は艶《あで》やかに背を流れ、春のせせらぎのような淡い水色の瞳は濡れたように潤《うる》み、ただでさえ可憐なその容貌を、一層愛らしく彩《いろど》っていた。

――まるで宝石のよう……！

同性でありながら、ダフネはその美しさに言葉を失った。女性はそんなダフネを見て不思議そうに小さく首を傾《かし》げて、「あの」と呟《つぶや》いた。ダフネはようやく我に返った。

「ごめんなさい。あなたがあまりに綺麗《きれい》だから」

思わず心のままにそう言えば、女性は目を丸くして頬を染める。

「とんでもありません！　プリンセスの方がずっとお綺麗《きれい》です！」

それが社交辞令だと分かるだけに、ダフネは苦笑を禁じ得なかった。自分が綺麗《きれい》ではないことくらい嫌と言うほど分かっている。けれどそれは表には出さず、ダフネは微笑《ほほえ》んだ。

「ここには何度も足を運んでいるけれど、あなたにお会いするのは初めてだわ。お名前は？」

「マグノリア・ヒンギスと申します。最近、ここを手伝わせてもらっております。普段は街で薬師をしております」

「まぁ、薬師？　すごいのね！　随分とお若いのに」

ダフネの記憶によれば、薬師と呼ばれる職は経験が物を言う。薬草や薬石《やくせき》などの下ごしらえや調合は非常に神経を使うだけでなく、慣れた者でなくてはできないため、薬師として世に出るためには非常に時間がかかるのだ。しかも薬師の世界にはその職業に就《つ》く者だけの掟《おきて》のようなものが存在していて、師事する先達《せんだち》が認めなくては世に出ることはできないのが、暗黙の了解になっている。師となる薬師は、己の持てる技量の全てを完全に伝授してからでないと、弟子の独り立ちを認めないのだ。薬師達は、そうして職の質を永《なが》い年月保ち続けている。

国が認めた資格が必要な医師と違い、無認可で名乗ることができる薬師の名前は、そういった経緯から、医師と同様の信頼を人々から得ているのである。

「いえ、まだ新米ですので、なかなか。信頼を得るためには、まだまだ時間がかかりそうです。実はお店の方も閑古鳥《かんこどり》で、こうしてここで臨時に雇ってもらえるのがありがたいぐらいで」

マグノリアはそう言って苦笑した。

そうだろうな、とダフネは思った。それは薬師としてマグノリアが若輩《じゃくはい》だからではない。もちろん若過ぎるのも、不信に繋がる要素ではあるだろう。だが、マグノリアの場合はそれだけではない。

マグノリアは、薬師であるには美し過ぎるのだ。人は度を越えて美しいものには畏怖《いふ》を覚える。その魅力は、『薬師』には必要ない。むしろ敬遠《けいえん》される要素になるだろう。

薬師は医師同様、人間を診《み》る職業である。症状を改善するために、その原因を外的な面からだけではなく、内的な面からも探る。その人の極めてプライベートな面に触れることになるのである。そのような親密な関係を築き上げる場合、診《み》る者の美しさは、『毒』になりうる。

つまり、患者が薬師、ないし医師に特別な感情を抱《いだ》き、診《み》ることができなくなってしまうのだ。

恐らくこれは、薬師が年を経《へ》てからでないと独り立ちできない理由のひとつでもあるのだろう。適齢と呼ばれる時機を逸《いっ》した年齢になれば、そういった対象から外《はず》れる確率が上がるであろうから。

「あのね、聞いてもいいかしら？」

「何故あなたの師は、こんなにも若いあなたを放り出してしまったの？　独り立ちさせず師事させ続ければ、あなたが職に困ることはなかったでしょうに」

「はい」

薬師は師弟の絆《きずな》がとても深いという。一度師弟関係を結べば、その弟子が完全に独り立ちできるまで、師が弟子を養うのだ。だから薬師は生涯に一人の弟子しか取らない。それは自分の技術、また顧客も、後継者である弟子に譲るからだ。

マグノリアは驚愕《きょうがく》したように目を見開いて、ダフネを凝視《ぎょうし》した。

「プリンセスは、どうして薬師のそんなこみ入った事情までご存知なのですか？」

「どうしてって……この国を治める人間の一人ならば、当然だわ。この国にどのような類《たぐい》の職があり、どのような役割を担《にな》っているのか。その形態はどういったものなのか。それらを知らなければ、国を治めることなどできはしないもの」

ダフネがこれまで座学で学んできた至極《しごく》当たり前のことに、マグノリアが驚くことの方に驚く。

だがマグノリアはしげしげとダフネを観察すると、はぁっと溜息を吐《つ》いた。

「……信じられません。わたし、貴族のお姫様って、ただ綺麗《きれい》なドレスを着て笑っているだけなのかと……あ、すみません！」

口をついて出た失言に慌てるマグノリアを、ダフネは笑って制した。

「いいのよ。そういう人がいるのは事実ね。でもわたしはそういった人達とは立場が違うの。わたしは王太子妃、いずれは王妃になる身。王と共に、この国を支えていかなくてはならない。最善を尽くし、この国をより良くするのが、わたしの役目だもの」

そう穏やかに言《げん》を紡《つむ》ぐダフネが、どれほど凛々《りり》しい顔をしているのか、本人は気付いていないだろう。だがそれを目《ま》の当たりにしたマグノリアは、その美しい顔をしばし固め、それから何故か酷《ひど》く苦しげな表情を作った。

ダフネは自分の理想を滔々《とうとう》と語ってしまったことが恥ずかしくなり、小さく舌を出して笑った。

「なんて、まだ婚約者でしかない小娘のくせに、図々《ずうずう》しかったわね」

「――いいえ！」

勢いよく否定され、ダフネはきょとんとした。マグノリアは、妙に切迫した顔で首を振っている。

「いいえ。とても気高い志《こころざし》です、プリンセス。……わたしの師は、罪を犯してその土地の領主に捕らえられました」

「ええ⁉」

唐突な告白に、ダフネは度肝《どぎも》を抜かれて声を上げた。突拍子もない内容に、何かの冗談かと思ったが、マグノリアは表情を変えず淡々と続けた。

「それだけの罪を犯したのです。当然でした。けれど師と同じ罪を犯した貴族は、未《いま》だ罰せられることなく、のうのうと暮らしているのです。わたしはそれが赦《ゆる》せなかった。だから、貴族は大嫌いだったのです。ですが……」

ただびっくりして目を白黒させているダフネに、マグノリアは眩《まぶ》しそうに目を細めた。

「あなたのような方が――貴族にもいらっしゃるのですね……」

「まぁ、マグノリア……」

「どうか、マギーとお呼びください、プリンセス」

その言葉に、ダフネの顔に作り物ではない笑《え》みが浮かんだ。

愛称で呼んでほしい、そんな言葉を同世代の女性から言われたことなどなかった。

――まるで友人のようだわ。

思えば、幼い頃から王宮と家を往復するだけだったダフネは、双子の王子だけが友人だった。三人の関係があまりに完結したものだったため、他に親しい友人はできなかった。

「分かったわ。ではマギー、さっきお茶を用意してくれたと言っていたわよね？」

「あっ、そうでした！　どうぞ、応接室の方へいらしてください！」

マグノリアは慌てた様子でダフネを応接室へと誘う。ダフネはクスクスと笑いながらその後に続いた。

応接室のテーブルには、すでにお茶が入ったカップが用意されていた。

隣接する修道院の修道女でもある院長が、席に着いて待っていて、ダフネが入ってくると立ち上がって挨拶《あいさつ》した。

「まぁ、お待たせしてしまい申し訳ありません、院長様。どうぞお座りになってください」

ダフネが詫《わ》びれば、院長はとんでもない、と首を振る。

「子供達のお相手をしてくださっていたのでしょう？　子供達はプリンセスの来訪を、それはもう楽しみにしておりましたから。ありがとうございます、プリンセス・ダフネ」

にこやかにそう感謝され、ダフネは少々気まずくなる。何しろ、遅れたのは子供達と遊んでいたからではなく、マグノリアとお喋《しゃべ》りをしていたからなのだから。

「ああ、でもお茶が冷めてしまいましたね。マギー、新しく淹《い》れ直してくれる？」

院長がそう言ったので、ダフネは首を振ってカップを手に取った。

「いいえ、大丈夫ですわ、院長様。まだ充分温かいですもの」

そう微笑《ほほえ》んでカップに口を付けようとした途端、マグノリアの悲鳴が聞こえた。

「ダメッ……！」

え、と思っていると、手に衝撃を受け、カシャンという硬質な音がした。気が付けば手にしていたはずのカップがテーブルの下に割れて転がっていた。もちろん、中身は無残に飛び散っている。

「まぁ！　何をしているの、マギー！」

院長の大声が響いて、ダフネはようやく事態を把握《はあく》できた。

マグノリアがダフネの持っていたティーカップを叩き落としたらしい。

「すみません、院長様！　プリンセスに淹《い》れたての熱いお茶を飲んで頂《いただ》きたくて、つい手が……」

マグノリアが首を竦《すく》めて謝るが、院長はまだ目を吊《つ》り上げている。

「つい、ではありませんよ！　そんな理由で、プリンセスにお怪我でも負《お》わせたらどう責任をとるつもりなのですか！」

あまりの剣幕《けんまく》に、マグノリアよりもダフネの方が恐縮してしまい、慌てて仲裁《ちゅうさい》に入る。

「院長様、わたしは大丈夫ですから。ね、マギーも顔を上げて。お茶を淹《い》れ直してくださるかしら？」

そう促《うなが》せば、院長はしぶしぶ怒気《どき》を和《やわ》らげた。マグノリアは蒼《あお》い顔をして塵取《ちりと》りで割れたカップを片付け、一礼して部屋を出て行った。その後ろ姿を見送った後、院長が深々と頭を下げる。

「本当に申し訳ございません、プリンセス」

「いえ、いいのですよ。誰にでも粗相《そそう》はありますわ」

「本当に、お優しくていらっしゃる……ありがとうございます。それにしても、普段はあんなことしでかすような子ではないのですが……プリンセスの前で舞い上がってしまったのかしら」

溜息を吐《つ》いて首を捻《ひね》る院長に、ダフネもまた首を傾《かし》げた。

――舞い上がって？

そんな風には見えなかった。ダフネから見たマグノリアは、どちらかというと落ち着いた物腰で、舞い上がるという言葉は似つかわしくないと思ったのだが。

ダフネは何となく腑《ふ》に落ちないものを感じたものの、その後の院長の言葉で納得した。

「あの子はお茶を調合するのが得意なので、きっとプリンセスに一番美味《おい》しい状態を味わって頂《いただ》きたかったのですわ」

「まぁ、そうだったの……。それは楽しみだわ」

マグノリアは薬師なのだから、お茶を調合するのに誇りを持っているのかもしれない。

そして実際、マグノリアが淹《い》れ直してきてくれたお茶はとても美味《おい》しかった。

「美味《おい》しい！　とても美味《おい》しいわ、マギー！　なんていい香りなの！」

その感嘆はお世辞《せじ》ではなかった。柑橘系《かんきつけい》の香りの中に、甘いバニラの香りがほんのりと漂《ただよ》うそのお茶は、ダフネが今まで飲んだ中で一番美味《おい》しかった。

「そんな。褒め過ぎです、プリンセス」

謙遜《けんそん》するマグノリアを見ながら、ダフネはふと思い付いた。

――マグノリアをわたしの傍《そば》に置いてはどうだろうか？

王太子妃として王宮に入れば、ダフネはサロンを開かねばならない。有力貴族の婦人や子女を招いてお茶を嗜《たしな》みつつ、その背後にある政治的な動向を把握《はあく》し制御していくのだ。そのためには婦女子の好むお洒落《しゃれ》や流行を掴《つか》む必要がある。センスが悪ければ、他の有力貴族にその力を奪われてしまう。

お茶はサロンの大切な小道具のひとつだ。舌の肥《こ》えたダフネから感嘆を引き出すことのできる、マグノリアの調合の手腕は素晴らしい。また彼女の美しい容姿も武器のひとつになるだろう。自分の容姿に自信のないダフネにとって、自分の土俵《どひょう》に美貌という要素を補《おぎな》ってくれる腹心《ふくしん》は欲しい所だ。

「ねぇ、マギー。唐突なことを言うけれど……あなた、わたしに仕《つか》えてくださらない？」

「は？」

当然ながら、マグノリアは呆気にとられた顔をした。それはそうだろう。初めて会った、しかも王太子の婚約者にそんなことを言われても、俄《にわ》かには信用できない。

「あなたは……その、お仕事に困っているようだし、わたしは自分のサロンのための人材が欲しいと思っていたの。あなたは物腰も丁寧だし美しいし、何よりこれほど美味《おい》しいお茶を調合できるなんて、まさに理想的だわ！　お給料は充分に払います。ね、是非《ぜひ》お願いします」

マグノリアの手を取り懇願《こんがん》するが、彼女はおおいに戸惑っていた。

「そんな、わたしなど、とんでもありません」

「いいえ。本当に、あなたは逸材《いつざい》なの。どうかわたしを助けると思って。お願い」

食い下がりながら、ダフネは自分でも不思議だった。

——何故わたしは、こんなに必死になってこの下町の娘を傍《そば》に置こうとしているのかしら？

逸材《いつざい》とは言え、今日初めて会った娘だ。父の交友関係を探せば、相応《ふさわ》しい人物はいくらでもいるだろう。それなのに、マグノリアを傍《そば》に置きたいという衝動を、どうしても抑えられなかった。

『マギーとお呼びください』

そう言うマグノリアの愛らしい笑顔に、胸が弾《はず》んだ。

——多分、わたしは『友人』が欲しいんだわ。

ダフネは握っていたマグノリアの手に、もう片方の手も重ねて言った。

「ねぇ、マギー。わたしは幼い頃から王子達とばかり居たせいで、同性の友人がいないの。わたしはもうすぐ王家に嫁《とつ》ぐことになるわ。そうなってしまうと、立場上、同性の友人など作りようがない。だから、その前に同じ女性としていろいろ話ができる、友人が欲しいの。……わたしの、友人になってくださらない？」

それは切実な願いだったのだと、言葉にしながらダフネは気が付いた。

ダフネは今、二人しかいない親友をひとり失った。そして正式に王太子妃になることで、残ったもう一人も失うだろう。他の男性を愛しながら結婚するという、罪深い秘密を持ってしまうのだから。王宮に上がってしまえば、ダフネは独りきりだ。

その孤独を支えてくれる、友人が欲しかった。

「プリンセス……」

マグノリアは淋《さび》しげなダフネを凝視《ぎょうし》し、しばし逡巡《しゅんじゅん》していたが、やがて困った顔をしつつも笑ってくれた。

「わたしで宜《よろ》しければ、喜んで。プリンセス」

「ありがとう！　マギー！」

歓声を上げてマグノリアの手をぶんぶんと上下に振ると、ダフネは「そうと決まれば、いろいろ根回しをしなくちゃ！」とウキウキと案を練《ね》り始めた。

マグノリアを自分の傍《そば》に置くことは、ダフネにとって冒険とも言える、大胆な行動だ。決して失敗のないよう、綿密《めんみつ》に計画を立てる必要がある。

自分の思考の中に没頭《ぼっとう》するダフネを、マグノリアは呆気にとられたように眺めていたが、しまいにはクスクスと笑いだした。

「本当に変わった方ですね、あなたは……」

そう独り言《ご》ちながら、マグノリアはその水色の瞳を、す、と眇《すが》めた。

そこには、やるせない自己嫌悪と、底冷えするような冷酷な影が宿《やど》っていた。

「あなたが、そんな風でなかったら良かったのに……」

それは小さな小さな呟《つぶや》きだった。マグノリアの愛らしい桜色の唇で呟《つぶや》かれたその言葉は、考えることに夢中のダフネには、聞かれることはなかったのである。

第四章　不安

マグノリアを傍《そば》に置くことに難色《なんしょく》を示したのは、まず護衛である騎士だった。薬草茶の知識を身に付けるために、講師として連れ帰ると説明すると、彼は馬車に乗りこもうとしたダフネとマグノリアを押し留め、いったん孤児院に戻してしまった。

「申し訳ございません。どうしてもその女性を連れて行かれると仰《おっしゃ》るのでしたら、まず御父君、あるいは殿下にその旨《むね》をお伝えし、指示を仰《あお》がなければ私は動くことができません」

「ええ!?」

「我々親衛隊の仕事は、主君の命をお守りすることです。どうかご了承ください」

親衛隊は王家に忠誠を誓った騎士で構成されている。婚約者とはいえまだ王家の一員ではないダフネの言葉よりも、王家の人間の言葉を重んじるのは理解できる。

だが父にしてもアーサーにしても、最近妙に過保護な気がする。

晩餐会《ばんさんかい》を控えているためだと思ってきたが、どうもそれだけが理由だとは思えない。

不自然さを感じながらも、ダフネには頷《うなず》くことしかできない。

騎士はすでに部下に命じて王宮へと使いを出していた。しばらくすると、王宮から返答が来て、騎士はダフネに向かって微笑《ほほえ》んだ。

「許可が下りた模様です。どうぞ薬師のお嬢様も一緒に馬車にお乗りください」

ダフネはホッとして、それから隣に控えていたマグノリアに謝った。

「ごめんなさいね。わたしの方からお願いしたのに、嫌な気分にさせてしまって」

するとマグノリアはとんでもない、と首を振った。

「プリンセスの御身《おんみ》の安全にかかわることですもの、当然です」

「そう言って頂《いただ》けると、とてもありがたいわ」

申し訳なく微笑《ほほえ》みながら、ダフネはマグノリアと共に馬車に乗りこんだ。

帰宅したダフネを迎えたのは、父ではなく、クライヴだった。

「おかえり、ダフネ」

「……………クライヴ、殿下」

わざわざホールにまで出迎えにきた長身の美丈夫《びじょうふ》に、ダフネはあんぐりと口を開けた。

それでも人目があったため、呼び捨てにしそうになるのを慌てて改め、敬称を付けた。

どうやら急いで駆け付けた風のクライヴは、何かの公務中だったのだろうか、いかにも王子然とした姿だった。艶《つや》のある黒のフロックコートは、背の高いクライヴに悔しいくらいに良く映《は》えた。

クライヴは端整な顔を綻《ほころ》ばせ、ダフネとその後ろのマグノリアを見た。その漆黒《しっこく》の眼差《まなざ》しがマグノリアに向かった瞬間、ほんの少し眇《すが》められた。

「どうして、クライヴ殿下が？」

あの馬車の事故以来、クライヴはよくこの邸《やしき》に顔を出す。何でも宰相《さいしょう》である父との仕事があるらしいが、ダフネにしてみれば複雑である。諦めなくてはならない恋の相手が、こうもしょっちゅう出入りしているのだ。やりづらいことこの上ない。

それにしても、この邸《やしき》に来るのは大抵父が仕事を終えて帰宅する夜であったのに、どうして今日はこんな昼間からここにいるのだろう。

「王宮に使いが来たからね。君が薬師を傍《そば》に置きたがっていると。君の父上は手が離せないようだったから、私が代わりに」

「……そうだったのですか」

ダフネの返事は極微《ごくかす》か声だった。クライヴの小さな嘘に気付いたからだ。クライヴは嘘を吐《つ》く時、わずかに目を伏せるのだ。父が手を離せなかったというのは、嘘だ。恐らくあの護衛の使者は、父の所へではなく真っ直ぐにクライヴの所に向かったのだろう。

──最近のこの物々しい護衛は、クライヴの仕業《しわざ》なんだわ。

護衛が言っていた『殿下』とはアーサーのことだとばかり思っていたが、クライヴの方だったに違いない。クライヴの命《めい》を受けて、あの親衛隊の騎士達は動いているのだ。ダフネが昏倒《こんとう》したあの日、クライヴは縋《すが》り付かんばかりに心配してくれた。恐らく、あの一件が原因なのだろう。

父にダフネを家から出すなと命じたのも、恐らくクライヴなのだ。その過保護ぶりを腹立たしく思う反面、嬉しくもなってしまう。恋する相手が自分を気にかけてくれるのだから。

「わざわざありがとうございます、殿下」

そう礼を言えば、クライヴは片手を上げてそれを制する。

「いや、未来の王太子妃の傍《そば》に置く人間だ。王家の者がそれを検分するのは当然だよ。私が責任を持って、彼女を見定めさせてもらおう。──本来は、アーサーがするべきなんだろうが」

──アーサーが。

その言葉に傷付く権利を放棄したのはダフネだ。

高揚しかけた心が急下降したが、ダフネは顔に微笑を貼り付け続けた。

そんなダフネに、クライヴは静かな眼差《まなざ》しを向けていたが、やがてダフネの後方に目を遣《や》った。

「君が、マグノリア・ヒンギスだね？」

「――はい、殿下」

声をかけられ、マグノリアが膝をついて頭《こうべ》を垂《た》れる。クライヴはダフネの横を通り過ぎ、片膝をついてマグノリアの肩に手を置いた。

「公式の場ではないから、膝を折らなくていい。顔を上げて……――驚いたな、薬師と聞いたから、これほど若く美しい人だとは思わなかった」

マグノリアの澄んだ水色の双眸《そうぼう》を見つめるその声には紛《まぎ》れもなく感嘆が混じっており、ダフネの胸はチリリと痛んだ。

マグノリアの美しさは、誰もが目を瞠《みは》るものだ。クライヴだって心惹《こころひ》かれないはずがない。

――どうしよう。クライヴが、マグノリアに惹《ひ》かれたら。

咄嗟《とっさ》にそう考えてしまった自分の浅ましさに、ダフネはうんざりした。

それがどうしていけないのか。クライヴには、自由に恋をする権利がある。

ダフネはドレスを、きゅ、と握り締めた。

艶《つや》やかな闇のような黒髪のクライヴと、ふわりと降り注《そそ》ぐ陽の光のような白金髪《プラチナブロンド》のマグノリア。美貌の者同士が並ぶその姿は、見ている者がうっとりと溜息を吐《つ》くほどで、物語の絵のようだった。

これ以上その様子を見ていたくなくて、目を背《そむ》けた時、ドアを開く音と共に明るい声が割って入った。

「遅くなってすまない！　公務が長引いてしまって……ああ、クライヴの方が先だったな！」

その声の主は、アーサーだった。ダフネは救われたような気持ちになって、ドアの側まで彼を迎えに行った。

「アーサー！　あなたもわざわざ来てくれたの？」

「もちろんだよ、婚約者殿！　何しろ、君が僕達以外に傍《そば》に置こうとした初めての人だからね。ちょっと妬《や》けるじゃないか。是非《ぜひ》一度会っておかなければと思ってさ」

おどけたように片目を瞑《つむ》って見せるアーサーに、ダフネもついクスクスと笑いを漏らしてしまう。

「まぁ、アーサーったら。マグノリアは女性よ。ヤキモチなんておかしいわ！」

「――ダフネ・エリザベス・オルトナー」

低い静かな声でフルネームを呼ばれ、ダフネの笑い声は喉で凍《こお》り付いた。ハッとして声の主の方を振り返れば、クライヴが酷《ひど》く冷めた目でダフネを見下ろしていた。

「いくら婚約者とはいえ――客人の前だ。王太子にそのような口の利《き》き方をするものじゃない」

「――!」

ダフネは自分の口元を押さえた。クライヴに対してはあれほど注意を払っていたのに、アーサーの砕けた雰囲気にホッとして、つい敬語を忘れてしまっていた。指摘されて当然の失態に、ダフネの頬がカッと赤くなる。

「も、申し訳……」

身を強張《こわば》らせて謝罪を述べようとするダフネを、アーサーが庇《かば》った。

「おいおい、クライヴ！　そんな固いことを言わなくても」

「客人の前だ」

言葉を遮《さえぎ》るようにクライヴが短く繰り返せば、アーサーは溜息を吐《つ》いて肩を竦《すく》めた。

そのままクライヴに歩み寄り、その肩に手をかけて耳元で何かを囁《ささや》く。

「――黙れ」

忌々《いまいま》しそうに唸《うな》るクライヴの声は聞こえたが、アーサーの囁《ささや》きはダフネの耳までは届かなかった。

双子の剣呑《けんのん》な様子にハラハラするダフネに、アーサーが励ますような笑《え》みを向けた。

「さて、君が傍《そば》に置きたいほど気に入ったと言う人はどこかな？」

「あ、彼女ですわ。……マギー」

「はい」

ダフネが呼びかければ、少し離れた所に立っていたマグノリアが一歩進み出て、また
も膝を折った。アーサーはそんな彼女に歩み寄り、先ほどのクライヴ同様、顔を上げる
よう声をかける。

「マグノリア・ヒンギスと申します。お目にかかれて大変光栄です、王太子殿下」

言われた通りに顔を上げたマグノリアを見て、アーサーが息を呑んだ。

「こ、これは……また……！」

マグノリアの美貌に驚愕《きょうがく》するアーサーに、ダフネは満悦《まんえつ》の笑《え》みを隠せなかった。普段
明るく飄々《ひょうひょう》としているアーサーの、こんなに驚いた顔を見たのは初めてかもしれない。

「綺麗《きれい》な人でしょう？　それにお茶を淹《い》れるのがとても上手なんです。王太子妃のサロ
ンには持ってこいの人材だと思わなくて？」

得意になって話すダフネに、アーサーはマグノリアを凝視《ぎょうし》したまま少し苦笑した。い

つもは夏の空のように澄んだ青色をしているその瞳が、酷《ひど》く熱を孕《はら》んで色合いを深めていたが、傍《そば》に立つクライヴを意識していたダフネは気が付けなかった。

「……そうだね。確かに、逸材《いつざい》になってくれそうだ」

「でしょう？」

「だけど、まだ彼女を君の傍《そば》に置くことはできない。マグノリアには、身元がハッキリして安全な人物だという確証が持てるまで、王宮に居てもらう」

「……まぁ」

アーサーの言葉にあからさまにガッカリしたダフネに苛立《いらだ》ったのか、クライヴが深い溜息を吐《つ》いた。

「君は王太子妃になる身。君の安全を守るためには、必要なことなんだ。それが、王家の者になるということだ。分かってくれるね？」

まるで聞き分けのない子供にでも言い聞かせるような物言いに、またもダフネの自尊心は傷付けられる。

クライヴの表情は穏やかなままだったが、黒曜石《こくようせき》の瞳にはこちらを威圧《いあつ》するような力がこもっていて、ダフネにそれが命令であることを悟らせた。未《いま》だかつて、クライヴにそんな威圧的《いあつてき》な態度を取られたことはなかった。クライヴはいつだって優しい『弟』で、ダフネがお小言《こごと》を言う立場だった。

だが今目の前にいる男性は、支配者の風格を備えていた。

息を呑んで、ダフネはただ頷《うなず》いた。

情けないことに、握った手がどうしようもなく震える。

アーサーはそんな二人の様子を見て、何故か苦笑に口元を歪《ゆが》めつつ、マグノリアの手を取った。

「じゃあ悪いけれど、ダフネ。彼女は連れて行くよ」

ダフネがクライヴに気を取られているうちに、いつの間にかアーサーはマグノリアの肩に手を置いて連れ出そうとしていた。立場上、普段必要以上に女性に触れようとしないアーサーにしては、随分とマグノリアとの距離が近い気がして内心首を傾《かし》げつつ、ダフネは口を開いた。

「まぁ、もう？」

「僕も帰っていろいろやらなくてはならないことがあるんだよね」

そう言われてしまえば、私情で王太子の時間を潰すわけにもいかず、ダフネは黙って見送るしかなかった。

「では、ダフネ」

アーサーに少し遅れて、端的な挨拶《あいさつ》だけを残し、クライヴもまたオルトナー邸を後にした。

それがまるで、先に行ったマグノリアを、一刻も早く追いかけたいかのように思えて、ダフネは胸が張り裂けそうになった。

——クライヴは、マグノリアを愛するようになるのかしら……?

クライヴはマグノリアに惹《ひ》かれているように見えた。

小さくなっていく精悍《せいかん》な後ろ姿を見つめながら、今まで自分の周囲にあったものが、削《そ》ぎ落とされるように失われていくのを感じていた。

扉が閉まり馬車の音が遠ざかって聞こえなくなるまで、ダフネはただその場に佇《たたず》んでいた。


双子がマグノリアを連れ去ってから数日間、ダフネは自室に籠《こ》もった。

友人になれると思った人を、双子に奪われて拗《す》ねているのではない。

クライヴがマグノリアに見惚《みと》れる姿を目の当《ま》たりにしてしまったからだ。

マグノリアの美貌には、表立って女性に興味を示さないアーサーだって驚いていた。

クライヴだって心惹《こころひ》かれないはずがない。

そのマグノリアが、クライヴと同じ所にいるのだと思うと、心が騒いで仕方なかった。全く根拠のない、馬鹿げた不安だと分かっていても、消し去ることができずにいた。夕食にも手を付けず自室に籠《こ》もりきりのダフネを見兼《みか》ねたのか、その日珍しく父が部屋を訪れた。

「ダフネ、少しいいかね」

何をするでもなく、夜着のままベッドに横になっていたダフネは、重い身体を気怠《けだる》く起こした。

「……お父様」

何も食べていないので、顔色が悪かったのだろう。父は痛ましげに眉《まゆ》を寄せて、娘の頬をそっと掌《てのひら》で撫《な》でた。

「何か食べた方が良いのではないか」

「……すみません。食欲が、なくて。飲み物なら喉を通るので、温かい紅茶をさっき頂《いただ》きました」

「……そうか」

父はそれから何度も何度もダフネの頬を撫《な》でた。乾いた手の感触は少しざらついていたが、温かくとても心地好かった。

「お前は本当にいいのか、ダフネ」

ポツリと父が呟《つぶや》いた。声は低く極小《ごく》さいものだったが、他に音のないこの空間で、父のその呟《つぶや》きを聞き間違えるはずはない。

だが何を問われているのか理解できず、緑の瞳を見開いた。父の緑の瞳には、憐憫《れんびん》のような色が混じっていたけれど、確かな愛情を感じた。

「いいのか。このまま王太子妃に――アーサー殿下の花嫁となって」

その質問にダフネは一瞬息を呑んだ。

それはダフネの中で必死に抑えねばならないものだったからだ。

何故、アーサーだったのか。

何故、クライヴではなかったのか。

何故、ダフネだったのか。

その疑問は全て、ここ最近ダフネがややもすれば嵌《はま》りこんでしまいがちな、『もし』の世界に繋がる導火線《どうかせん》だ。無意味でありながら、爆発してしまえば全てを壊してしまう、恐ろしい爆弾の導火線《どうかせん》。

「どうして、そんなことをお聞きになるの」

ダフネは極力《きょくりょく》感情を見せずにそう言った。笑《え》みのひとつでも零《こぼ》せれば良かったのだろうが、今それをすれば、泣いてしまいそうで怖かった。

そんな娘の懸命の演技に、父は気付いているのだろうか？

父はダフネの寝台に腰を下ろすと、その小さな赤毛の頭を自《みずか》らの胸に引き寄せた。

ふわりと、懐かしい父の匂いがした。独特の、インクと紙の匂い。いつだって書類に埋もれている父には、その匂いが染み付いてしまっているのだ。

父はダフネの肩を軽く抱きながら、ぽつりぽつりと話し始めた。

「お前と王子達いずれかとの婚約は、最初は王陛下の戯言《ざれごと》のようなものだったのだ。私はもちろん相手にしなかった。だがお前達があまりに仲睦《なかむつ》まじいものだから、それも良い案のように思えてきてしまったのだよ。何より、お前は利発《りはつ》だ。冷静で沈着、そして他人を慮《おもんぱか》ることのできる優しさを持っている。取り分けその頭脳は、幼い頃より秀《ひい》でていた。『王妃』としての素質に恵まれ過ぎていたのだ。私は一人の父として、『王妃』などという重責《じゅうせき》を背負《せお》わなくてはならない立場に、娘を置くべきでないと思った。だが、この国の『宰相《さいしょう》』としての自分は、お前であれば、歴史に名を残す賢妃になれると、そう判断してしまったのだ」

ダフネは黙って聞いていた。

父の言には少なからず後悔が滲《にじ》んでいた。

父は、後悔している？　わたしが、やはり『王太子妃』には相応《ふさわ》しくないと？

それはいつしかダフネが抱《いだ》き始めた不安だった。

――わたしは、王太子妃には、相応《ふさわ》しくない。

だってそうだろう？　王太子妃であるには、いつでも冷静沈着で、論理的で根拠のある言動が取れなくてはならない。そして何より、己のことではなく、国を慮《おもんぱか》って行動しなければならない。国にとって民にとって、何が益で、何が損で害になるのか。優先されるべきはそちらで、自分であってはならない。

それなのに最近のダフネときたら、己の想いに振り回されるばかりで、冷静な判断はおろか、自分の周囲の人間に気を配る余裕すらないのだ。

そんな矮小《わいしょう》な人間が、王太子妃に相応《ふさわ》しいはずなどない。

「お父様……お父様も、やはり、わたしが王太子妃に、相応《ふさわ》しくなかったと、お思いですか？」

ダフネは震える声で訊《たず》ねた。

すると自分の肩を抱く父の腕に、ぎゅ、と力がこもった。

「それを、誰かに言われたのか？」

語気荒く言われ、ダフネは驚いて首を振った。いつでも冷静な父にしては珍しい。公私混同のない父でも、実の娘が貶《おとし》められれば腹を立てるのだろうか。

ダフネがふるふると首を横に振ると、父は安堵《あんど》したかのように身から力を抜いた。

「わたしが自分で不安に思っているだけです」

「そうか……お前でも、そんな不安を抱《いだ》いたりするのだな。いや、考えれば当たり前だな。いくら賢く毅然《きぜん》として見えても、お前はまだ二十一の娘でしかない。これから王太子妃になるという大義を前に、不安にならない方がおかしい。だが、ダフネ。私はお前が王太子妃に相応《ふさわ》しくないと思ったことなど、一度としてない。お前はこの国で誰よりもそれに相応《ふさわ》しい器《うつわ》を持って生まれた——いや、持って生まれてしまったと言うべきか……。私が言いたいのは、お前がその立場に立たされている事を、疎《うと》み始めているのではないかと、そう訊《たず》ねたかったのだ」

「——お父様……」

娘の瞳を覗《のぞ》きこむ顔は、まぎれもなく『父親』そのもので、『赤き宝刀《ほうとう》』と呼ばれる冷徹《れいてつ》な鋭利《えいり》さは欠片《かけら》も見られなかった。

・

ウィルフレッド・オルトナーは、いつだって『宰相《さいしょう》』だった。己の立場を忘れず、常に自分を律して行動する。それは家庭にあっては多少薄れるものの、彼の根底には『国』があり、その価値観が揺らぐことは決してなかった。父が『国』よりも『家族』を優先することは、一度だってなかったはずだ。

それが『父』の姿であった。

それなのに、今、父は娘である自分を、国よりも優先してくれようとしている。

「ダフネ。お前には、苦しい選択を強《し》いてしまったのだろうか？」

父の問いに、ダフネは首を振った。

「いいえ！　いいえ、お父様。わたしは、わたしの夢は、お父様のようになること。お父様のように、立場は違うけれど、『王太子妃』として、ひいては『王妃』として、この国を、王を支えていきたい。それは変わりません。これはわたし自身が望んだこと。苦しいはずなど、ありえませんわ」

そう。これは自分で選んだ道だ。

ならばこの苦しみも、自分で選び取ったもの。その苦しみを抱いて、誇りに思えばいい。

ダフネはまだ心配そうにこちらを見つめている父に、にっこりと微笑《ほほえ》んで見せた。

「もう体調も回復すると思います。明日には、アーサー殿下と晩餐会《ばんさんかい》の予行を兼《か》ねて、衣装などの打ち合わせをしに、王宮へ行って参りますわ」

父はしばらく黙ったまま娘の赤い髪を撫《な》でていたが、やがてふ、と溜息のような笑《え》みを漏らした。

「……お前が、そう言うなら。ダフネ」

ダフネは甘えるように父の懐《ふところ》に顔を埋《うず》め、心の奥底で悲鳴を上げる恋心に、カチリと鍵をかけた。

第五章　『殺して』

晩餐会《ばんさんかい》の打ち合わせをしに王宮へ来たダフネは、アーサーの不在を告げられて一気に手持無沙汰《てもちぶさた》になってしまった。アーサーはまた地方視察に出ていて夜まで戻らないと言う。

ダフネは溜息を吐《つ》いて紅茶を飲んだ。

打ち勝つと誓った嫉妬心《しっとしん》に、心を苛《さいな》まれていた。

大したことではない。クライヴは、ただ単に王太子妃となるダフネの傍《そば》に置く人物を調べるために、一時的にその身柄を預かっただけだ。それだけだ。それなのに、押しこめきれない恋心が叫ぶのだ。

――クライヴは、マグノリアの美しさに心を奪われてしまったのではないか。

——身辺調査と言いながら、自分の傍《そば》に置いて、そのまま自分の恋人にしてしまうつもりなのではないか。

そんな邪推《じゃすい》をしたところで、ダフネにどうこう言う権利などない。

ダフネは王太子アーサーの婚約者だ。クライヴの相手は、ダフネではないのだ。

頭では理解していたその事実が、生々しさを持って、ダフネの心臓に爪を立てる。

痛い。苦しい。

——だがそれがどうしたと言うのか。

その痛みこそが、自分のことしか考えていない、浅ましい厚顔の証拠ではないのか。

こんな想いを抱《いだ》いている時点で、アーサーも、そしてあの時『弟』に戻ると言ってくれたクライヴも、裏切っているのだから。

クライヴが差し出してくれた手を取れば良かったのだろうか？

愚《ぐ》の骨頂《こっちょう》だと分かっていて、ダフネは夢想する。

あの手を取って、そして——夢の中の無為《むい》の幸せに浸《ひた》ろうとして、自分を引き戻す。

時は決して戻らない。過去をどれほど悔やんだところで、前に進むしか道はないのだ。

過《あやま》ちから学ぶこと、それだけが、より良き未来を手に入れるために、人にできることなのだ。

ダフネはそっとカップとソーサーをテーブルに置くと、立ち上がって傍《そば》に控えていた侍女に言った。

「少し散歩へ行ってきます」

――マグノリアに会おう。

彼女はダフネに巻きこまれただけだ。

もし王宮にいることがマグノリアにとって不本意なことであるのなら、クライヴにどう思われようと、すぐに解放してもらうよう申し入れるつもりだった。

マグノリアに与えられた部屋は、王宮の中でも奥まった場所にある一室だった。

まるでその存在を隠すかのように選ばれた奥の奥の部屋を見て、ダフネは胸が焼ける想いがした。

そこは――クライヴの部屋にとても近かったから。

やはりクライヴは……深みに嵌《は》まりそうになる思考を振り払い、ダフネは部屋の前に立った。ノックをしようと腕を上げた時、中から微《かす》かに言い争うような声が聞こえてきた。

「……めて……さい！」

「……が……公爵…………分かって……」

「……やめて！」

その声がマグノリアの悲鳴に聞こえて、ダフネは慌ててドアを押し開いた。

その扉の先にあった光景に、ダフネは凍《こお》り付いた。

「な……にを、しているの……」

それほど大きくはないけれども天蓋《てんがい》付きのベッドの上で、上質なリネンに絡まるようにもつれ合う二人の男女――

春の陽射《ひざ》しのような白金《プラチナ》の髪と、艶《つや》やかな夜の闇のような漆黒《しっこく》の髪。

マグノリアと、クライヴ――

マグノリアは太腿《ふともも》までドレスを捲《まく》り上げられ、女性らしく長く嫋《たお》やかな足には骨ばったクライヴの手が這《は》っている。

ダフネの手を握り、その手を「小さいな」と評して撫《な》でた、あの手で。

眩暈《めまい》がした。自分の中で膨《ふく》れ上がる負の感情に、全てを塗り替えられてしまう。真っ黒――いや、真っ赤に。血の色をしたその感情に、ダフネは全てを委《ゆだ》ねたくなった。

全てを委《ゆだ》ねて、壊してしまえばいい。目の前の、現実を、全部。

そうする寸前でダフネを踏み止まらせたのは、父のあの言葉だった。

『お前はこの国で誰よりもそれに相応《ふさわ》しい器《うつわ》を持って生まれた――』

――ああ、お父様。そうではないのです。

決して、そうではない。自分は弱くて醜《みにく》い。王太子妃に相応《ふさわ》しくなど決してない。だが、父が――最も尊敬するこの国の『宰相《さいしょう》』である人が、そう言ってくれるのであれば。

――わたしは、ダフネ・エリザベス・オルトナー。

「ダフネ！　何故、ここに！」

闖入者《ちんにゅうしゃ》に酷《ひど》く驚いたようで、漆黒《しっこく》の瞳が大きく見開かれて固まった。当然だろう。睦《むつ》み事の最中に、人に踏みこまれてしまったのだから。ダフネは自分が不作法をしたことに気付いた。

ノックもせずに他人の部屋に侵入したのだ。

「ごめんなさい……けれど、言い争う声が聞こえてしまったものだから」

けれど、出て来た声は、自分でも驚くほど冷静なものだった。震えも怯《おび》えも狼狽《ろうばい》も感じられない。まさに『王太子妃ダフネ・エリザベス』の声。

――そう、それでいいの。ダフネ。

ダフネが臆《おく》することなく、さらに一歩足を中に踏み入れると、マグノリアはベッドから逃《のが》れて駆け出した。よほど混乱していたのか、乱れた衣服を直しもせず、一目散に部屋の出口を目指す。ドアの傍《そば》に居たダフネの横を通り過ぎる瞬間に、ちらりと彼女を一瞥《いちべつ》し、すり抜けていった。

小さな一言を残して。

「ごめんなさい、プリンセス――」

何がだろう？　こちらの方こそ、迷惑に巻きこんでしまったというのに。

ダフネは彼女が去って行ったドアを見つめた。

もしかして、マグノリアはダフネのクライヴへの想いを見抜いていたのだろうか？

そんなはずはない。クライヴへの想いを人が居る場所で顕《あら》わにしたことはないし、そもそもマグノリアとはそんなに長い時間を共有していない。

部屋に漂《ただよ》っていた沈黙を、低い声が破った。

「それで？　ダフネ。獲物に逃げられた憐《あわ》れな狼《おおかみ》の相手を、君が務めてくれるとでも言うのかな？」

驚いて振り返れば、ベッドの上にだらしなく腰掛けて、こちらを見ているクライヴの姿があった。

その秀麗《しゅうれい》な双眸《そうぼう》には自嘲《じちょう》するような、一方で怒りのようなものがこもっていた。

「あなたらしくない冗談だわ、クライヴ」

ダフネは動揺を押し隠して、努めて静かに答えた。

こちらに向けられた鋭い眼差《まなざ》しから、クライヴの苛立《いらだ》ちが伝わってくる。普段のクライヴには滅多《めった》に見られない激しい感情の波。

それはダフネの記憶を揺さぶった。今と同じように、クライヴが感情を発露《はつろ》したことがあった。最後に抱き締められた、あの時――クライヴは、生身の雄《オス》そのものの猛々《たけだけ》しさでダフネに迫った。その自分に対する純粋な渇望《かつぼう》に、ダフネの中の雌《メス》が歓喜した。その手に触れられ、その腕に抱かれ、そのまま溶け合ってしまいたいと叫んでいた。

ダフネは夢想にふけりそうになる自分を叱咤《しった》し、唇を噛んだ。

――それを拒絶したのは、わたし。

今クライヴがこんなにも苛立《いらだ》っているのは、マグノリアを本当に愛しているからなのだろう。いつもの礼儀正しさをかなぐり捨ててしまうほどに、腹を立てているのだ。マグノリアを逃《のが》すきっかけを与えた、ダフネに。

何人もの女性を渡り歩いていたクライヴが、ようやく愛する人を見つけることができたのかもしれない。

今胸が張り裂けそうなのは、あってはならない現象だ。この想いは、蓋《ふた》をして閉じこめたはずのものだから。未来の王太子妃ダフネ・エリザベスが持っていていい感情ではない。

――ダフネ・エリザベス・オルトナーが、取るべき行動とは？

それは、祝福すること。愛すべき幼馴染《おさななじみ》、自《みずか》らの義弟となる王子の恋を、応援すること。

たとえ、この心が血を流していたとしても。

ダフネはそっと目を伏せた。クライヴの顔を……マグノリアに恋する彼の目を見たくなかった。早口にならないよう、ゆっくりと言葉を紡《つむ》ぐ努力をして、ダフネは告げた。

「お邪魔をしてしまったのですもの。あなたの怒りは分かるつもりよ、クライヴ。けれどマグノリアはわたしがここへ連れてきてしまったようなもの。わたしには責任があるわ。あなたがマグノリアを本当に愛していて、彼女を大切にしてくれると言うのであれば、わたしは異《い》を唱えません。お付き合いには彼女の身分が問題になるでしょうから、父に言って彼女を養女に迎えてもいい。でも、マグノリア本人がそれを望んでいないのならば……」

「ふふ……はははっ！」

唐突に笑い声が響き、ダフネは驚いて顔を上げた。クライヴが片方の掌《てのひら》を自分の額に当てて、身を反《そ》らして大笑いしている。

あまりに狂気じみたクライヴの様子に驚き、ダフネは彼に歩み寄った。

どうしたのだろう？　マグノリアに逃げられたことが、そんなにショックだったのだろうか？

ダフネは恐る恐るクライヴの額に手を伸ばした。

「クライヴ？」

「ふ、くくっ……分かる？　私の怒りを？　冗談はやめてくれ!!」

クライヴはそう叫んで、差し出されたダフネの手を素早い仕草で掴《つか》んだ。

眉間《みけん》には深い皺《しわ》が刻《きざ》まれ、こちらを睨《にら》み上げる黒曜石《こくようせき》の眼差《まなざ》しの鋭さに、ダフネは息を呑んだ。クライヴの双眸《そうぼう》には、震え上がるほど激しい感情が灯《とも》っていた。

まるで、ダフネを憎んでいるかのような――

「クラ……」

「君は何も分かっていない！　何ひとつ!!　欠片《かけら》ですら、理解していないんだ!!」

獣が咆哮《ほうこう》するように叫ぶと、クライヴはダフネの手を力任せに引いた。

「きゃ……っ！」

何の心構えもできていなかったダフネは、気が付けばベッドに仰向《あおむ》けに押し倒されていた。クライヴの大柄な身体が、小柄なダフネに馬乗りになって圧《の》し掛かっている。

「クライヴ……！」

ダフネは戦慄《わなな》いた。

クライヴを怒らせてしまった。苛立《いらだ》たせたことはあっても、一度だってダフネに怒ったことのないクライヴを、怒らせた。

――それほど、マグノリアを愛しているということ……？

怯《おび》えて蒼褪《あおざ》めるダフネの顔を、クライヴはどこか恍惚《こうこつ》とした表情を浮かべて見下ろした。

「『お邪魔をしてしまった』？　『わたしには責任がある』？　そうとも、全ての責任は君にあるんだ、ダフネ。だからその責任とやらを、果たしてもらおう」

言うや否《いな》や、クライヴは胸ぐらを掴《つか》んでダフネのドレスを引き裂いた。

ビィイイイイ――

酷《ひど》くしゃがれた鳥の鳴き声のような音が響き、ダフネの紺色《こんいろ》のドレスが無残にも左右に開かれた。上等なモスリンのドレスだった。そう簡単に引き裂けるものではない。それをクライヴは素手で行《おこな》った。どれほどの怒りがそこに含まれていたのか、ダフネは想像して言葉を失った。悲鳴すら上げられなかった。

そんなダフネを眺め下ろし、クライヴは忌々《いまいま》しげに口元を歪《ゆが》めた。

「悲鳴すら上げない、か。見上げた賢妃ぶりだよ、ダフネ・エリザベス・オルトナー」

吐き捨てられた自分のフルネームに滲《にじ》む、侮蔑《ぶべつ》にも似た怒りに、ダフネの心は深く抉《えぐ》られる。

クライヴは自分を凌辱《りょうじょく》しようとしている。それくらい、男女の機微《きび》に疎《うと》いダフネにもも分かる。

——クライヴは、わたしを憎んでいる。

彼の目に灯《とも》る怒りの炎は、今さっきの出来事によるものだけではない。

これは、憎しみだ。こんなに深く昏《くら》い感情が、ただの怒りであるはずがない。何故だか分からないけれど、ダフネはいつの間にかクライヴに憎まれていたのだ。

そのきっかけは、もしかしたらダフネがクライヴを拒絶した時かもしれない。だとしても、これほど憎々《にくにく》しげな目を向けられるなんて、自分は知らぬ内によほど酷《ひど》いことをしていたのだろう。

哀《かな》しかった。と同時にそんな自分に、酷《ひど》く落胆《らくたん》した。

愛する人から、憎まれている。その事実がダフネの髄《ずい》にまで浸透《しんとう》し、内から血を凍《こお》らせていった。

クライヴは胸元まで引き裂かれたドレスを押し下げると、鎖骨をすっと指でなぞった。ぞくり、と肌が粟立《あわだ》った。震えが、肌から身の内側に伝導していくのを、ダフネは他人事のようにぼんやりと感じていた。

クライヴの指がまるで恐れるようにそっと動くのを、ダフネは意外に思った。怯《おび》えは、もはやなかった。ただ、虚《むな》しかった。

こうして触れ合うのを夢見ていた。クライヴの指を、肌の熱を、感触を、どれほど恋しいと思ったかしれない。今それが現実となっているというのに、どうしてこんなにも虚《むな》しいのか。

そこに、愛がないからだ。

愛がないだけではなく、クライヴはダフネを憎んでいる。幼い日の美しい思い出も、ダフネを世界一可愛いと言ってくれたあの時の若い愛情も、彼の中では全て無に帰《き》したものなのだろう。

今、ダフネとクライヴの間にあるのは、憎しみと、欲望だけ——

クライヴの表情は仮面《かめん》のように動かず、けれどその漆黒《しっこく》の双眸《そうぼう》だけは飢《う》えた獣のようにぎらぎらと、ダフネの身体を凝視《ぎょうし》していた。その指は、ダフネの肌の感触を味わうように何度も鎖骨を往復し、やがて細い首へと伝っていった。そしてそこでも何度もその輪郭《りんかく》を撫《な》で、ついにその首を片手で掴《つか》んだ。

「——細い、首だな」

クライヴがぽつりと呟《つぶや》いた。半眼の目からは、もうどんな感情も感じ取れなかった。

今ダフネが感じられるのは、自分の身に圧《の》し掛かる重みと、首にかけられた骨張った手の感触だけだ。クライヴの手は大きく、貧弱なこの首など一掴《ひとつか》みできてしまうのではないだろうか。

「この手に、少しでも力をこめれば、ぽきんと折れてしまうんだろうな」

――ああ、それもいい。

真上から落とされたクライヴの呟《つぶや》きに、ダフネは微笑《ほほえ》んで目を閉じた。

――殺されてもいい。あなたになら、クライヴ。

「殺して、クライヴ。あなたが望むなら」

あなたの手で殺して。

そしてあなたの腕の中で、眠らせて。――永遠に。

それは堪《たま》らなく甘い毒だった。破滅であるはずの結末が、ダフネにとってはこの上なく甘美《かんび》な毒だった。触れ合えない愛《いと》しい人を想ってこの先の人生を歩むくらいなら、クライヴの手にかかって死にたい。そう、心から想ったのだ。

――極上の、夢。

「――ダフネ……！」

切羽詰《せっぱつ》まったクライヴの声が聞こえて、ほとり、と頬に温かいものが落ちた。それが何かを考える間も与えられず、唇を塞《ふさ》がれた。

――キス。

クライヴに、キスされている。

——ああ！

ダフネは夢心地だった。

これだけでいい。これだけで、わたしはもういい。

その感触、その甘さ、その熱さ。全て覚えておこう。

死ぬとしても生きるとしても、このたったひとつのキスだけで……

クライヴの舌が侵入してきても、ダフネは抗《あらが》うことなく全てを受け入れた。クライヴの口づけは、幼い頃の口づけとは全く違っていた。ただ情熱をぶつけるだけでなく、巧《たく》みにダフネを誘い、絡め取り、蹂躙《じゅうりん》して、追い詰めた。

息が苦しい。

そこで初めて、自分の首にかけられた手に徐々に力がこめられていることに気付いた。

「ダフ……」

——ああ、その名で呼ばれたのは、もうどれくらい前だったかしら。

クライヴだけが呼ぶ、ダフネの愛称。

呼んで。もっとその名で呼んで。

幸せなまま、どうか逝《い》かせて。

ダフネは笑った。とても幸せだったから。
「僕も、すぐにいくから――」
どこへ？
訊《たず》ねたくとも、もう声は出ない。当たり前だ。呼吸を止められているのだから。
ねぇ、幸せになって、クライヴ。
ごめんなさい、憎ませてしまって。
愛しているわ――
目の前が紅く染まった。

「やめろ、クライヴ!!」

バン！　と大きな音がして、ダフネの上にあった重みが一気になくなった。同時に喉の締め付けも外《はず》れ、ダフネの肺が空気を求めて素早く開く。止められていた呼吸も即座に再開された。
ぜっ、と無様《ぶざま》な音がして、ダフネの意識は急速にクリアになった。喉に痛いほどの引っ掛かりを覚え、酷《ひど》く咳きこむ。

「ダフネ！　大丈夫か、ダフネ！」

背をやや乱暴に撫《な》でる腕に、ダフネは苦しさのあまり縋《すが》るように身を預けた。冷や汗がどっと噴き出し、全身が熱いような冷たいような、妙な心地がする。ぐったりとしながら、ゆっくりと瞼《まぶた》を開くと、空色の目がこちらを心配そうに覗《のぞ》きこんでいた。

――アーサー……

どうして、彼がここに。夜まで戻らないと言っていたのに。

アーサーはあからさまにホッとして、それから険《けわ》しい顔でクライヴを振り返った。

「何を考えてるんだ、クライヴ！　ダフネをこんな目に遭《あ》わせるなんて！」

――アーサーは誤解している。

ダフネは咄嗟《とっさ》にそう思い、アーサーを止めようとした。けれども声を出そうとした喉には全く力が入らず、呻《うめ》き声すら上げることができない。どうしたことかと自分の喉に手をやると、ふいにこちらを呆然と見つめるクライヴの眼差《まなざ》しとぶつかった。

その頬は酷《ひど》く腫《は》れ上がり、口の端から血が零《こぼ》れていた。どうやら、ダフネの上に馬乗りになって首を絞《し》めていたクライヴを、アーサーが殴り倒して止めたらしい。絨毯《じゅうたん》の上にひっくり返った体勢のまま、クライヴはダフネの喉を凝視《ぎょうし》している。そこには恐らく、絞《し》められた痕《あと》がくっきりと残っているのだろう。

――いいの、違うの、クライヴ。あなたが悪いんじゃない。

殺してほしいと願ったのは、わたしなのだから。そう言いたいのに声が出ず、ダフネは力なくふるふると左右に首を振るしかなかった。

クライヴはそれを見て、くしゃりと顔を歪《ゆが》めた。

――ああ、泣き出しそうな、あの顔だ。

ダフネは堪《たま》らなくなって、クライヴの傍《そば》に行こうとしたが、いかんせん腰が抜けていた。よろめく身体を支えるために、咄嗟《とっさ》にアーサーの腕に縋《すが》り付く。

それを見たクライヴが、顔を背《そむ》けながら立ち上がった。

「――悪かったよ、冗談だったんだ。ダフネのせいで可愛い女性に逃げられて、カッとなってしまったんだ。その上説教なんかするから、鬱陶《うっとう》しくてつい、ね」

酷《ひど》くぞんざいに言うと、クライヴは部屋を出て行こうとする。それをアーサーが噛み付くように止めた。

「いい加減にしろよ、クライヴ！　こんなことをしでかしておいて、つい、で済むと思うのか！」

今にもクライヴに掴《つか》みかからんばかりのアーサーを、ダフネは腕にしがみ付いて止めた。

――いいの、もういいの！　お願いだからやめて、アーサー、アーサー！

声が出ない分、必死さが行動に表れていたのだろう。アーサーは「ダフネ……」と呟《つぶや》いてそっと慰《なぐさ》めるようにダフネを抱き締めた。

「ははっ……！　英雄のご帰還《きかん》というわけだ！　悪者は退散するとしよう！　ダフネでも欲望の捌《は》け口くらいにはなるかと思ったが、そんな貧弱な身体では反応しなかったな」

嘲《あざけ》りの言葉に、ドアの閉まる音が続いた。ダフネは心臓を抉《えぐ》られるような痛みを感じた。

――欲望の捌《は》け口にすら、なれない。

「ちくしょう、クライヴの奴……！」

アーサーは憤懣《ふんまん》やる方ないといったように毒づいたが、ダフネが声もなくほととと涙を流しているのに気付くと、大きく溜息を吐《つ》いた。

「――まったく、本当に君達ときたら……！　今時十歳の子供でもそんなに不器用じゃないよ！」

そうわけの分からないことを言うと、よしよし、と子供を慰《なぐさ》めるように頭を撫《な》でてくれた。

「大丈夫。大丈夫だよ、ダフィー。僕が何とかしてあげるから」

アーサーはそう繰り返しながら、ダフネの頭を撫《な》で続けてくれた。

慣れたその胸に身を委《ゆだ》ねると安堵《あんど》から余計に涙が零《こぼ》れた。泣いて泣いて、泣き疲れたダフネがうとうとと微睡《まどろ》み始めた頃、アーサーの声が聞こえた気がした。

「さぁて、まずは逃げ回っている、僕の可愛い白金《プラチナ》の仔ウサギを生け捕りにすることから始めようか？　ふふ、なんて楽しい仕事だろう？　ねぇ、ダフィー」

第六章　盗まれる

昼下がりのテラスに、背の高い常緑樹《じょうりょくじゅ》の緑の隙間《すきま》から優しく麗《うら》らかな陽射《ひざ》しが差しこんでいる。お茶会にはぴったりの陽気だ。細かな細工《さいく》が施《ほどこ》された猫脚の椅子の上には、海のような藍色《あいいろ》のドレスを纏《まと》った貴婦人の姿があった。齢《よわい》五十を過ぎているというのに、その肌は真珠のように白く滑《なめ》らかで、成人を迎える息子がいるようにはとても見えない。

王妃マーゴット・アイリーン。

この国の王妃であり、双子の王子の生母である。結《ゆ》い上げられた蜂蜜《はちみつ》色の金の髪や、その空色の美しい瞳、柔和《にゅうわ》で愛らしい容貌は、兄王子アーサーに色濃く受け継《つ》がれたようだ。容姿だけではない。王妃と第一王子アーサー・ガブリエルは、性格もよく似ていると言われている。

朗《ほが》らかで、穏やか。天真爛漫《てんしんらんまん》で思《おも》い遣《や》りのある王妃は、多くの民に慕《した》われている。

その王妃は、優雅な所作《しょさ》で目の前に置かれたティーカップを手に持ち、中の紅茶の香りを嗅《か》いだ。

「んんー……とってもいい匂いだわ！　あなたもそう思わなくて？　ダフネ」

「え、ええ……王妃様」

声をかけられたダフネは、王妃の対面で頷《うなず》きながらも、戸惑いを隠せずにいた。

ダフネは今日、王妃に午後のお茶を共にするようにと呼び出され、重い腰を上げて王宮に馳《は》せ参《さん》じたのだ。本当なら、王宮になど来たくなかった。

あの日以来、ダフネはクライヴと会っていない。向こうも避けているのだろうが、ダフネもクライヴと顔を合わせたくなかった。会えばどうしても自分の中の恋心が疼《うず》いてしまう。だから距離を置いていたかったのだが、王妃の招待とあっては断ることはできない。

そう思ってやって来てみて、ダフネは目を瞠《みは》った。

何故ならば。

「本当、あなたの淹《い》れてくれる紅茶は美味《おい》しいわ、マギー！」

王妃は満面の笑《え》みで自分の傍《かたわ》らに控える女性に声をかける。

「ありがとうございます、王妃陛下」

女性――マグノリアは目を伏せて、恐縮しているようではあったものの、凛《りん》とした佇《たたず》まいで王妃に対している。その姿は、ダフネが最初に見た時の彼女の印象そのものだ。華やかで堂々と咲き誇る、大樹の木蓮《もくれん》――名は体《てい》を表す、ということか。

今身に着けているのは、華美《かび》ではないものの仕立てが良いと一目で分かる薄紫のドレスで、髪も肌も抜けるように色素の薄い彼女にとても良く似合っていた。

――クライヴが、贈ったものなのかしら。

平民であるマグノリアがこのようなドレスを持っているはずがない。ダフネとて、マグノリアを雇おうとしていた時には彼女にいくつか衣装を、と思っていたのだから、クライヴがそうしたところで何ら不思議はない。頭ではそう理解しているのに、クライヴが彼女のために選んだと思うだけで、心臓が抉《えぐ》られるように痛むのだ。

ダフネはその痛みを押し殺して、いつもの笑《え》みを貼り付ける。

「驚きました。彼女――マグノリアを、王妃様が預かってくださっているなんて」

「そうなのよ。わたくしも突然のことで驚いたのだけど。薬師を、しかも若い女性を一人預かってくれだなんて……！　でもあの子からお願いなんて、滅多《めった》にされないでしょう？　だから嬉しくなって、つい二つ返事で応《おう》じてしまったの。うふふ、ダメねぇ、甘い母親で。会ってみてマギーがあんまり可愛らしい顔をしているから更に驚いたのだけど、元はあなたが雇いたがっていた人だと聞いて、安心したのよ。おまけにこんな美味《おい》しいお茶を淹《い》れられるんですもの。わたくしにとってもとても幸運だったわ！　可愛い娘が一人増えたみたいで！」

相変わらず少女のような王妃は、うふふ、とはしゃいだ声を上げて手を叩いた。

恐れ多い、と慌てるマグノリアの美しい横顔をぼんやりと見つめながら、そうか、と思い至る。

――マグノリアに身分を与えるならば、王妃様のご実家が最も相応《ふさわ》しいのだわ。

王妃の生家はノーフォーク公爵家で、由緒《ゆいしょ》正しい貴族の家柄だ。王妃の実父はすでに鬼籍《きせき》に入《い》ったが、現在王妃の実弟が公爵位を継《つ》いでおり、大臣の一人として公職にも就《つ》いている。

その叔父の養女とすれば、クライヴはマグノリアを妻にすることができる。王子とはいえ王太子ではないクライヴは、貴族の血を引いていない娘でも妻にすることができるのだから。

――そのために、クライヴはマグノリアを王妃様に預けたのね。

以前自分が『父の養女に迎えてもいい』などと言ってしまったことが、恥ずかしい。

ダフネの手なぞ借りずとも、クライヴは欲しいものを手に入れられるのだ。

そのことに気付き、ダフネは、何かを断《た》ち切られたかのように重く鈍《にぶ》い衝撃を受けた。

手足から血が引き、ふと眩暈《めまい》を感じてダフネは手で額を支えた。

「まぁ、ダフネ？　どうしたの!?」

王妃がいち早くその異変に気付いて声を上げた。

「大丈夫ですか、プリンセス！」

マグノリアの声がして、その手がダフネの肩にかかった。

——触らないで！

パシ、と小気味《こぎみ》の良い音が響き、空気が凍《こお》った。気が付けば驚愕《きょうがく》に目を見開いたマグノリアの顔があり、ダフネはハッと自分の手を握った。

差し出されたマグノリアの手を、払い落としてしまった。

自分がやってしまったその行動に、ダフネは蒼褪《あおざ》めた。

「あ、違うの、そうじゃなくて！」

——何が違うの？　悔しいんでしょう？　クライヴを盗《と》られて。

——こんな女、連れて来なければ良かったと、そう思っているんでしょう？

——羨《うらや》ましくて羨《うらや》ましくて死にそうなくせに。

――居なくなればいいと思ってるくせに。

どす黒い感情が、ダフネを追い詰める。

――ちがう！　わたしは、わたしは……っ！

『誰よりも寛容でありなさい。誰よりも冷厳《れいげん》でありなさい。誰よりも柔軟《じゅうなん》でありなさい。誰よりも高潔《こうけつ》でありなさい。そして自分に惑いなく、毅然《きぜん》と顔を上げていなさい』

父の声が甦《よみがえ》る。

――お父様！

けれどダフネの葛藤《かっとう》を鎮《しず》めたのは、父ではない。驚愕《きょうがく》の表情でダフネを凝視《ぎょうし》していたマグノリアが、次の瞬間に見せた顔だった。

一言で言うなら、その表情は苦悶《くもん》に満ちていた。苦しげで切なげで、今にも泣き出しそうで。

それまで誰よりも凛然《りんぜん》と咲いていた木蓮《もくれん》が、その花弁をほとりと落とす瞬間にも似ていた。

その表情に胸を打たれたダフネは、謝ろうと口を開いた。けれどその謝罪を音にするより早く、マグノリアが首を振ったのだ。

「いいえ、いいんです。プリンセス。わたしには、その資格がない――」

――え？　資格？　資格とは何だろう？

ダフネが疑問を抱《いだ》くのとほぼ同時に、マグノリアがす、と席を離れた。

「プリンセスは血の道が少し細くなっておられるのかもしれません。良い薬湯がありますので、今ご用意して参ります」

そう言ってお辞儀をすると、王妃の許可を待たずに立ち去ってしまった。王妃はその後ろ姿を見遣《みや》りながら、少し呆気にとられつつも、まぁ、と感嘆したように呟《つぶや》いた。

「何だか平民とは思えないほど、堂々とした子よねぇ。クライヴも選ぶならああいう子を選べばいいのに」

「――え？　選ぶ？」

ダフネは思わず聞き返していた。クライヴはマグノリアを選んだのではなかったのか。

「今度の、あの子達の成人を祝う晩餐会《ばんさんかい》のパートナーとしてクライヴが選んだのが、マールバラ公爵家のご令嬢なのよ」

晩餐会《ばんさんかい》での王子達のパートナーは、結婚相手として見られる。アーサーのパートナーは当然ながら、婚約者であるダフネだ。決まった婚約者のいないクライヴの相手が誰になるかが噂されていることは知っていた。だがまさか、あのマールバラ公爵の娘だなんて。

「――グロリア・ルイーズ・アサル……」

ぽつりと漏れ出たダフネの呟《つぶや》きに、王妃は、ああ、そうそう、と頷《うなず》いている。

「そんな名前だったわ。この間、年頃の娘さん方を招いてお茶会を開いたのだけれど、彼女も来ていてね。あの時はアーサーにご執心《しゅうしん》だったようだけど、どうやらクライヴに鞍替《くらが》えしたようね。兄がダメなら弟、だなんて見境《みさかい》のないこと。まぁ、娘より、親の意向の方が強いのかもしれないけれど。あの子自身は何の知恵も持たない、自尊心ばかりのお人形のようだから。そんな小娘がこの王宮で渡っていけるとでも思っているのかしら?」

だとしたら随分と見くびられたものね、と人の悪い笑《え》みを王妃は浮かべたが、ダフネはそれに気付く余裕はなかった。

グロリアのビスク・ドールのような美しい顔を思い出す。甘く人を惹《ひ》き付け、毒を含んだお砂糖菓子。あんな女性を、クライヴは選ぶつもりなんだろうか?

恋愛? ……では決してない。クライヴが愛しているのはマグノリアだ。それならば、政略? ……確かに、広大な土地を持ち、経済的にも豊かなマールバラ公爵の娘であるグロリアとの結婚にはたくさんのメリットがある。だが、マールバラ公爵を増長させることにもなるだろう。メリットとデメリットを天秤《てんびん》にかければ、後者の方に傾くはず。

——それならば、マグノリアの方が……!

そこまで考えて、ダフネは気付く。これは自分の関わるべき事柄ではない。クライヴは自分の伴侶《はんりょ》を選ぶ権利がある。自分がどうこう言える立場ではない。『姉』としてさえ、切り捨てられた自分になど。それでも、正しいと思うことをしなくてはならない。

ダフネはカタリと音を立てて席を立った。

「ダフネ？」

小首を傾《かし》げてこちらを見上げる王妃に、ダフネは苦笑を浮かべて言った。

「ちょっと、マグノリアの後を追いかけますわ。先ほどの非礼を詫《わ》びなくては」

「……あら、そう？」

「はい」

にこりと微笑《ほほえ》み、ダフネはその場を辞《じ》した。

マグノリアに謝らなければ。そしてクライヴに会いに行こう。会って言わなければ。

ダフネの推測が正しければ、クライヴはマグノリアを愛妾《あいしょう》にしようとしている。

マグノリアを追いかけて彼女に宛《あて》がわれている部屋へ向かったダフネは、その廊下に差し掛かった所で歩みを止めた。何故なら、聞き覚えのある声が耳に飛びこんできたからだ。

「わたくしに逆《さか》らえば、どうなるか分かってるんでしょうね!?」

この良く通る甲高《かんだか》い声は……

でも、どうして彼女がこんな所に？　彼女の顔を思い浮かべ、ダフネはそっと足を忍ばせて声のする方へ向かう。それはマグノリアの部屋だった。音を立てないよう細心の注意を払って、ドアに近付き耳をそばだてる。すると聞き耳を立てるまでもなく、マグノリアの切羽詰《せっぱつ》まった声が上がった。

「やめてください！」

「いいから、離しなさい!!」

「ぁああ！」

ガシャン、と大きな音がして、ダフネは中に入ろうと急いでドアノブに手をかけた。それと同時にドアが内側から思い切りよく開かれ、ダフネはギョッとして身を引いた。飛び出してきたのは、思った通りの人物だった。手には大事そうに小さな何かを握っている。

マグノリアと言い合っていた原因のものだろうか。

「レディ・マールバラ……！」

「きゃあ！　あなた、プリンセス・ダフネ！」

この令嬢からまさか『プリンセス・ダフネ』と呼ばれるとは思わなかったダフネは、

思わず素《す》っ頓狂《とんきょう》な声で鸚鵡《おうむ》返ししてしまった。

「プリンセス？」

グロリア親子はダフネをプリンセスと呼ぶつもりはないと、あれほど露骨《ろこつ》に匂わせていたのに、実は裏ではそう呼んでいたのかと思うと何だかおかしくなってしまった。それが表に出てしまったのだろうか。自慢の巻き毛を振り乱したグロリアは、およそ淑女《しゅくじょ》らしからぬ形相《ぎょうそう》でこちらをギッと睨《にら》み上げてきた。

「どきなさいよっ!!」

どん、とダフネを突き飛ばし、部屋を弾丸のように飛びだして行くのを、ダフネは慌てて止めようとした。

「お待ちなさい！　あなたのその手の中のもの、マグノリアのものなのではなくて!?」

グロリアはギョッとしたように振り返ったが、憎々《にくにく》しげにダフネを一睨《ひとにら》みすると、何も言わずに駆け出してしまった。

ダフネはその後ろ姿を唖然《あぜん》と眺めていたが、やがてハッとして部屋の中に目を戻す。

マグノリアが部屋の端に置かれたチェストの側でへたりこんでいる。チェストの上には乾燥させた葉や根、乳鉢《にゅうばち》やランプ、ガラスの瓶《びん》に入った色の付いた液体などが置かれてあり、マグノリアがそれを作業台の代わりに使っていたと分かる。部屋には薬草のよ

うな匂いが漂《ただよ》っていて、床には割れた陶器とガラス、その中身であったのだろう液体が飛び散っていた。マグノリアはその中でしゃがみこんでいる。グロリアと揉みあったのか、先ほどまで王宮のメイド宜《よろ》しくキッチリと結《ゆ》い上げられていた白金《プラチナ》の髪は解《ほつ》れ、ドレスの首元のボタンは弾《はじ》け飛んでおりと、酷《ひど》い有様だった。

ダフネは駆け寄って肩を抱いた。

「大丈夫、マグノリア!?」

「プリンセス……、ええ、大丈夫です……でも」

「何故レディ・マールバラがこんな所に？　何か盗《と》られたようだったけれど……ごめんなさい、取り返せなかったわ」

手を差し出しながらダフネがそう謝ると、マグノリアは力なく首を振った。

「いいえ……部屋に戻ってみたら、あの人がここに居て、わたしの薬置場を探っていたんです。お召しものから高貴な身分の方だと分かったので止めることができず、何をしているのか聞きました。すると、こちらに気付いた途端何かを持ち出して逃げ出そうとしたので、抱き付いて押さえようとしたんですが……」

マグノリアもわけが分からないようで、やや呆然として髪をかき上げた。

「そうだったの……」

「ええ……何か盗《と》って行ったようですが、この状況では何が盗《と》られたのかも分からないですね……」

そう言って、マグノリアは割れた瓶《びん》やら陶器やらが散乱する床を指《さ》して苦笑した。ダフネは溜息を吐《つ》いて、マグノリアを立ち上がらせた。

ここに居ては怪我をする恐れがある。ひとまず安全な場所、ベッドに移動してから、呼び鈴の紐を引いてメイドを呼んだ。

駆け付けたメイド達が慌ただしく片付けをしているのを眺めつつ、ダフネはマグノリアに言った。

「それにしても、レディ・マールバラは何故あなたのものを盗んだりしたのかしら……？」

グロリアは自尊心が高い。他人のものを盗みに入るなど、余程のことがなければしない。もし他人に知られて、噂が立ったりしたら、彼女のプライドが赦《ゆる》さないだろう。

——そんな危険を冒《おか》してでも、手に入れたいものがあった……？

裕福なマールバラ公爵家で手に入らぬもの。そしてマグノリアだけが持つもの……

——あるとすれば、それは……？

グロリアは晩餐会《ばんさんかい》でのクライヴのパートナーに選ばれた。それはクライヴの婚約者であると確約されたことに等しい。けれどそれは明らかに政略結婚だ。クライヴにはマグノリアという想い人がいるのだから。

何やら神妙《しんみょう》に考えこんでいたマグノリアが、ふいにポツリと呟《つぶや》いた。

「……もしかして、あの噂……」

「噂？」

「ああ、いえ。……実は、先日王妃様のメイドの一人から、惚れ薬を作ってくれと言われて……」

「惚れ薬？」

「もちろんそんなものは作れません。物語の魔女じゃあるまいし！　そう言って断ったのですが、そのメイドはわたしが惚れ薬を作れるという噂を聞いたらしいのです。もしかしたらあの令嬢はその噂をどこかでお聞きになって真《ま》に受けられたのでは……」

「まぁ……」

グロリアは、クライヴの想いが自分に向いていないのを知って、こんなことをしてしまったのだろうか？

「――さて。どうしましょうか」

ダフネは呟《つぶや》いた。

グロリアの奇行《きこう》を報告するべきか否《いな》か。平民とはいえ他人の、しかも王宮で客扱いされている人間の部屋に無断で入りこみ、あまつさえ物を盗んで行ったのだ。十二分に罪に問える行動だ。だが、彼女の父親はあのマールバラ公爵だ。この国の政治に直接関与できる地位にはないが、その経済力と周囲への影響力は無視できない。そして非常に野心の強い人物だ。自分の娘の奇行《きこう》など、権力を使って揉み消すぐらいのことはするだろう。対してダフネの父、宰相《さいしょう》ウィルフレッド・オルトナーは、それを赦《ゆる》すほど生易《なまやさ》しい人物ではない。もともとマールバラ公爵は、父と宰相《さいしょう》の地位を争って負け、政界を退《しりぞ》いたのだ。いや、退《しりぞ》かなければならなかったと言うべきか。マールバラ公爵はいわば昔の政治家の典型で、権力と財力で政治を動かそうとすることが多かった。それを嫌った現王が抜擢《ばってき》したのが、まだ若き王の従弟《いとこ》ウィルフレッド・オルトナーだった。ウィルフレッドの巧《たく》みで清廉《せいれん》な政治に信頼が集まり、結果マールバラ公爵は四面楚歌《しめんそか》となり、大臣職を辞《じ》することになったのだ。

　しかし野心家のマールバラ公爵は未《いま》だ返り咲きを諦めておらず、虎視眈々《こしたんたん》と機会を窺《うかが》っている。その最たる例がグロリアだ。政敵の娘であるダフネが王太子の婚約者になると、公《おおやけ》の場であろうと娘を使ってこれ見よがしにダフネを貶《おとし》め、更には第二王子クライヴの婚約者の座に捻《ね》じこんできた。それは未《いま》だマールバラ公爵が、政界に根強い影響力を持つ証明でもあるのだろう。

ダフネが王宮に連れこんだマグノリアの部屋へグロリアが盗みに入ったなどと訴えれば、問題は宰相《さいしょう》オルトナーとマールバラ公爵との確執《かくしつ》へとなりかねない。王子達の晩餐《ばんさん》会《かい》を目前にしたこの時期を考えれば、グロリアの行動は問題を起こしてダフネを、ひいては父を失脚《しっきゃく》させるためだとも穿《うが》つことができる。

「事を荒立てるのは、あまり賢いとは言えないかもしれないわね……」

「その通りだな」

独り言に低く応《おう》じる声がして、ダフネは驚いて振り返った。

「クライヴ！」

いつの間にかクライヴが部屋の中に入って来ていた。

メイド達が忙しく出入りしているので、その間に入ったのだろうか。

何処からか帰ったばかりなのか、紺色《こんいろ》の乗馬服を着たクライヴは、息を切らせてこちらに近付いてきた。それからベッドの上に寄りそうようにしているダフネとマグノリアを眺め、ふ、と息を吐いた。

「無事か」

ダフネは涙ぐみそうになって、慌てて瞼《まぶた》を伏せた。その言葉が自分ではなくマグノリアに向けたものだと分かっている。それでもこちらを見るその黒曜石《こくようせき》の瞳が安堵《あんど》に優しく揺れるのを見るだけで、こんなにも胸がいっぱいになってしまうのだ。

今、口を開けば何かが溢《あふ》れてしまいそうで黙っていると、クライヴは先を続けた。

「グロリア・ルイーズ・アサルのことは、私が取り仕切る。この場も私が代わろう。ダフネ、君は自分のことに集中したまえ」

淡々と言い放《はな》たれたその言葉はまるで、グロリアは自分の身内でダフネはそうでないと断定されているようだった。いや、実際そうなのだ。グロリアはクライヴの妻となる女性だ。クライヴが、そう決めたのだから当然だ。誰もがそう思う。

それでも。

イヤだと泣き喚《わめ》きたくなるのは、ダフネの困った性根《しょうね》か。胸が痛いのは、ダフネが醜《みにく》いからか。

「……マ、マグノリアは、わたしが巻きこんだのよ。だから……」

それが屁理屈《へりくつ》だという自覚があったから、声はみっともないくらい震えてしまった。

――分かって。分かって、クライヴ。

傍《そば》に居て。追い出さないで。わたしを、置いて行かないで。

だがクライヴはこちらを見ようともしなかった。

苛立《いらだ》たしげに溜息を吐《つ》くと、マグノリアに視線を向けたまま言った。

「マグノリアは、すでに君の手を離れている。君の手がなくとも、王妃と陛下が守ってくれるだろう」

クライヴがマグノリアを王妃に預けたのは、ダフネに干渉させないためだったのだろうか。

それならば、彼はダフネがまだ想いを寄せていることに気が付いているのだろう。しつこくマグノリアに関わろうとし続けるダフネを追い払いたかったのだ。つまるところ、クライヴとの接点を失うまいとするダフネの愚《おろ》かな下心を見抜いて。

憎まれていると、あの時感じたのは、間違いではなかった。

「――そう。そう、よね。……出過ぎた真似をしてごめんなさい」

そう声を絞《しぼ》り出すのが精一杯だった。情けない自分の声に腹が立った。だから、せめて足取りだけはしっかりと、と思ってダフネはベッドから降り、一歩を踏み出す。そして力をこめてもう一歩、もう一歩と歩んだ。――外へ。

そこはマグノリアの部屋だ。ダフネの居る場所など何処にもない。

もう、何処にも。

晩餐会用《ばんさんかいよう》に選んだドレスは、シャンパンゴールドに金糸の刺繍《ししゅう》をびっしりと施《ほどこ》した豪《ごう》奢《しゃ》なものだ。北の地方出身の母に似て肌の色が抜けるように白いダフネに、それは殊《こと》の外《ほか》良く似合った。父に似たにんじんのような赤毛も、このドレスには良く映《は》えた。

髪を高く結《ゆ》い上げ、凛《りん》と顔を上げて控えの間に入ったダフネを迎えたアーサーは、目を瞠《みは》って腕を広げた。

「驚いた！　すごく素敵だよ、ダフィー！」

ダフネは頬に挨拶《あいさつ》のキスを受けながら微笑《ほほえ》んだ。

「ありがとう。あなたもとても素敵よ、アーサー」

かっちりした白い燕尾服《えんびふく》を着こんだアーサーの正装姿は目映《まばゆ》いばかりだった。十八を迎え、ひょろ長かった肢体《したい》には均整のとれた筋肉がつき、天使のようだった愛らしさはもはやなく、そこには精悍《せいかん》で逞《たくま》しい男性美が感じられた。

アーサーは美しい。この世の女性の理想を体現したかのような自分の婚約者に、けれどダフネは焦《こ》がれたことは一度もなかった。アーサーに抱《いだ》くのは、家族へ寄せる愛情みたいなもの。

クライヴに感じるような、胸が張り裂けそうな渇望《かつぼう》や、理性を失いそうな焦燥《しょうそう》はない。

それでも、ダフネはアーサーを選んだのだ。

あの時、クライヴの手を取っていれば——それはつい考えてしまいたくなる、『もし』

の願望。だがそれを考え始めると、自分が招いたこの現実を恨《うら》み、逆《さか》らいたい衝動が湧《わ》き起こってしまうだろう。

だからもう『もし』を考えなくて良いように、クライヴへの想いはそっと胸に秘めて生きて行こう。それは無理矢理忘れることとは違う。この想いを否定せず受け止めて生きていく。おそらくダフネはこの先もずっと、身を焼くような嫉妬《しっと》や想いを告げられない遣る瀬《やせ》なさに苦しむだろう。それでも、それを受け入れていくと決めたのだ。

――わたしの恋を、全てあなたに捧げることを、どうか赦《ゆる》して。

きっとこれは誰も知らない秘密になるだろう。両親も王夫妻もアーサーも、そしてクライヴも。

それが辛いとは、もう思わなくなった。何故なら、秘密を守り続けさえすれば、この恋を抱《かか》え続けられるのだから。

「では、婚約者殿。お手をどうぞ」

アーサーが気取って、腕を差し出す。ダフネは微笑《ほほえ》んでその腕に手を置いた。

「いよいよね」

ダフネは言った。双子の王子の成人を祝う晩餐会《ばんさんかい》。この手を取って先に進めば、ダフネは『王太子妃』となる。アーサーの妻に。

「いよいよだな」

アーサーが答えた。心なしか、上《うわ》ずった声で。

その瞬間、ダフネの中にアーサーに対する罪悪感が湧《わ》き起こった。

「――ごめんなさい、アーサー。わたしは『王太子妃』になるけれど、あなたの良い『妻』にはなれないかもしれない」

アーサーを愛している。けれどそれは、一人の男性としてではない。

今から共に未来へと歩む直前に言う内容ではない。けれどアーサーはクスッと笑った。

「なんだ、そんなこと」

「――え？」

思いがけない台詞《セリフ》に、ダフネはアーサーを振《ふ》り仰《あお》いだ。アーサーは微笑《ほほえ》んでいた。とても優雅に、とても美しく。その笑《え》みは、慈愛《じあい》に満ちているようにも、一方でとても意地悪そうにも見えた。

「それはお互い様さ。僕は君の良い『夫』にはなれない」

「……アーサー？」

「ねぇ、ダフィー。僕は君とクライヴが望むなら何でもできると思ってた。それくらい君達を愛してる。でも、それは間違っていたって気が付いたんだ」

――それはどういう意味？

そう訊《たず》ねる前に、アーサーが言った。

「捕まえたい仔ウサギを見付けたんだ」

「仔ウサギ？」

いきなり話が変わって面喰《めんく》らっていると、アーサーが一歩を踏み出した。

「さぁ、行くよ、ダフネ」

「え、ええ……」

扉が開かれる。

主役の入場を待って、オーケストラが奏でる音楽が、薄く開かれた扉から聞こえ始めた。

晩餐会《ばんさんかい》が、今、始まった――

第七章　騒動

「我が王子達のためによく集まってくれた。今宵《こよい》は存分に楽しんでくれ！」

王の言葉を皮切りに、晩餐会《ばんさんかい》は始まる。止まっていたオーケストラの音楽はワルツに変わって再び流れ出した。王の両脇に並んだ双子の王子は、それぞれ己のパートナーの手を取って気取った会釈《えしゃく》をして見せる。

白を基調とした正装に身を包む第一王子には、光沢のあるシャンパンゴールドのドレスを纏《まと》ったプリンセス・ダフネが寄り添う。王子の蜂蜜《はちみつ》のような金の髪と、プリンセスの鮮やかな緋色《ひいろ》の髪は、真っさらな生成《きな》りのキャンバスにひと刷《は》けした朱《しゅ》のように会場に色をさしている。人々は穏やかな雰囲気の若き婚約者同士の仲睦《なかむつ》まじさを口々に褒めた。

対する第二王子は夜のような深いブルーの正装を選んだようだ。ぬばたまのような漆《しっ》黒《こく》をその髪と瞳に宿《やど》す第二王子クライヴ・ナサニエルは、無表情ながらも優雅な所作《しょさ》でパートナーを腕に抱く。ようやく決まった王子のパートナーは、マールバラ公爵家の一人娘グロリア・ルイーズ・アサル。明るい金茶の巻き毛は、王子の漆黒《しっこく》の髪と並べば、夜の闇に浮かぶ月のようだ。華やかな場に相応《ふさわ》しい薔薇色《ばらいろ》のドレスは、精巧《せいこう》な陶器人形のごとく愛らしい容姿だから着こなせるもので、誰もが彼女の美貌に溜息を吐《つ》いた。

王子達が曲に合わせてステップを踏み始めるのを待って、人々もワルツを踊り始める。

ワルツが終わり曲調が変わると、王子達はパートナーと共に歓談する人々の間に歩を進め、祝いの言葉をかけられる。

「おめでとうございます、アーサー殿下！　プリンセス・ダフネ！」

「ご成人、おめでとうございます、クライヴ殿下！　今日は特にお美しい、レディ・マールバラ」

「なんて立派な王太子におなりでしょう。そしてその王太子の双翼《そうよく》ともなるクライヴ殿下の凛々《りり》しいことと！　この国の行く末も安泰《あんたい》ですわ」

「パートナーでいらっしゃるプリンセスの気高さと言ったら！　ダフネ様ほど『王太子妃』に相応《ふさわ》しいレディはいらっしゃらないわ」

「レディ・マールバラの愛らしさは、まるで天使のようだ。あの微笑《ほほえ》みひとつで、きっと山をも動かしてしまうだろう！」

口々にかけられる賛辞《さんじ》を、王子達とパートナー達はにこやかに微笑《ほほえ》んで受け止める。

それらは全て慣習にのっとったもの。人々の態度も言葉も仕草も、表情ですら、全て型通り。

そうでなくてはならない。これはこの国の王子達の未来を示す儀式だ。間違いなどあっていいはずがない。

それなのに――それは起こった。

実際に何があったのか、詳細を正確に見た者はいないだろう。

つつがなく進んでいた晩餐会《ばんさんかい》の時間を止めたのは、ある女性の悲痛な叫び声だった。

「お待ちください！　それを飲んでは駄目ぇっ!!」

それが誰に向けられた言葉であったのか、その場にいた者達全員が、ぎょっとして動きを止めた。何故ならほとんどの者が振る舞われた飲み物を手にしていたのだから。

だが次の瞬間それは判明した。

王太子アーサー・ガブリエルが、持っていたグラスを手から滑《すべ》らせ、その身をぐらりと揺らしたからだ。カシャン、とグラスが砕け散る無機質な音が立った。

「アーサー!!」

婚約者であるプリンセス・ダフネの悲鳴が上がる。

誰もが呆然とする中、王太子アーサー・ガブリエルが倒れたのである。


「どいてください!!　そこをどいてっ!!」

一気に騒然とする人の波をかき分けるようにして現れたのは、瞳と同じ淡いブルーのドレスを着たマグノリアだった。血相《けっそう》を変えたマグノリアは、倒れたアーサーに駆け寄ると、アーサーの頭部を抱いてしゃがみこむダフネにきびきびと言った。

「プリンセス、どいてください！　解毒薬を飲ませます！」

「げ、解毒薬!?」

狼狽《ろうばい》したダフネは、放《はな》たれた単語をオドオドと繰り返した。マグノリアはそれには答えず、ちょうど自分の正面に立っていたクライヴを振り仰《ふあお》ぐと、鋭く叫んだ。

「クライヴ殿下！　その女を逃がさないで！　王太子殿下に毒を盛ったのは、彼女です！」

その白く細い指が差したのは、クライヴの隣で蒼褪《あおざ》めて震えるグロリアだった。

人々が一気にどよめき混乱に陥《おちい》った。当然だろう。何処からともなく現れた得体《えたい》の知れない若い女が、よりにもよって公爵令嬢である第二王子の婚約者を有罪と断じたのだから。

しかしクライヴの取った行動は完全に人々の予想から外《はず》れていた。彼はすぐさまグロリアの腕を捻《ひね》り上げ、身動きが取れないよう拘束した。

「きゃあっ、痛い、痛いっ」

喚《わめ》き立てるグロリアの声に、野太《のぶと》い罵声《ばせい》が被《かぶ》さった。

「おい!!　私の娘に何ということを!!　すぐさまその手を離して頂《いただ》こう!!」

憤怒《ふんぬ》に満ちた声色に、人の波が自然と分かれた。声を発した人物は無論マールバラ公爵だった。熊《くま》のような体躯《たいく》に怒りを漲《みなぎ》らせた公爵は、青筋を立てて娘を拘束するクライヴを睨《にら》んだ。

「殿下、よもやこのような下賤《げせん》の女の言うことを真《ま》に受けたのではありますまいな!?」

それに答えたのは、クライヴではなくマグノリアだった。彼女はアーサーの口に粉薬を丁寧に入れこみながら、ちらりと視線を上げて公爵を見る。その目には恐れの欠片《かけら》もなかった。逆に挑むような不敵な光が瞬《またた》いており、ダフネにはそれが何故か鋭い憎しみのようにも見えた。

「わたしは今、王宮に身を置かせて頂《いただ》いている者です。貴方のご令嬢は、先日王宮のわたしの私室に忍びこみ、毒薬を奪って行かれたのです。直前にわたしに見つかり一悶着《ひともんちゃく》あったので、陛下もご存知のことです。公《おおやけ》のお立場を慮《おもんばか》って、内密にされましたが」

「黙れ!」

唾を飛ばして恫喝《どうかつ》する公爵を無視して、マグノリアはクライヴに言う。

「クライヴ殿下、その令嬢の懐《ふところ》を探ってください。遮光瓶《しゃこうびん》に入った液体が出て来るはずです」

マグノリアは早口でそう言うと、その場にあったグラスから水を呷《あお》り、アーサーに口移しでそれを与える。全ての行動が迅速《じんそく》なので、周囲の人々はこの女性が救命の専門家なのだと思ったようだ。クライヴはマグノリアの指示に無言で頷《うなず》いて、金切《かなき》り声《ごえ》を上げてもがこうとするグロリアの身体を無表情のまま探った。

「あった」

ほどなく見付け出された小さな瓶《びん》に、人々が息を呑んだのがハッキリと分かった。グロリアはもはや暴れようとはせず、悔しげに唇を噛んで項垂《うなだ》れている。公爵は泡を吹かんばかりに、大きな身体をブルブルと戦慄《わなな》かせた。

「馬鹿なっ‼　そんなはずはないっ‼　どうして我が娘が王太子を暗殺などっ‼」

その言葉に反応したのは、なんとグロリアその人だった。グロリアは弾《はじ》かれたように顔を上げて叫んだ。その目には涙が溜まっている。

「暗殺なんかじゃないわっ‼　どうしてわたくしがアーサー様を⁉　惚れ薬だと聞いたのよっ‼　この女は魔女で、惚れ薬を作れるのだと！　わたくしはどうしてもアーサー様の妻になりたかった！　アーサー様でなければイヤだったの！　ずっとお慕《した》いしていたのよ！　それを、それをこんな赤毛の女が、宰相《さいしょう》の娘だからというだけでっ……‼」

ワッと泣き崩れたグロリアに、公爵は足早に近付いたかと思うと、その頬を平手で張り倒した。

「黙れ、この愚《おろ》か者がっ!!」

小柄な娘の身体は、巨体から繰り出された一撃に吹っ飛び、人形のように崩れる。呆気なく昏倒《こんとう》した娘をゴミか何かのように見下ろし、公爵はその目をアーサーの介抱《かいほう》をしているマグノリアに向けた。

「貴様、裏切りおって……!!　あの男がどうなってもいいと言うのだな!?」

マグノリアは公爵の煮え滾《たぎ》った視線を静かな瞳で受けた。何も言わず、ただ静かに。

公爵は埒《らち》が明かないと判断したのか、ギッと周囲を睥睨《へいげい》すると、大声で叫んだ。

「皆聞いたであろう!　娘の持っていた薬は、この下賤《げせん》の女のものだ!!　娘はこの女に騙《だま》されたのだ!!　惚れ薬だと嘘を教えこまれ、恋心を利用され王太子に毒を飲ませた!!　全てはこの女の差《さ》し金《がね》だ!!　何故なら、この女は――」

「わたくしの姪《めい》が、何ですって?」

喉も裂けんばかりに張り上げられた公爵の演説を遮《さえぎ》ったのは、酷《ひど》く穏やかで涼やかな声だった。それまでこの状況を見守るように、一言も口を挟《はさ》まなかった王夫妻が、王座のある壇上からこちらを面白そうに眺め下ろしていた。王妃は優雅に扇《おうぎ》を広げ、にっこりと微笑《ほほえ》んでいる。緊迫したこの状況下で異様な雰囲気ではあったが、それだけに太刀《たち》打《う》ちできないものがあった。

「姪《めい》!?　馬鹿なっ!!」

「あら、どうして？　わたくしには不肖《ふしょう》の弟が三人もいるの。その中でも特に出来損《できそこ》ないなのがお気楽に世界周遊の旅に出て、あちこちで恋を結んでは飛び去るという放蕩《ほうとう》を繰り返していたのだけど、その落とし胤《だね》が、マグノリアよ。わたくしの可愛いダフネが見付け出してくれたの。とっても素敵なお話でしょう？」

王妃はコロコロと笑う。それは明らかに取って付けられた嘘だと分かる。そんなお伽《とぎ》話《ばなし》のような話を信じられるわけがない。それでも、この国の王妃が身分を保証し、後ろ盾であると公《おおやけ》に宣言したのだ。

公爵の顔から血の気《け》が失《う》せる。

「――まさか……最初から、全て……」

言葉を全て吐き出す前に、王が片手を振って言った。

「不愉快だな。せっかくの晴れの場が台なしだ。――オルトナー。後始末を」

「――は」

王の背後に控えていた『赤き宝刀《ほうとう》』が、王の命《めい》に短く応《おう》じた。

それを合図に、帯刀《たいとう》した近衛兵《このえへい》が何処からともなく現れて、マールバラ公爵と昏倒《こんとう》した公爵令嬢を抱《かか》え、会場から連れ出した。

「赦《ゆる》さん‼　赦《ゆる》さんぞ、オルトナー‼　この私を謀《たばか》りおって‼」

数人がかりで引っ張られながら、公爵は声の限りに叫び続けた。その声は悪魔のように王宮に轟《とどろ》き、人々は公爵の悪意に身を震わせ囁《ささや》き合った。

——もともと権力を笠《かさ》にきたマールバラ公爵は、裏で人を操《あやつ》る悪人だった。

——あの人に苦しめられた人間は片手では足りない。

——いつかこうなると思っていた。傲慢《ごうまん》な人間の末路《まつろ》など。

——あの甘やかされた令嬢が良い例だ。

——王が鉄槌《てっつい》を下《くだ》されたのだ。

今、一人の権力者が失墜《しっつい》した。政界の異変を真《ま》の当たりにした貴族達は、右往左往しつつも自《みずか》らの舵《かじ》を必死にとろうとしている。そんな人々を、ダフネは呆然と眺めていた。一人傍観者《ぼうかんしゃ》のような気持ちなのは何故だろう?

当事者でない周囲の貴族達ですら、この状況に適応しようとしているというのに、ダフネは未《いま》だ受け入れられずにいた。起こった全ての事柄が、ダフネの表面を上滑《うわすべ》りしてサラサラと流れ落ちて行くかのようだ。

そんな中、マグノリアの腕の中にいたアーサーが声を上げた。

「——うん……僕は……?」

「殿下！　良かった、気が付かれたのですね！」

「ああ、君は、マグノリア……」

目を覚ましたアーサーは、夢を見ているかのごとくうっとりとした眼差《まなざ》しで、目の前のマグノリアを凝視《ぎょうし》している。

「僕は……死んだのだろうか？　だとすれば、君はマグノリアに良く似ているけれど、天使なのか？」

そう言いながらマグノリアの頬に触れる。その仕草は酷《ひど》く優しく愛《いと》しげで、まるで恋人にするような甘さを含んでいた。

目覚めたアーサーが突如醸《かも》し出したその甘さに、正直ダフネは度肝《どぎも》を抜かれた。

こんなアーサーは初めて見た。これはどう考えても、恋する男性だ。

——ちょっと待って……！

ダフネはますます混乱した。全てのことが一度に起こり過ぎている。

アーサーの言動は、唐突過ぎてまるでお芝居《しばい》のようだ。これは皆が仕組んだお芝居《しばい》なのではないか？　そんな疑問すら浮かんだが、しかしマグノリアの顔を見ると、飛び出さんばかりに目を見開いている。ダフネ同様、アーサーの言動に度肝《どぎも》を抜かれているのが分かった。

どうやらお芝居《しばい》ではないらしい。

――では、アーサーは本当に、マグノリアに恋をしたというの……？

幼馴染《おさななじみ》の見慣れぬ表情に、何やら気恥ずかしいような心持ちがして、ダフネは慌てて視線を余所《よそ》に向けた。ちょうどその先にはクライヴがいて、ダフネの視線はクライヴの鋭いそれと交わり、ハッとした。

――クライヴは、マグノリアを愛しているのに！

ようやく思い至ったその事実に、ダフネは一気に血の気《け》が引いた。

――いけない！　アーサーにこれ以上させてはいけない！

アーサーとクライヴは仲の良い兄弟だ。しかしそれは、お互いがお互いの領分に踏みこまないようにしてきたからだ。マグノリアを、クライヴから奪ってはならない。それは双子の均衡《きんこう》を破る行為だ。そんなことをすれば、あっという間に崩壊してしまう。

アーサーを止めようと再び振り向いた先で、マグノリアは狼狽《ろうばい》しつつも苦笑して左右に首を振っていた。

「い、いいえ。わたしはただの薬師です。殿下は毒を飲まされてお倒れになったのです。でももう大丈夫、解毒薬を飲んで頂《いただ》きましたから。あとは水分をたくさん摂取して、数日安静にしていれば大丈夫ですよ」

「では、君が僕の命を救ってくれたのか」

アーサーは頬から手を外し、解《ほつ》れたマグノリアの白金《プラチナ》の巻き毛を指に絡めた。マグノリアはその指に目を白黒させている。

「そ、そういうことになりますね……」

「では、君はやはり僕の天使だ」

「――まぁ……」

アーサーはこれ以上はないと言うほど甘美《かんび》な表情で、蕩《とろ》けるような微笑を浮かべた。

「ダメ……待って、アーサー！」

ダフネの制止が聞こえていたかどうか。

アーサーは片手でマグノリアの顎《あご》を掴《つか》んだかと思うと、彼女に口づけていた。

その光景は、ダフネはおろか、観客宜《よろ》しく見守っていた周囲の人間全てを凍《こお》り付かせた。

王太子が、婚約者の目の前で、他の女性に口づけているのだ。当たり前だろう。

だがダフネは心臓そのものが凍《こお》ったと言っていい。

アーサーは、三人の関係を叩き割ってしまった。大切に大切にしてきた思い出を、アーサーはいとも簡単に壊してしまったのだ。涙がボロボロと頬を伝った。これは裏切りだ。

あのキラキラと輝いていた、あの懐かしい愛《いと》しい時間を共に過ごしてきた同志だと思っていた。共に、その想い出を宝物のように大切に守ってきた同志だと。

「酷《ひど》い……！」

自然とそんな言葉が零《こぼ》れ落ちる。と同時に、クライヴがぎゅ、と拳《こぶし》を握るのが目の端《はし》に映った。

――ああ、クライヴ！

クライヴの心境を想うと、ダフネはそちらに視線を向けられなかった。最も信頼していた双子の兄に、想い人を奪われたのだから。

ダフネは涙を堪《こら》えるために瞼《まぶた》を固く閉じた。何も見たくなかった。平然と全てを壊すアーサーも、頬を染めてアーサーを受け入れるマグノリアも、苦悶《くもん》に顔を歪《ゆが》めるクライヴも。全てを締め出して、内に縮こまっていたかった。

視界を遮《さえぎ》った闇の中で、アーサーの熱っぽい言葉を聞いて、ダフネは立ち上がった。その場には、これ以上居たくなかった。居られなかった。

「どうか、結婚してください。僕の天使――」

ダフネが耐え切れずに去った後、舞踏会の会場はさながら見世物劇《みせものげき》の舞台のようであった。

王太子アーサーの求婚は、当然ながら醜聞《しゅうぶん》として取り沙汰《ざた》された。婚約者のある身にもかかわらず、公式の場で他の、しかも平民の女性に求婚したのだ。これが醜聞《しゅうぶん》でなくて何だと言うのか。

王太子は妻に子爵以上の身分の嫡出子《ちゃくしゅつし》を選ばなくてはならない。マグノリア・ヒンギスは平民だ。王妃の弟の非嫡出子《ひちゃくしゅつし》だと公言されたものの、それがその場限りのでまかせであるのは誰の目にも明らかで、強引にマグノリアを王太子妃に立てることはすなわち、貴族の不満を煽《あお》ることと同義だ。

王も王妃も、これを赦《ゆる》さなかった。

するとアーサーはその場で王太子位を弟王子クライヴに譲位《じょうい》すると言い出した。「何を馬鹿な」と王は言ったが、アーサーの申し出は一笑《いっしょう》に付《ふ》すことのできない一言だった。

王子達は双子である上に、どちらも優劣が付けられないほど優秀なのである。

共に同じ王妃の胎《はら》から生まれた王子であるため、その背後にある権力も同じ。クライヴが王太子の座に就《つ》いたところで、政界にさしたる変動はない。クライヴがあのグロリアを伴侶《はんりょ》としていたなら話は違っていただろうが、そのマールバラ公爵の権威はつい先刻失墜《しっつい》してしまっている。

軽率にもこのような醜聞《しゅうぶん》を起こした第一王子よりは、第二王子の方が王太子に相応《ふさわ》しいという声が上がって来るだろうとも予想できた。

そして何よりも、アーサーが宰相《さいしょう》の娘を貶《おとし》めてしまったという事実。

ウィルフレッド・オルトナーは、この国の『赤き宝刀《ほうとう》』とも呼ばれる名宰相《めいさいしょう》だ。周辺諸国にもその名は轟《とどろ》き、オルトナーがいるから他国との均衡《きんこう》を保てていると言っても過言ではない。それほど影響力を持つ男の愛娘《まなむすめ》は、この父の能力を色濃く受け継《つ》いだ才媛《さいえん》だ。頭の回転が速いだけでなく、冷静沈着、また控えめで思慮深い。この娘ならば完璧な王妃になることができると、誰もが納得する娘なのだ。その完璧な娘を蹴《け》って平民を選ぼうとする王子を、誰が支持するだろうか。

渋面《じゅうめん》を作る王に、貴族の一人が声を上げる。

「恐れながら申し上げます。先ほど王太子殿下がお飲みになったという薬、本当に惚れ薬であったのでは……？」

マグノリアは驚いて「決してそのようなことはありません」と首を振ったが、王太子の突飛《とっぴ》な行動に王自身もまた訝《いぶか》しむ所があったのか、その言《げん》に成程、と頷《うなず》いて王家専任の薬師を呼び出した。

薬師を待つ間、王太子がひたと王を見据《みす》えて「たとえこの想いが薬のせいであったとしても、私の彼女への愛は本物です。本物にして見せる！」と宣言し、その場にいた女性達の心を打った。

半分呆れながらも王は無言で薬師の判断を待ち、結果マグノリアの言った通りであったことに溜息を吐《つ》いた。

王とて人の親である。息子の愚行《ぐこう》を戒《いまし》めようと言葉を重ねたが、最終的に折れざるを得なかったのは、アーサーのこの一言だった。

「マグノリアを得られないのであれば、僕は死も辞《じ》さない！」

浅はかにも『死』などと言ってしまう第一王子に、王は匙《さじ》を投げたのである。

「好きにするがいい、愚《おろ》か者が。今この瞬間より、そなたの王子たる資格を剥奪《はくだつ》する。今後はウェスター公爵を名乗り、臣下として王家のために献身せよ！」

王がそう忌々《いまいま》しげに言い放《はな》つと、第一王子——いや、ウェスター公爵となったアーサーは、満面の笑《え》みを浮かべて膝を折った。

「ありがとうございます！」

その背後には、呆然としながらも、アーサーに倣《なら》うマグノリアの姿があった。

王は深い溜息を吐《つ》いた後、アーサー達からは一歩離れた所に立っていた第二王子に目を遣《や》った。

「クライヴ・ナサニエル、そなたは侯爵令嬢ダフネ・エリザベス・オルトナーを娶《めと》り、この国の王子としての誇りを持ち、責任を全《まっと》うせよ！」

父王の命《めい》に、王太子クライヴ・ナサニエルは跪《ひざまず》いた。無表情ながらも、その艶《つや》やかな漆黒《しっこく》の双眸《そうぼう》をひたと前に据《す》え、はっきりと答えた。

「御意《ぎょい》」

その言葉にひとつ頷《うなず》くと、王はどよめく貴族達を睥睨《へいげい》して叫んだ。

「ただ今より、王太子は第二王子クライヴ・ナサニエルとする！」

一瞬の沈黙の後、ちらほらと拍手が鳴り始め、やがてわっと歓声が上がった。

「王太子クライヴ様」

「クライヴ・ナサニエル殿下、万歳！」

新たに立った王太子を、人々は口々に祝い、称《たた》えた。

そして臣下に下《くだ》ったものの、王位を棄《す》ててまで自《みずか》らの愛を貫いた第一王子アーサーとその恋人マグノリアの激しい恋を羨《うらや》んだのだった。

自《みずか》らの婚約者がアーサーからクライヴに代わったことを父の口から聞かされた時、ダフネの頭は真っ白になった。

「クライヴ殿下とお前の結婚式は、当初の予定通り一月後《ひとつきご》に行《おこな》われる。それを待って、アーサー殿下……いや、ウェスター公爵とマグノリア嬢が結婚式を挙げるそうだ。マグノリア嬢は、正式に王妃の弟君《おとうとぎみ》の養女となるそうだよ」

父は淡々とそう告げた。無表情だったが、手だけは忙《せわ》しないほどにダフネの髪を撫《な》でていた。

ダフネはまだ晩餐会《ばんさんかい》の衣装のままだった。会場を抜け出して控室に逃げこんだ後、身体が抜け殻のように重くなってしまい、長椅子に横になっていたのだ。

「…………そう」

ダフネはそう言うのが精一杯だった。

けれど、それ以外になんと？　アーサーとクライヴとダフネ。三人の均衡《きんこう》は崩れてしまった。アーサーが壊した。自分の恋を手にするために。晩餐会《ばんさんかい》の直前にアーサーが言っていた、『手に入れたい仔ウサギ』とは、マグノリアのことだったのだ。

先ほどまではそれが哀《かな》しくて悔しくて仕方なかった。アーサーを酷《ひど》いと恨《うら》んだ。けれども、それは正しいだろうか？　だってアーサーは恋をしただけだ。ダフネ達との関係よりも、恋を選んだだけ。王位すら棄《す》てて。

――アーサーは強かったんだわ。

慣れ親しんだ関係を壊してでも、自分のものであった何かを失ってでも、自分の恋を、想いを、貫いたのだ。ダフネには、その強さがなかった。怖かったのだ。壊せなかった。失いたくなかった。

ぼんやりと焦点の合わない眼差《まなざ》しで答える娘に、父は初めて無表情を解《と》いた。痛ましげにぎゅっと眉根を寄せて、ぽつりと言った。

「やめてもいいんだよ、ダフネ」

「……え？」

目線を上げれば、父は表情を歪《ゆが》めたまま微笑《ほほえ》んでいた。不思議な笑顔だったが、それは同時に、どうしようもなく優しかった。

「やめてもいい。王太子妃になど、ならなくてもいいんだ。お前が嫌ならば、陛下には私から断ろう。アーサー殿下のことも、クライヴ殿下のことも考えなくていい。全て忘れて、外国に行ってもいい。留学だ。お前は賢いし学ぶのが好きだから、きっと楽しいだろう」

「……お父様……」

ダフネは胸が詰まった。父は『逃げてもいい』と言ってくれているのだ。『宰相《さいしょう》』としてではなく、『父』として言ってくれたのだ。せっかく丸く収まろうとしているのに、ダフネが結婚を拒めばさらなる騒動を生む。それを分かっていて、逃げるという選択肢を提示してくれているのだ。

逃げたいと思う。

ダフネは『棄《す》てられた婚約者』だ。結婚寸前に、王太子に棄《す》てられた憐《あわ》れな令嬢。父の身分故《ゆえ》に捨て置くこともできないため、次に王太子の位に就《つ》いた第二王子に仕方なく宛《あて》がわれた、貧相な娘。

クライヴはどんな想いで、ダフネとの婚約を承諾《しょうだく》したのだろうか。

自暴自棄？　諦観《ていかん》？　いずれにしても、前向きな感情では決してないだろう。

愛《いと》しいマグノリアを奪われ、代わりに欲しくもない王太子の位と、ダフネを押し付けられた。

――それでも、彼は責任を全《まっと》うしようという意志があるから、この話を受けたのだわ。

王子として、王太子として。

クライヴは不器用だけれど、いつだって優しい。懐《ふところ》に入れた者を決して見捨てることはできない。だから、この選択をしたのだろう。アーサーとマグノリアのために。

――それならば。

ダフネは目を閉じた。

「——いいえ、お父様。わたしは、お受けします。王太子妃となってクライヴ殿下のお傍《そば》に」

そして支えよう。王太子妃として、クライヴを。傍《そば》に居よう。いや、傍《そば》に居たい。

たとえ、愛されることはなくとも——


一月後《ひとつきご》、ダフネは純白の煌《きら》びやかな夜着を身に着けて、クライヴの前に立った。

国を挙げての盛大な結婚式を終え、王宮の二人の寝室となった部屋で、あの騒動から初めて二人きりになった。

二人はベッドの前でしばらく無言で向き合って立ち尽くしていた。同じく夜着だけを身に着けたクライヴが、不機嫌そうに押し黙ってダフネを見つめている。

ダフネはその端整な顔に、哀《かな》しく微笑《ほほえ》んだ。

——本来ならば、今あなたの前に立つのは白金髪《プラチナブロンド》の花嫁だったのに。

現実には、にんじんのような赤毛の、冴《さ》えない女が立っているのだ。

彼の落胆《らくたん》を想えばやり切れないが、それでもダフネは嬉しかった。クライヴの花嫁としてここに居る。決して叶わぬ夢だと思っていた。それが今、現実になっただなんて。

そんな自分勝手な感情に呆れてしまうけれど、ちゃんと分かっている。分かっているから。

ダフネは真っ直ぐにクライヴを見つめた。

「わたしはこの結婚に、愛は、望みません――」

そう。望まない。わたしは、愛されない妻。クライヴが愛するのは、マグノリアだけ。分かっているから。ちゃんと分かっているから。

この想いは決して告げない。わたしだけの秘密にするから。

だから、せめて、あなたの傍《そば》に居させて――

ダフネのその言葉に、クライヴは驚愕《きょうがく》に目を見開いた。それはそうだろう。新婚初夜の花嫁の台詞《セリフ》ではない。唖然《あぜん》としてダフネを見つめていたが、やがてくしゃりと顔を歪《ゆが》めて笑った。

「――は、ははは！　そうか……そういうことか！」

ひとしきり笑い終えると、クライヴはダフネの身体を乱暴にベッドに突き倒した。

「きゃ……！」

唐突な衝撃にダフネが悲鳴を上げるのも構わず、クライヴはその華奢《きゃしゃ》な身体に馬乗りになった。

手荒い扱いにダフネが本能的に慄《おのの》くと、クライヴは冷酷な笑《え》みを浮かべて彼女を見下ろした。

「お前は私の妻だ、ダフネ。そうだろう？」

クライヴは酷《ひど》く優しい声でそう聞いた。優しく、甘く――凶暴な声。

見たこともないクライヴの残虐《ざんぎゃく》な表情に、ダフネは怯《おび》えた。

「ク……クライヴ、おねが……」

震えながらそう呟《つぶや》くダフネに、クライヴはゆっくりと小首を傾《かし》げた。

「お願い？　何を？　ああ、この結婚をなかったことに、とでも？」

思ってもいなかったことを言われ、ダフネは涙を浮かべて首を振った。それをどう捉《とら》えたのだろうか。クライヴは笑《え》みを消してダフネの胸元を両手で掴《つか》むと、無表情でそれを開く。繊細なレースで作られた初夜のナイトドレスは、あっさりと引き裂かれた。

あまりのことに、ダフネは声すら上げられなかった。

「残念だったな。なかったことにしたくとも、もう遅い。私の妻は、ダフネ、お前になってしまったんだ」

嘲笑《あざわら》うように吐き捨てられた言葉に、ダフネの心が悲鳴を上げた。

分かっていた。分かっていたのに。クライヴはわたしを望んでいなかった。今だって、望んでなどいない。

それでも、傍《そば》に居たい。居たかった。

「ごめんなさい……」

身勝手な自分を赦《ゆる》して欲しくてそう呟《つぶや》けば、クライヴが舌打ちをした。そしてもう何も言うなとばかりにキスをしてきた。噛み付くようなキスだった。歯を当てられ、痛みに反射的に顔を背《そむ》けると、髪ごと掴《つか》まれて引き戻される。クライヴの舌は押し入るようにダフネの口内を蹂躙《じゅうりん》し、闇雲《やみくも》に舐《ねぶ》り尽くした。

「ふっ、は、……む、ぁっ」

呼吸をすることすらままならず、ダフネは必死で息を吸う間合いを求めて抵抗する。だがクライヴはそれすら許そうとせず、ますます口づけを烈《はげ》しくしていく。苦しくて苦しくて、もうダメだと思った瞬間、クライヴが身を引いた。解放され本能的に大きく息を吸いこむ。はぁっ、と息を吐き出し、恐る恐る目を開いて、ダフネは心臓を掴《つか》まれた。

クライヴが、泣いていた。

苦渋《くじゅう》に顔を歪《ゆが》めて、漆黒《しっこく》の宝石のような左の瞳から、一筋。

「ク、クラ……」

動揺のあまりそれまでの恐怖も吹き飛んでしまい、慰《なぐさ》めようと思わず伸ばした手を、クライヴが掴《つか》んだ。

「っ、た……」

ぎり、と骨が軋《きし》むほど強く握られて、ダフネは呻《うめ》いた。その悲痛な声によってクライヴの手は離されたが、代わりに射抜くような眼差《まなざ》しを向けられた。

「お前は、私の妻だ――」

流した涙をそのままに呟《つぶや》かれる言葉が、まるでクライヴが自身に言い聞かせる呪文のように思われた。

『私の妻は、この目の前の赤毛の女だ。白金《プラチナ》のあのひとではない――』

「――ああ……」

そのどうしようもないほど虚《うつ》ろな悲嘆に、ダフネは泣いた。自分も同じ悲嘆を抱《かか》えていたから。

手に入らないものを諦めるために、手が届くもので満足しようと心を騙《だま》す、その虚《むな》しさを。

マグノリアを手にできないクライヴは、ダフネをその身代わりに。

クライヴの心を手にできないダフネは、王太子妃という立場に縋《すが》って。

なんて哀《かな》しいのか。なんて虚《むな》しいのか。

それでも、わたし達はそうやってしかこの先を歩めない。

「クライヴ……クライヴ……！」

ボロボロととめどなく涙を零《こぼ》しながら、ダフネはクライヴに向かって両腕を広げた。

自分に向かって差し出されたそれに、クライヴは一瞬目を瞠《みは》った。そしてすぐに切羽詰《せっぱつ》まったようにダフネをかき抱《いだ》き、その腕の中に閉じこめた。

「ダフネ……ダフネ!!」

縋《すが》り付いて唇を求め合った。ダフネは両手で忙《せわ》しなくクライヴの背や肩をさすり、クライヴはダフネの髪を梳《す》き、頬を撫《な》でる。互いの形を確かめるように。

代理品で己を騙《だま》そうとしている割には、正反対の行動をしている、とダフネはおかしくなったが、それでもクライヴが自分に触れてくれるのであれば、理由など何だって良かった。

クライヴがキスをずらして顎《あご》を舐《な》め、首を伝い下りて、鎖骨に吸い付いた。

「……あっ……」

ちくりとした痛みに、ぞくりとしたものが首筋を走り、ダフネが頤《おとがい》を反《そ》らす。クライヴの唇が白い肌を彷徨《さまよ》い、自分ではないものの体温が皮膚を滑《すべ》る感触に、ダフネの五感が狼狽《ろうばい》する。けれどその熱が、どうしようもなく愛《いと》しかった。

「クライヴ……」

溜息のように名を呼ぶと、クライヴがピクリと反応し、顔を上げた。至近距離で視線が合い、ダフネはハッとする。ぬばたまの瞳の奥に、自分がいた。自分の翡翠《ひすい》の中にも、クライヴがいるのだろう。

己の存在が互いの中に、確かにある。

瞳に映った自分の姿……ただそれだけの事象だ。けれどダフネは嬉しかった。今確かに、クライヴの中に自分がいる。抱かれているのは紛《まぎ》れもなく自分なのだと、そう言ってもらえたかのようで。

「クライヴ」

微笑《ほほえ》んでもう一度名を呼んだ。

クライヴ。わたしの夫。

愛してる。きっと一生言葉にはできないけれど。

震える手をクライヴの頬に伸ばす。――また拒絶されるだろうか？　不安があったが今度は拒まれなかった。クライヴの皮膚は温かかった。骨格をなぞるように、そっと指を動かせば、クライヴが目を閉じてダフネの手に頬を摺《す》り寄せた。

愛《いと》しくて愛《いと》しくて、また涙が出た。

「……クライヴ……クライヴ、クライヴ……！」

言えない言葉の代わりに、ダフネは何度も名前を呼んだ。それ以外、言葉なんか出てこなかった。

自分の名を呼びながら泣きじゃくるダフネに、クライヴがくしゃりと顔を歪《ゆが》めた。そんな顔を見たくなくて、ダフネは腕を伸ばしてクライヴの頭を抱き寄せた。

「……ダフネ」

自分の豊満とは言えない胸に顔を押し付けながら、やんわりと身体を起こそうとするクライヴに、ダフネはイヤイヤと首を振る。見たくなかった。クライヴのあの顔は泣きたいけれど泣けない時の顔だ。クライヴはマグノリアを恋しいと泣くのだろう。さっきの涙だって——分かっているだけに、もうそんな顔は見たくなかった。

身を震わせながらボロボロと涙を流すダフネの髪を、クライヴがそっと梳《す》いた。

「赤い……髪だな」

ぽつりと漏らされたそれに、ダフネの胸がつきんと痛む。だが続けられた言葉に驚いて、腕から力が抜けた。

「綺麗《きれい》だ。……ずっと、こうして指に絡めたいと思っていた」

信じられない言葉を聞いた気がしたが、何かを言う前にクライヴがキスをした。啄《ついば》むだけの、優しいキス。ちゅ、ちゅ、と子供のように、ダフネの顔中にキスを落とし、クライヴは言った。

「もう泣くな。もう、いいんだ。ダフネ」

紡《つむ》がれる言葉の意味は、ダフネには分からなかった。けれど、それを訊《たず》ねることはできなかった。

クライヴが微笑《ほほえ》んでいたから。

『もう困らせないよ』

そう、ハンカチーフを手にして言った、あの時と同じ微笑《ほほえ》みで。

「我々夫婦の間に、愛は求めない」

「――――!!」

静かに放《はな》たれた宣言は、ダフネ自身が提示したもの。それでも、クライヴの口から聞くのとでは、ダメージが全く違った。はたり、とマットレスに落ちたダフネの左手を、クライヴが取って口づけた。その薬指に嵌《は》められているのは、代々王太子妃に受け継《つ》がれる王家の紋章の入った指輪。

「王太子妃ダフネ・エリザベス。私の、妻――」

低い声で囁《ささや》かれ、ダフネはゆっくりと瞼《まぶた》を閉じる。涙は、もう出なかった。

クライヴが緩慢《かんまん》な動作でダフネの夜着を脱がせていく。純白のそれは引き裂かれ元の姿を成していなかったため、その作業はすぐに終わった。次にクライヴは己の衣装をバサリバサリと脱ぎ捨てて、同じように生まれたままの姿になり、ダフネの傍《そば》に横たわる。

そして重なったスプーンのようにダフネを背後から抱き締めた。

自分より少し高い体温に包まれて、そして生まれて初めて人の肌を自分の肌で感じ、ダフネはその心地好さにまたも泣きたくなった。

肌と肌を重ねることが、こんなにも心地好く、愛《いと》しいものだったなんて、知りたくなかった。

身体だけ重ねる心地好さなど。

「私はお前を抱くよ。だがこうして、顔を見なくて済むよう、後ろから抱こう」

心臓を一突きにされた。

そうか。顔を見なくて済めば、自分であっても、ごまかせるのか。

マグノリアの身代わりに、なれるのか。

ダフネの曝《さら》け出された嫋《たお》やかな肢体《したい》を、骨張った大きな手が行き来する。残酷な言葉とは裏腹に、その愛撫はとても優しかった。

「せめて、今夜だけは……初めての今夜だけは、別の誰かを想えばいい」

こんなにも無慈悲《むじひ》な優しさを、ダフネは知らない。

どうしてこんな台詞《セリフ》を、まるで労《いた》わるかのように囁《ささや》けるのか。

クライヴの手がダフネの双丘をそっと掬《すく》い上げるように掴《つか》み、やわやわと揉んだ。その指がうす紅い突起を掠《かす》めるように弾《はじ》き出すと、ダフネの下腹部にじくりとした疼《うず》きを生んだ。

「……っ、ん、……」

何とも言えないその感覚を、唇を噛んで堪《こら》えていると、背後でふ、とクライヴが笑う気配がした。

何故笑うのだろう？　女性経験の豊富なクライヴは、他の女性と比べてダフネが覚束《おぼつか》ないと思っているのだろうか？　そんな自虐的《じぎゃくてき》なことを考えていると、ぬるりと熱いものを右の耳に感じて仰天《ぎょうてん》した。

「ひっ……！」

びちゃ、と生々しい水音が大きく鼓膜を震わせ、クライヴに耳介《じかい》を舐《な》められているのだと分かった。どうしてそんな所を舐《な》めるのだろう、と不思議に思った矢先、ぶるりと背筋に慄《おのの》きが走った。

「ふぁっ……!?」

その嬌声《きょうせい》を喜ぶかのように、クライヴの舌はますます動きを増す。軟骨の硬い場所は両唇で食《は》むように、柔らかな耳朶《じだ》は舌で弄《もてあそ》ぶようにと、散々舐《な》め尽くすと、今度は耳孔《じこう》へとその舌先を伸ばす。

「んっ、ぁ、ああっ、も、やめっ、クラ……」

くすぐったいような、けれど熱を孕《はら》んだその刺激に、ダフネの身はひくんひくんと弾《はじ》かれるように引《ひ》き攣《つ》る。どうしてこんな反応をしてしまうのか、ダフネには分からない。分からないけれども、なんだか恥ずかしくてならなかった。

「あ、あ、んっ……やぁ、も、だめ……っ」

やまない甘い辱《はずかし》めに、ダフネが泣き声で懇願《こんがん》する。けれどもクライヴは小さく笑うばかりで、応《こた》えるどころか声すらかけてくれない。閨事《ねやごと》の何もかもが初めてのダフネは、繰り出される愛撫全てに不安を覚えた。されていることがなんなのか。自分が示している反応は正しいのか。自分は何かをすべきなのか。

――せめて、声を聞かせてくれれば。

少しは、この不安も和《やわ》らぐだろうに。

そんなダフネの願いをよそに、クライヴは無言のまま愛撫を続ける。弾《はじ》かれて、色づき硬くなった胸の突起を指で捏《こ》ねられると、頭の奥がじんと痺《しび》れた。

「……っ、はぁっ、ぃやぁ、もっ……」

ドクドクと自分の鼓動がうるさい。

胸をいたぶっていた手の片方が、曲線を楽しむように下方へと向かい、ダフネの白い肢体《したい》を這《は》った。

自分の皮膚の上を、クライヴの手が滑《すべ》っているかと思うと、それだけで身体が熱くなってくる。ダフネの身を成すもの全てが、その感触に歓喜し、血の中にふつふつと何かを生み出していく。生まれたその熱が、とろりとした液体になり下腹部に溜まって、じわりじわりと溢《あふ》れ始めるのを、ダフネは感じていた。それが何を意味しているのか、ダフネとて知らないわけではない。婚姻の前に、専門の家庭教師が付いたのだ。

女性の身体は、夫となる人に触れられれば、蜜を零《こぼ》すのだとそう家庭教師に教えられた。けれどもそのことをクライヴに知られるのは、どうしようもなく恥ずかしかった。

だから、クライヴの手が足の付け根にまで到達したのに気付くと、ダフネはハッとして身を捩《よじ》った。

「だめっ……！　お願い、わたし、わたし、変なの！　熱くて……身体がおかしくなっていて、だから、お願い、そこには触らないでっ！」

そう懇願《こんがん》しても、クライヴは相変わらず何も答えない。背後から抱く腕の力も緩めてはくれず、さらにダフネの足に自分の足を絡めて、身動きを封じてしまう。

「しぃっ」

息だけの音でそう窘《たしな》めると、クライヴは片方の手を伸ばして何かを取った。一時やんだ責め苦にくったりとしていたダフネは、いきなり目を覆《おお》われて驚いた。

「な、何……!?」

「しぃっ」

また息だけで囁《ささや》き、クライヴは布のようなものをダフネの顔に巻き付けて縛ってしまった。視界を奪われ、ダフネは混乱しながらも、手を伸ばしてその目隠しを取ろうとした。けれどもすぐさまクライヴにその手を捕らわれ、うなじに噛み付かれた。

「は、ぁっ！」

うなじに当てられた歯の感触にぞくりと身震いすると、クライヴが囁《ささや》いた。

「目隠しを取ってはいけない。何も見てはならない。何も聞いてはならない」

その囁《ささや》きに、ダフネの抵抗はかくりと折れる。

見てはならない。聞いてはならない。それはまるで、ダフネが人形であるかのようだ。

――そうか、わたしは人形なのだわ。

マグノリアの代わりの、人形。

胸が痛い。刃《やいば》で切り付けられるようなその痛みを、けれどダフネは見て見ぬふりをした。

人形は痛む胸など持ってはいないから。

クライヴが望むなら、それでいい。抱いてくれるなら、それでいいのだ。

従順になったダフネに、手首を掴《つか》むクライヴの手に力が一瞬こもった。

クライヴは片膝を使ってダフネの片足を引っ掛け、ぐい、と足を大きく開かせた。

「――っ……!」

秘所を曝《さら》け出すその体勢に、ダフネは羞恥《しゅうち》を感じて逃げ出したくなる。だが家庭教師に閨事《ねやごと》は『王太子妃の務め』だと聞かされた彼女に、抵抗などできようもない。唇を噛み、ふるふると震えながらその辱《はずかし》めに耐えた。

するり、とクライヴの手が脇から伸びてきて、開かれたダフネのその場所に触れた。

ダフネはこれ以上恥ずかしい思いをしたくなくて、嬌声《きょうせい》を漏らすまいと歯を食い縛った。何故かクライヴが声を発さないこの部屋において、くちゅり、という粘着質な水音は、やけに生々しく響いた。

ダフネが思った通り、そこはすでに蜜を零《こぼ》し始めていた。

その音が自分の身から鳴っているのだと思うと、恥ずかしくて死んでしまいそうだった。

それなのに、クライヴはお構いなしに指を動かす。最初は溢《あふ》れた蜜を掬《すく》うように、そして自分の指にそれを充分に絡ませてからは、秘裂をなぞるように。ぬるぬるとクライヴの指がそこを往復するたび、敏感な蕾《つぼみ》を掠《かす》めるので、ダフネは声を抑えるのに必死だ。

「っ……、っ、っ！　……は、っ……」

びくびくと震えているくせに、声を我慢するダフネに業《ごう》を煮やしたのか、クライヴはち、と小さく舌打ちした。

怒らせたのだろうか、と怯《おび》えていると、クライヴはダフネの両下肢を閉じ、一度身を離した。そして、そのまま仰向《あおむ》けにされ、両膝を合わせて持ち上げられると、閉じた下肢の付け根に、熱く硬い何かを感じた。

「っ!?」

目隠しされているダフネには、それが何か見えない。けれども、本能的にクライヴの『雄』なのだと分かった。

ずくん、と下腹部が疼《うず》いた。

クライヴは熱いそれをダフネの蜜口に数度擦《こす》り付ける。このままそれを中に入れる気だろうかと戦々恐々《せんせんきょうきょう》としていたダフネは、クライヴが身動《みじろ》いた瞬間、覚悟を決めてぎゅっと目を閉じた。

破瓜《はか》には苦痛が伴《ともな》うと習った。

けれども与えられたのは痛みではなく、快感だった。

ずりゅ、と音を立てて動いたクライヴの屹立《きつりつ》は、ダフネの蜜壺の上を滑《すべ》って下肢の間を動いたのだ。その後もクライヴはリズミカルに腰を前後させる。

「っ、ふ、ん、……ん、っ、んんっ」

クライヴの硬い切っ先が行き来するたび、ダフネの蕾《つぼみ》が刺激され、ただでさえ熱くなっている下腹部に、身体中の血が集まる。集まった熱は、クライヴの繰り出す快楽に煽《あお》られて、どんどん膨張《ぼうちょう》していく。

まるで、花火のようだ。じりじりと導火線《どうかせん》を焼いていって、やがて白く弾《はじ》け飛ぶ。

溢《あふ》れて零《こぼ》れて、膨《ふく》れ上がって、熟《う》れ切るその瞬間を待っている。

ダフネの零《こぼ》す蜜が、ますますクライヴの滑《すべ》りを良くしているのか、クライヴの動きが加速する。

「は、あ、ぁあああ……――」

すでに声を殺すことも忘れて、ダフネはその先を求めて喘《あえ》いだ。

熱い。クライヴの擦《こす》り付ける熱が、焼けるように熱い。

近い。何かが、近い。

「クライヴ……！」

その先が欲しくて堪《たま》らないくせに、同時にどうしようもなく怖くて、助けを求めるかのごとく悲鳴を上げたその刹那《せつな》、それは弾《はじ》けた。

「……くっ！」

ダフネがその身を愉悦《ゆえつ》に委《ゆだ》ねた時、クライヴが唸《うな》り声を漏らして、ダフネの足に白濁をまき散らした。まるでそれ自体が生き物であるかのように、ダフネの股の間でそれはびくびくと動いた。

嗅《か》いだことのない青臭い匂いが広がった。

初めて味わう絶頂に、くたりとベッドに身を預けるダフネとは裏腹に、クライヴは飛び散った己の精を指で掬《すく》い取り、ダフネの秘部へと擦《こす》り付け始めた。余韻《よいん》に震えるダフネは、触られるたびに敏感にそれに反応してしまう。目隠しをされたままなので、クライヴの表情は見えない。

「クライヴ……」

キスをして欲しい、そう言ったら、軽蔑《けいべつ》されるだろうか？

だが、目隠しをされ、初めての快楽に震える今、ダフネは無性《むしょう》にクライヴのキスが欲しかった。

「……ク、クライヴ……？」

望みを口にする勇気が出ないまま、頼りなく呼びかけたが、クライヴは無言のままだ。

やがて全てを移動させ終わったのか、おもむろにクライヴの指が一本、ダフネの蜜壺につぷりと入れられた。

「……あっ」

ダフネの愛蜜とクライヴの白濁とで充分に滑《すべ》りの良くなっていたそこは、難なくそれを受け入れた。とはいえ、違和感は拭《ぬぐ》えない。ダフネは異物が自分の中を動き回る感覚に、最初は身を硬くして耐えていた。だが、クライヴが確かめるかのように長い指を奥に入れたり、蜜壺の中の襞《ひだ》を擦《こす》ったりしながら、親指でクルクルと円を描くように蕾《つぼみ》を撫《な》でるので、ダフネはまたも快楽の淵《ふち》に沈みそうになった。

「あ、ぁあ、もう、クライヴ……おねがい、もう……！」

何がお願いなのか、自分でも分からない。意味不明の言葉に、クライヴが鼻を甘く鳴らしたのが分かった。

やがてもう一本の指が加わった。二本になった指は、バラバラと動いたり、中を押し広げるようにしたりを繰り返した後、にゅちりと引き抜かれた。

そして宛《あて》がわれたのは、再び硬さを取り戻した熱いクライヴ自身だった。

「ぁ……」

今度こそ受け入れなくてはいけないのだと分かり、ダフネは息を呑んだ。ぎゅ、と拳《こぶし》を握り、奥歯を噛み締めてその時に備《そな》えたダフネに、それでもクライヴは声をかけようとはしなかった。

代わりに訪れたのは、優しく額をかき上げる手だった。クライヴの手はダフネを安心させるように、何度も彼女の髪を撫《な》でた。それが嬉しくて、ダフネはうっとりとその感触を楽しみ、ホッと吐息を吐いた。

その瞬間、蜜口に宛《あて》がわれていた怒張《どちょう》が、ぐうっと押し入ってきた。

「ひ……！」

指で慣らされたはずの蜜筒《みつづつ》は、けれど未《いま》だに狭く、侵入者を拒もうとする。引き攣《つ》るような痛みに、ダフネは呻《うめ》いた。

「う、んん……くぅ、ふっ、……！」

クライヴは小刻《こきざ》みに腰を揺らし、少しずつダフネの奥へと進もうとするが、強張《こわば》った隘路《あいろ》は頑《かたく》なで、なかなか受け入れようとしない。

けれどクライヴは我慢強かった。途中までしか入っていない状態で、少しでもダフネの身の強張《こわば》りを解《と》こうと、小さなキスを落としたり、太腿《ふともも》を撫《な》でたりしてくれた。

その気遣いと優しさに、ダフネの心がほろほろと解《ほど》ける。クライヴは、やはり昔のままのクライヴだ。ぶっきらぼうだけど、照れ屋で優しい、あの頃のまま。

「クライヴ」

名を呼んで手探《てさぐ》りでその首を引き寄せ、抱きついた。クライヴの身体は、汗にびっしょりと濡れていた。そこで初めて、この作業はダフネにも苦痛を齎《もたら》すが、クライヴにも相当の苦労を強《し》いるものなのだと気付いた。優しいクライヴは、少しでもダフネに苦痛を与えまいとしてくれているのだろう。それがきっと、彼に余計な負担を与えているに違いない。

「もう、いいの、クライヴ。優しくなくていい」

マグノリアを愛するクライヴが、ダフネを抱くのは苦痛だろう。にもかかわらず、優しいクライヴは、ダフネが処女であるからと気を遣ってくれている。

その想いだけで、充分だ。破瓜《はか》の痛みなど、乗り越えられる。

「ダフネ……？」

この時初めて、クライヴが声を発した。酷《ひど》く戸惑った声だった。

それが自分の名であったことが嬉しくて、ダフネは微笑《ほほえ》んだ。

「いいの、お願い。あなたの思うままに」

「だが……」

「お願い、クライヴ。わたしを、奪って」

祈りにも似た想いで、哀願《あいがん》した。それは実際に嘘ではない。ずっとずっと祈っていた。

クライヴに抱かれたいと。彼が他の女性と噂になるたび、その女性に煮え滾《たぎ》るほどに嫉《しっ》妬《と》した。その女性になれるのなら、なんだってする。クライヴの、腕の中にいられるのなら――

それが今、こうして現実となったのだ。

――奪って、早く。わたしをあなたのものにして。

「――く、」

切羽詰《せっぱつ》まったように唸《うな》り、クライヴが鋭く身動きした。

バシン、と下肢から頭のてっぺんまで響くような、鮮烈な痛みがダフネの身を貫いた。

「あ、ぁああああっ」

まるで獣のような悲鳴が自分の喉から出たことにも気付かず、ダフネは身を仰《の》け反《ぞ》らせた。

痛い!!　いたい、いたい――!!

目の前が真っ赤に染まるほどの衝撃に、ダフネはもがき逃《のが》れようする。だがクライヴは暴れるダフネをその腕の中に囲いこみ、宥《なだ》めるように啄《ついば》むだけのキスを顔中に降らせた。髪を撫《な》で、汗の滲《にじ》む額に口づける。その優しさに、ダフネは暴れるのをやめ、痛みが去るのを待った。

クライヴはじっと動かないでいてくれた。

破瓜《はか》の衝撃が少し和《やわ》らいだ頃、ようやく落ち着きを取り戻したダフネは、それでも疼《とう》痛《つう》に震えながら訊《たず》ねた。

「も、う、終わり……？」

そうであって欲しいとの願いをこめたその質問は、残念ながら肯定はされなかった。繋がったままの場所には、未《いま》だ熱く異常な質量の違和感が存在していた。それを感じているだけに、ダフネは恐怖に慄《おのの》いた。

クライヴが目隠しの布の上から、ダフネに口づけるのが分かった。酷《ひど》くゆっくりとした仕草だった。その仕草に、まるで赦《ゆる》しを乞《こ》うような恭《うやうや》しさを感じ、ダフネは笑いたくなった。

赦《ゆる》しを乞《こ》うべきなのは、自分の方だというのに。

こんな耐えられないほどの痛みを、自分に与えたのがクライヴで嬉しいと思っている。優しいクライヴは、痛みに苦しむダフネを見てきっと罪悪感を抱《いだ》いているのだろう。それすら、ダフネには甘美《かんび》な悦《よろこ》びでしかない。

これほどまでに罪深い自分を知ったら、クライヴはその漆黒《しっこく》の瞳を嫌悪に歪《ゆが》ませるだろう。

そんな醜《みにく》い自分を隠したくて、ダフネは腕を伸ばしてクライヴを求めた。抱き締めたかった。

だがその手は手首を掴《つか》まれ、顔の両脇に縫《ぬ》い止めるように押し付けられる。

「ああっ!?」

クライヴはずるりと中から滾《たぎ》ったままの肉茎を引き摺《ず》り出すと、再び押しこめ、硬い亀頭で最奥を穿《うが》ち始める。

「ひぁっ、あ、やめっ……も、やめてぇ……っ」

押し開かれたばかりのダフネの蜜筒《みつづつ》は、クライヴの動きに快感は見出せず、痛みを訴えるばかりだ。

けれども、その痛みを緩和《かんわ》しようという肉体の作用なのか、愛蜜は次から次へと湧《わ》き出て、尻の下まで滴《したた》っていた。

ぐちゅ、ずちゅ、という泡立った水音が、やけに卑猥《ひわい》に感じられる。

クライヴの荒い呼吸が聞こえた。嵐のような行為に翻弄《ほんろう》されながらも、その音だけはダフネの胸に響いていた。

覚えておきたかった。

この呼吸を。この汗の匂いを。この感覚を。

この苦痛は、クライヴが与えてくれているものだ。

見ることを赦《ゆる》されなくとも。声を聞かせてもらえなくとも。

今自分を抱いているのは、紛《まぎ》れもなくクライヴなのだと、この身に刻《きざ》み付けたかった。

抽送《ちゅうそう》が激しさを増す。

「あ、ぁ、ぃ、ああ」

「……ぁ、くっ……!!」

塞《ふさ》がれた視界の向こうで、クライヴが堪《こら》え切れず呻《うめ》き、ダフネの中で爆《は》ぜた。

ふわりと汗の匂いがして、唇に濡れた感触を貰《もら》ったのを最後に、ダフネは気を失ったのだった。

第八章　水面下

ダフネが正式に王太子妃ダフネ・エリザベスとなって、二度目の春を迎えた。季節は春だというのに、クライヴとの凍《こお》り付いた関係は依然変わらない。

大きな明かりとりの窓から射しこむ柔らかな陽射《ひざ》しの中、ダフネは読みかけの詩集を手に、こくり、と舟を漕《こ》ぎかけて、ハタと目を覚ましました。自分がうたたねをしてしまったのだと気付いて、慌てて姿勢を正すと、見ていたのだろうメイドのサリーがクスクスと笑った。

「大丈夫ですわ、ダフネ様。わたししか見ておりませんでしたから」

「ま、まぁ、そう……」

ダフネは少し顔を赤らめて呟《つぶや》く。王太子妃となり王宮に身を置くようになって、ダフネは今までよりもいっそう行動に気を遣うようになった。『完璧な王太子妃』であることが、この国にとって、そしてクライヴにとってのダフネの価値なのだから。誰にも非難させる隙《すき》を与えてはならない。次代の王となる優秀な王太子クライヴ・ナサニエル。その隣に並ぶのに相応《ふさわ》しい、『王太子妃』の像から決してブレないように。

けれど、そんなダフネがつい気を許してしまうのが、この傍付《そばづ》きのメイドのサリーだった。王宮に輿入《こしい》れをした時に、実家であるオルトナー家から唯一伴《ともな》わせたメイドがサリーだった。それまで実家では、ダフネの身の回りのことは、乳母《うば》の二人の娘の姉の方がしてくれていたのだが、幼い頃からダフネの本当の姉のように面倒を見てくれた彼女は、気心が知れすぎていて甘えてしまう気がした。甘えを許されない王太子妃という立場になるのに、最初から逃げ場を作ってしまうのは、愚行《ぐこう》に思えたのだ。だから、逆に妹の方の、親しみを感じているけれど面倒を見てやらなければ、と思っていたサリーを連れて来たのだ。

サリーは気怠《けだる》げに詩集を開くダフネに含み笑いを向けた。

「お疲れなのですわ。昨日は殿下が一日中お離しになられなかったのですもの」

メイドの台詞《セリフ》に、ダフネは更に顔を赤らめる。

クライヴはダフネを寝室に連れこみ、一日中そこに閉じ籠《こ》もったのだ。ダフネはおかしくなるほど攻められいたぶられ、快楽の淵に沈むようにして気を失い、意識を取り戻せばまた苛《さいな》まれ、を繰り返され、気が付くと朝を迎えていた。

――もちろん、隣にクライヴの姿はなかったけれど。

裏に潜《ひそ》む愚《おろ》かな願望に、ダフネは自嘲《じちょう》を口の中で噛み殺した。

独りで目覚めるのにはもう慣れた。どれほど身体を重ねても、クライヴはダフネと共に朝を迎えることはない。それはまるで、マグノリアを忘れられない事実をダフネに突き付けているかのようだ。本来ならば自分の隣で眠っていただろう白金髪《プラチナブロンド》の乙女を想い、朝の陽光の中でそれとは異なる赤い髪を見るのに耐えられないのだろう。

またもや自虐的《じぎゃくてき》な思考に陥《おちい》っていた。ダフネは気を取り直して、努めて明るい声を出す。

「そういえば、サリー。この間、あなたにオルトナー家へ行ってもらったけれど、皆は元気にしていた？　変わったことはなかった？」

先日思い付いて、実家の書物を借りにサリーを遣いにやったのだ。しばらく実家であるウォートン侯爵邸に足を踏み入れていなかったので、本当は自分が行きたかったのだが、あいにく公務があった。

サリーは熱い紅茶をダフネに手渡しながら、嬉しそうに頷《うなず》いた。

「ええ。皆元気にしておりましたわ！　ルイーゼさんが、『あんたが来ると分かっていたら、お嬢様に持って行ってもらうマジョラム入りのオレンジケーキを用意しておいたのに！』ってプンプンしながら仰《おっしゃ》ってましたよ」

「まぁ」

ルイーゼとは長年実家に仕《つか》えてくれている中年のキッチンメイドで、ダフネは幼い頃厨房《ちゅうぼう》に遊びに行っては、彼女からこっそりオレンジケーキを貰《もら》っていた。大きな身体を揺すってハキハキと喋《しゃべ》る姿を想像して、ダフネはクスクスと笑った。

「ああ、それと、ロディさんが新しい犬があまり懐《なつ》かないって嘆いていましたよ」

「新しい犬？　犬を代えたの？」

ロディは元、馬車の御者《ぎょしゃ》だ。以前ダフネが事故に遭《あ》った時、彼もまた大怪我を負《お》い、回復はしたものの腰痛に悩まされ、その職を降りた。不憫《ふびん》に思った父が、動物の扱いが巧《うま》い彼をオルトナー家の馬や番犬の調教師として置くことにしたのだと聞いた。オルトナー家には大型の狩猟犬が常に五、六匹飼われており、どれも賢く主人に良く懐《なつ》く犬だったはずだ。

「ええ、何でも三月《みつき》ほど前、突然死んでしまったようで」

「まぁ、突然？」

「はい。それまで元気だったのに、ある朝見てみたら三匹ほどが食べ物を吐いて死んでいたそうなんです。別の檻《おり》に入れていた三匹は何ともなかったようで、与えた水が腐っていたのだろうかって、ロディさん随分落ちこんだみたいで。犬が死んでしまったことでお咎《とが》めがあるかと周りも心配していたようなんですが、さすがは我らが旦那様ですわ。『ごまかさずに報告してくれる、忠実な男が私に仕《つか》えてくれて、とても嬉しい』とのお言葉までくださったそうで！」

面白おかしく芝居《しばい》がかった調子でサリーは言ったが、ダフネは眉《まゆ》を顰《ひそ》めずにはいられなかった。

前日まで元気だった犬が、翌朝に三匹揃《そろ》って食べ物を吐いて死んでいた？

それはどう考えても、毒を飲まされたとしか考えられない。

この国の宰相《さいしょう》のオルトナー家の番犬が、毒殺――

おおいに警戒すべき内容のこの事件が三月《みつき》も前に起こっていたのに、何故自分は何も知らされていないのだろう？　宰相《さいしょう》である父は、王太子妃となったダフネを為政者《いせいしゃ》とみなし、何かあれば互いに情報を交換し合う重要性を教えていた。その父がダフネに敢《あ》えて伝えなかったということは、原因が明らかで、取るに足らないものだと判断したということか。

――あるいは、わたしに知られたくなかった？

それは今までダフネが思い至ったことのない考えだった。父とダフネは同志だ。この国を助け、背負《せお》う同志。その父がダフネに内密にすることなどないと思っていたから。

「ねぇ、サリー。あなたその話を誰から聞いたの？」

「え？　ロディさんがキッチンでルイーゼさんにぼやいているのを聞いたんですよ。ああ、そういえばわたしがいると分かると、お二人はなんだか慌ててらっしゃいました。旦那様が『犬が死んだなど、あまり外聞《がいぶん》の良いものではないから、口外《こうがい》しないように』と仰《おっしゃ》ったらしくて」

それをアッサリとダフネに教えてしまうこの娘の口の軽さに頭を抱《かか》えながらも、ダフネはやはり、と思った。

父はこの事件を表沙汰《おもてざた》にしたくないのだ。

それをダフネにまで秘密にする理由は、恐らくその方が都合がいいから。ダフネは動かない方がいいからなのだろう。

――でも、わたしの知らない所で何かが動いているのは、確かだわ。

父は、ダフネは動かない方がいいと判断した。でも結果的に異変はダフネに伝わった。ならば、ダフネが考えなければならない。

――動くべきか動かざるべきか。

水面下で起こっているものの大きさすら知れない状況で、それだけにひとつ間違えれば、どうなるか分からない。

――判断材料が少なすぎる……

ダフネは唇を噛みながら、けれども、と思う。

「何もせずに後悔するよりも、何かして後悔する方が、より建設的だわ」

「ダフネ様？」

不思議そうに首を傾《かし》げるメイドに、ダフネは指示を出した。

「今日の予定を全てキャンセルするよう書記官に伝えなさい。そして支度《したく》なさい。ウォートン侯爵邸に参ります」

情報収集から始めるべきだ。父が事実を隠そうとしているのならば、そう簡単に口を割ってくれるとは考えにくい。ならば、父のいない間に実家で情報収集をすべきだ。宰相《さいしょう》である父はこの時間は、王宮内の政務室にいるはずだ。そう考えたダフネは着替えるために立ち上がったが、サリーがその場を動こうとしないことに気が付き、眉《まゆ》を顰《ひそ》めた。

「サリー？　どうしたの。早く書記官に……」

「あ、あの、いきなり予定を変えては、書記官の方もお困りになるのでは……？」

口答えをしたことのないサリーがそんなことを言い出したので、ダフネは驚いてポカンとしてしまった。

「ええ、もちろんそうでしょうけれど、今日の予定はどれもそれほど緊急性のあるものではなかったはずだから、問題ないわ」

「で、ですが……やはり……」

ぶつぶつと口の中で呟《つぶや》くだけで、一向に動こうとしないサリーにさすがのダフネも苛立《いらだ》った。

「サリー！　それはあなたが決めることではないわ。早く書記官の所へ行ってきなさい！」

「ダ、ダフネ様……！　わ、わたしは……！」

どうしたのか、サリーは涙を浮かべてしどろもどろになっている。

その様子を見て、ダフネは異変を察し、総毛立った。

――こんな身近に異変があったのに！　何故気付かなかったの!?

舌打ちしたい気持ちで、ダフネは傍付《そばづ》きのメイドの腕を掴《つか》んだ。サリーが蒼褪《あおざ》めている。

「ひっ」と悲鳴を上げたが、手の力は緩めなかった。このメイドは、ダフネに何かを隠している。

「言いなさい、サリー。嘘は赦《ゆる》さないわ」

翡翠《ひすい》の双眸《そうぼう》に、燃えるような憤怒《ふんぬ》をこめてそう低く囁《ささや》けば、メイドはわっと泣き崩れた。

「申し訳ございません！　王太子殿下のお申し付けだったのです！」

「クライヴの!?」

てっきり父の名が出てくると思っていたのに、意外な名を聞いてダフネは仰天《ぎょうてん》した。

「クライヴが……王太子殿下が、あなたに何を命じたと言うの？」

「殿下の許可なく……ダフネ様を王宮の外にお出しするな、と。わたしだけではありません。この王宮の者全てに、その命《めい》は下《くだ》っているのです」

「――は……？」

わたしを王宮から出すなと、クライヴが命じている？　王宮全体に？

それはすなわち、王宮にいる全ての人間によって、ダフネの動きが監視されているということだ。

「わたしを軟禁《なんきん》している……？　何のために？」

何故そんなことをする必要があるのか。

誰かが人を閉じこめる時、そこにはどんな理由がある？

ひとつは、邪魔をさせないため。その者による介入を防ぐために閉じこめる。

そしてもうひとつは、守るためだ。外敵からその者を守るために閉じこめる。

前者も後者も可能性はある。ではその先を読まなくてはならない。

前者であるならば、邪魔とは何か。具体的に何を妨《さまた》げる行為なのか、誰が関わっているのか。外に出てはいけないのならば、外にいる誰かが想定できる。

後者であるならば、外敵とは何か。その敵とは、クライヴにとってなのか、ダフネにとってなのか、あるいは王家——国にとってなのか。

考えが一気に脳内を巡り、ダフネは混乱を避けるため、ひとつひとつ丁寧に考えようと天を仰《あお》ぐ——その瞬間、ぐらりと目の前が歪《ゆが》んだ。

「ダフネ様っ!!」

サリーの悲鳴が鼓膜に響き、何かにぶつかったような衝撃を受けて、ダフネはハッとする。どうやら貧血を起こしかけたらしく、支えてくれたサリーが泣きそうな顔でこちらを覗《のぞ》きこんでいた。

「……あ、わたし……」

蒼《あお》い顔で呟《つぶや》くダフネをソファへ座らせると、サリーはボロボロと涙を零《こぼ》しながら、ダフネの傍《かたわ》らに跪《ひざまず》いた。そしてダフネの手を取り、懺悔《ざんげ》をするように喋《しゃべ》り出した。

「お赦《ゆる》しください、ダフネ様!! ダフネ様に仕《つか》える身でありながら、王太子殿下の命令に従ったわたしがバカだったのです！　本当はダフネ様に秘密を持つなんて、心苦しくて仕方なかったけれど、ダフネ様が心安らかにお過ごしになられるためならば、と……！　裏切ってしまったわたしを、どうぞお赦《ゆる》しくださいませ！　もう二度とダフネ様に秘密を持ったりいたしません。全てお話しいたします」

幼さの残る顔を涙と鼻水に塗《まみ》れさせながら捲《まく》し立てるサリーを見て、ダフネは何だか憐《あわ》れな気持ちになり、押し黙った。この娘の性格からいって、その方が洗いざらい喋《しゃべ》ってくれそうだと思ったのだ。

それにしても、『心苦しい』とか『裏切り』とか、随分仰々《ぎょうぎょう》しい単語を並べるものだと、少し笑いそうになった。水面下で動いているのは、父とクライヴだ。そんな単語を使う必要はない。

だが、そんな呑気《のんき》な考えは、次のサリーの発言で吹き飛んでしまった。

「し、白薔薇《しろばら》の館の方がご懐妊《かいにん》なさったとのことです。王太子殿下は、それをダフネ様のお耳に決して入れないよう厳命なさった上で、ダフネ様の外出をお禁じになられたのです！」

全ての音が止まった気がした。

『白薔薇《しろばら》の館』……それは王都の外《はず》れにある邸《やしき》のことである。

元々はどこだかの伯爵が愛人のために造らせた邸宅だったらしいのだが、現在の持ち主は白金髪《プラチナブロンド》の美貌の未亡人《みぼうじん》、レディ・イオナ・イグリーズ。

隣国からやって来たというこの異国の美女は、数年前に夫である伯爵を亡くし、この国に根を下ろしたらしい。

白磁《はくじ》の肌に湖水のようなアクアマリンの瞳のこの未亡人《みぼうじん》は、やって来てすぐさま有名になった。というのも、彼女は小柄な女性の多いこの国では驚くほどに背が高く、すごみのある美貌はまるで舞台女優のように貫禄《かんろく》があり、見る人々を片《かた》っ端《ぱし》から魅了《みりょう》していったからである。未亡人《みぼうじん》という、愛人にもってこいの立場ということもあり、社交界でも誰が彼女を射止めるかが話題になるほどだったが、その決着は一月《ひとつき》も経《た》たないうちについてしまった。

その頃始まった王太子クライヴ・ナサニエルの夜歩きの行き先が、白薔薇《しろばら》の館であったからだ。

多くの貴族がそうであるように、王太子も愛人を持つことは稀《まれ》ではない。まして、仲睦《なかむつ》まじいと言われているとはいえ、王太子夫妻はいわくつきの政略結婚である。王太子がこの美しき未亡人《みぼうじん》に惹《ひ》かれたとて、何の不思議もない。

このイオナ・イグリーズにとって残念なのは、彼女が未亡人《みぼうじん》であったことだろうか。正妃はもちろん、側妃であっても、王太子の妻となる女性は初婚でなければならないからである。未亡人《みぼうじん》でなければ、側妃として王宮に身を置いていただろうに。その『白薔薇《しろばら》の館』に、最近王立親衛隊の護衛が付いたというのである。

王立親衛隊が守るのは、王家の人間だ。

つまりそれは、『レディ・イオナ・イグリーズが王太子の子を身篭《みごも》った』ということを意味しているのである。

——どうしたら、いいの！

他の女性がクライヴの子を身篭《みごも》ったという事実を突き付けられても、ダフネには何の手立てもなかった。

サリーをはじめ、部屋にいる全ての者を下がらせた。こんな時に一人になりたいなどと言えば、動揺しているのが丸分かりだというのに、我慢できなかった。どうしても一人になりたかった。一人になって、考えたかったのだ。

クライヴと結婚して二年、未《いま》だ二人の間には子供がない。王太子妃であるダフネには当然ながら世継《よつ》ぎを求められる。正妃とはいえ、あと一年もこのままダフネに懐妊《かいにん》の兆《きざ》しがなければ、側妃の話が持ち上がるだろう。

イオナには側妃の資格はないが、その子供はクライヴの血を引く子だ。過去にも王が側妃の資格のない愛妾《あいしょう》に子を産ませた例があったが、対処の仕方は二種類考えられた。子とは認められず、捨て置かれるか。子と公認され、王宮に引き取られるか。

前者であれば、多くの場合王家と懇意《こんい》の貴族の養子にされ、後者では正妃の養子となるのである。正妃の後ろ盾があれば、仮に他にも子がいたとしても、権力闘争に充分に太刀《たち》打《う》ちできる。

――クライヴはわたしに養母になれと、言ってくるのかしら。

恐らく、そうなのだろう。それが愛する女性の子を我が子とする最善の策だから。

だがクライヴは、その『正妃』であるダフネに不安を覚えていたのだろう。

見抜いていたのだ。『完璧な王太子妃』の仮面《かめん》の裏の、薄汚い性根《しょうね》を。

何故なら、クライヴによるこの軟禁《なんきん》は、ダフネがイオナに危害を加えるのを防ぐためだから。

イオナの懐妊《かいにん》をダフネから隠し、王宮に軟禁《なんきん》する。その理由を、これ以外に考えられるだろうか？

「ふ……ふふ」

ダフネは笑った。乾いた笑《え》みだった。

心に去来《きょらい》するのは、クライヴに信用されていなかったことへの悲嘆などではない。

やはりそうだった、という自嘲《じちょう》でしかない。

愚《おろ》か者の結末だ。王太子妃になれるなど、どうして確信を持てたのか。最初から器《うつわ》ではなかったのだ。愛されなくとも隣に居られるだけでいいなどと、できもしない建前で、周囲だけでなく自分をも騙《だま》して。

クライヴはその化《ば》けの皮の下の、みっともない本音を嗅《か》ぎ取っていたのだ。

愛して欲しいと懇願《こんがん》して泣き叫ぶ、醜悪《しゅうあく》なダフネの本音を。

「失格ね」

『完璧な王太子妃』であることが、ダフネがクライヴの傍《そば》にいるための唯一の手段。

その虚構《きょこう》を崩された今、ダフネはクライヴの傍《そば》にいる権利を失ったのだ。

「もう、傍《そば》にはいられない」

イオナを守ろうとしたクライヴの判断は正しい。

ダフネはイオナの子を養子にして育てるなど、絶対にできないから。正妃としての務めを全《まっと》うできないダフネなど、クライヴにとっては存在価値もないだろう。

父である宰相《さいしょう》が持つ権力に反感を持つ貴族は少なくない。自分の娘を王太子の側妃に宛《あて》がうことで対抗しようとしている者がいるのも知っている。クライヴがそれを撥《は》ね付けて来たのは、政治に混乱を生まないためだ。

だからこそ、イオナの妊娠はダフネを絶望させたのだ。

そんな賢明なクライヴが、政治の混乱を招くことを分かっていながら欲した。マグノリアと同じ色の、髪と瞳を持つ、イオナとの子供を。手に入れられなかった愛《いと》しい女性の面影《おもかげ》を持つ子供を。

――王太子妃を、辞《じ》そう。そうすれば、クライヴは心安らかに暮らせるだろう。

虚《うつ》ろな思考の中、その覚悟だけは決まった。

「サリー」

ダフネはベルを鳴らした。おどおどと現れたメイドに、無表情で申し付ける。

「政務室へ参ります。王宮内ならば、どこへ行っても構わないのでしょう?」

後半の台詞《セリフ》にメイドは苦しげに顔を歪《ゆが》めたが、それは嫌味《いやみ》ではなく、自嘲《じちょう》だった。

今日、クライヴは公務で外へ出ている。王宮の政務室にいるのは、宰相《さいしょう》である父だけだ。

「遅かったな」

ダフネが乗りこんだ政務室で、父は手にした書類に目を向けたまま、一言そう言った。

何が遅かったのか、それを問うほどダフネは馬鹿ではない。すぐに書記官に目配《めくば》せをして退出を促《うなが》す。

——お父様は、わたしがここに来ることを分かっていた。

つまり、異変にダフネが気付き、判断するのを待っていたということだ。

「——王太子妃を、辞《じ》そうと思っております」

「不正解」

打てば響くと言った具合に一蹴《いっしゅう》され、ダフネは驚いた。

「不正解とはどういうことですか？」

「正解ではないから不正解と言ったまでだ」

飄々《ひょうひょう》と答える父に、ダフネは眉《まゆ》を顰《ひそ》めた。謎かけをしているわけではないのに。

苛立《いらだ》ちを募《つの》らせながらも、ダフネは声を大きくして言う。

「すぐにとは言っておりません！　レディ・イオナの子をわたしの養子にし、クライヴの王太子としての立場が安定するまで、正妃の座を降《お》りるつもりはありません！」

先ほどはそんなことはできないと思い詰めたが、しかし政治の混乱を招かないためには、そうするのが最善だ。今現在『王太子妃』であるダフネにとって、それは成さねばならない義務だ。

――そう。わたしの、最後の義務。

それが終われば、王太子妃の座を辞《じ》そう。それを終えたら解放されるのだと思えば、やり遂《と》げられる。

「その後、わたしは修道院に行くつもりです」

「何故お前が妃《きさき》を降《お》りる必要がある」

当然の質問に、ダフネはそっと目を伏せた。

「……器《うつわ》ではないのだと、痛感いたしました」

「今のお前では、確かにそうだな。そのような状態ならば、クライヴ殿下の言いつけ通り王宮で大人しくしている方がマシだ」

ダフネの弱音を嘲笑《あざわら》うように、父が切り捨てる。だがそれに反論できるすべはなかった。

政務室に沈黙が降りた。父が深い溜息を吐《つ》いて、こめかみを揉んだ。

「ダフネ。お前は今、何ひとつ真実を得ていない」

「真実を……」

父はゆっくりと椅子から立ち上がると、ダフネの目の前に立ってその肩に手を置いた。同じ翡翠《ひすい》の双眸《そうぼう》が、憐《あわ》れみを帯《お》びて自分を見つめていた。

「私は王太子殿下の命令で、お前に真実を与えてやれないのだ」

「……クライヴが……!?　何故……！」

父が口を閉ざす理由が、クライヴによるものだった――!?

「真実を見たいならば、己の内側にも目を向けなければならない」

「わたしが、盲目だと？」

「今は。だが私に言わせれば、クライヴ殿下もまた、同じように盲目だ」

そう答えた父の声は、苦いものを噛んでいるかのようだった。

謎かけのようなやり取りに、それでもダフネは何かを引き出そうと必死で言葉を探した。

父は真実を口にできない。けれど――？

「お父様は、殿下の命《めい》がなければ、わたしにその真実を伝えてくれましたか？」

それは隠しているものが何であるかを推測するためには、重要な質問だ。秘密は父が望んだものなのか、あるいはクライヴが望んだものなのか。

するとと父はニヤリと笑った。

その表情で、正しい質問だったのだと分かった。

だが返ってきた答えに、ダフネは再び首を傾《かし》げざるを得なかった。

「当たり前だ。私がお前に秘める理由は、詮《せん》のない、驚くほどバカバカしいものだからね。だがそんなものなのだよ、男の矜持《きょうじ》など」

第九章　暗殺者

政務室から戻って、どれくらい時間が経《た》ったのだろう。窓から射しこむ光が随分と弱くなっているから、すでに夕方になっているのかもしれない。

父から言われたことを、あれからずっと考えていた。

父とクライヴがダフネに隠していた『真実』がある。

だがそれはクライヴが命じたことで、父にとっては秘密にする理由がない。

父はダフネを盲目だと言った。しかし同時に、クライヴもまた盲目であると。

「王太子妃を辞《じ》すのは、『不正解』……ならば正解は、王太子妃でいること？」

それでは漠然とし過ぎて、ダフネの欲しい答えではない。

何かが起こっているのは、確かなのだ。

宰相《さいしょう》オルトナーの家の番犬が毒殺された。それはつまり、父が何者かに狙われたということだ。今を時めく宰相《さいしょう》である父を亡き者にして、利を得る者は多いだろう。だが実際に『赤き宝刀《ほうとう》』に刃《やいば》を向ける勇気のある者がいるだろうか？　周辺諸国が虎視眈々《こしたんたん》と領土拡大を狙うこの大陸において、さほど肥沃《ひよく》な土地でもないこの国が諸国と対等でいられるのも、『赤き宝刀《ほうとう》』の外交手腕があるからこそだ。父を失えばこの国が揺らぐのは明白であるにもかかわらず、それでも手にかけようと考える者とは――？

単純に考えれば、周辺諸国からの刺客だろう。だが今、この国を取り囲む他国の情勢は安定している。国々の力は拮抗《きっこう》しており、その各々《おのおの》が同盟を結んでいるため、ひとつ間違えば大陸中が戦禍《せんか》に見舞われる。そして今戦《いくさ》を起こして得をする国はひとつもない。

――他国からの刺客という線は消える……では、国内で？　だとすれば、父と同じだけの権力と財力を持つ者で、とって代わろうと考えている者……？

現在の政界の面々を思い描くが、どの人物も該当しない。

そこまで考えて、一人の人物がダフネの脳裏《のうり》を過《よぎ》った。

いたではないか。過去に、そういった人物が！

「――マールバラ公爵……！」

その考えは天啓《てんけい》にも似ていた。

「そうか……！　そうよ、マールバラ公爵だわ。何故気付かなかったの……!?」

マールバラ公爵と父の確執《かくしつ》は有名だった。退陣を余儀《よぎ》なくされた公爵が、なんとか政界に返り咲こうと四苦八苦《しくはっく》していたことも。そしてその最良策として、自《みずか》らの娘、グロリアを王子の伴侶《はんりょ》にと圧力をかけていたことも、王宮では知らぬ者のない話となっていた。王太子の婚約者にダフネが収まることができたのは、その話が持ち上がったのはダフネがまだ四つ、双子がひとつの時であり、その時公爵の一人娘グロリアがまだ誕生していなかったからだと、口さがない者達は噂していた。それほどマールバラ公爵は力のある人物だったのだ。

グロリアの奇行《きこう》によって失脚《しっきゃく》し国を追われた彼が、逆恨《さかうら》みから父を狙っているのだとすれば納得がいく。

だが、それをダフネに秘密にする理由が分からない。ダフネが父ならば、間違いなく知らせるだろう。

――じゃあ、これがクライヴが口止めしていたこと？

それを口止めして、クライヴに何の得があるのか。いくら頭を捻《ひね》っても理由が思い付かない。

考え過ぎてさすがに疲労を感じていたところへ、コンコンとノックが響き、恐る恐るといった様子のサリーの声がした。

「あの……ダフネ様。入っても宜《よろ》しいでしょうか……？」

あの娘はまだ狼狽《うろた》えているのだろう。ひどくおずおずと切り出されたその問いかけに、ダフネはゆっくりと答えた。

「ええ」

静かに入室して来たサリーは、肩を落としてしょんぼりとしていた。

「面会を希望したいという方が……いかがいたしましょう？」

「面会……どなた？」

「あの……ウェスター公爵夫人様です」

ダフネはその名に驚いた。ウェスター公爵夫人——マグノリアだ。

マグノリアがこの王宮にダフネを訪ねてきたのは初めてのことだった。

会うのも随分と久々だ。というのも、彼女は結婚後、ほとんど姿を見せることはなかったからだ。この二年でほんの数回、しかも必ず夫婦での出席が必要な公式の場にしか現れなかった彼女が、何故？

疑問が浮かんだものの、今マグノリアを目の前にして、自分がまともでいられる自信がなかった。

「随分と急な訪問だわ。困ったわね、お断りできないかしら」

そう嘯《うそぶ》くと、サリーが申し訳なさそうな顔で言った。

「そ、それが……公爵夫人は非常に切羽詰《せっぱつ》まったご様子で……なんでも急を要するお話があるとかで、どうしても、と……」

「急を要する？　……分かりました。お通しして」

アーサーに何かあったのだろうかと思い、ダフネは了承した。考えてみれば、今まで寄り付きもしなかった彼女がここに来たのだ。何か大変な事態が起こっているのかもしれない。

間《ま》を置かずマグノリアが案内されて部屋に入ってきた。

「プリンセス・ダフネ、急な訪問の非礼を、どうぞお許し下さい」

「まぁ、マグノリア――」

その姿に、ダフネは言葉を失った。マグノリアは例の如《ごと》く、目を瞠《みは》るほどの美しさだった。豊かな白金《プラチナ》の髪が背を覆《おお》い、瑞々《みずみず》しいアクアマリンの瞳が輝いている。そしてその砂時計のような魅惑的な肢体《したい》は――

――男装？

なんと、マグノリアは男の姿をしていたのだ。春らしい淡い色合いのグレーの乗馬服は、まるで彼女のために誂《あつら》えたかのようにぴったりとしている。マグノリアはとても女性らしい体型をしていたはずなのに、今の彼女は首から下だけを見れば、少々貧相ではあるが、男性にしか見えない。

「あの……」

女性が男性の服を身に纏《まと》うなど、小説か芝居《しばい》の中でしか有り得ないことだと思っていたダフネは、あまりの出来事に何と言って良いか分からず、意味のない言葉しか出せなかった。

そんなダフネに、マグノリアはさっと首を振ってきびきびと言った。

「すみません、プリンセス。お人払いを」

彼女のピンと張り詰めた雰囲気を、ダフネは怪訝《けげん》に思いながらサリーを退出させた。メイド達がいなくなり、この部屋にはダフネとマグノリアの二人だけになった。するとマグノリアが漸《よう》く口を開いた。

「ありがとうございます、プリンセス。実はお願いしたいことがあるのです」

「お願い……アーサーに、何かあったの？」

妙な緊張感を孕《はら》んだ空気に、ダフネは緊張した声で鸚鵡《おうむ》返しした。

急な訪問に加え、男装——突拍子もない事態に狼狽《ろうばい》しつつ、それでもアーサーに何かあったのでは、と不安が心を過《よぎ》った。

だがマグノリアは驚いたように目を見開き、首を横に振った。

「アーサー？　いいえ、あの人には特に。むしろ元凶は……」

忌々《いまいま》しげに柳眉《りゅうび》を顰《ひそ》めるマグノリアに、ダフネはいささか混乱した。マグノリアのアーサーに対する物言いは、とても愛する夫へのものではない気がしたのだ。

「と、とにかく、お座りになって」

長椅子を指《さ》したがマグノリアは頷《うなず》かず、ダフネの右手を掴《つか》むとその場で跪《ひざまず》いた。

「えっ……」

男装をした絶世の美女に膝を折られ、ダフネは絶句した。立場上跪《ひざまず》かれることは初めてではない。だが、どうしてマグノリアがこんなことをするのかが分からない。

混乱するダフネをよそに、マグノリアは真剣な顔でこちらを見上げている。

「プリンセス・ダフネ。まずは、あなたに懺悔《ざんげ》しなくてはなりません」

「ざ、懺悔《ざんげ》？」

彼女から懺悔《ざんげ》されることといえば、それはアーサーがダフネを棄《す》てた件くらいだ。だがダフネにとって、アーサーに婚約破棄されたことは心の傷にはなっていない。だから気にしなくていいのだと言おうとした時、マグノリアがとんでもないことを口にした。

「わたしはあなたを殺そうと近付いた暗殺者でした」

「――――な」

唖然《あぜん》とするダフネに、マグノリアは哀《かな》しそうに微笑《ほほえ》んだ。

「何を、馬鹿な」

「いいえ、真実です。いつかあなたに本当のことを告白しなくてはと思いながら、今日まで来てしまいました」

冗談にしては性質《タチ》が悪い、と笑おうとしたが、目の前のマグノリアの表情は硬く、握られた手にこもる力からも真剣さが伝わってくる。

「冗談ではないの……？」

一縷《いちる》の望みをかけて言った台詞《セリフ》は、マグノリアの苦笑によって否定される。

「残念ながら」

その静かな笑《え》みに、ゾッと悪寒《おかん》が走った。それが本当ならば、ダフネは今暗殺者に手を握られている。いつ殺されるか分からない状況だということだ。

　知らず喉が鳴った。身を守る手段は皆無《かいむ》だ。

「……でした、と言ったわね。それは今は違う、と思っていいのかしら？」

　その言葉を聞いて、マグノリアはハッとした顔をし、そっと手を離した。

「……あなたを殺すつもりならば、こんな警戒させるようなことを言ったりはしません」

「それもそうね……」

　納得しつつ、ダフネは素早く頭を働かせる。

　自分がいなくなって得をする人間は少なくない。自分の娘に、王太子妃の座を奪わせようと狙う貴族は多い。だが宰相《さいしょう》オルトナーを敵に回してまでそれを望もうとする豪胆《ごうたん》な者を、ダフネは思いつかなかった。父に匹敵《ひってき》するほどの権力と財力を持つ貴族など――そこまで考えて、ダフネは先ほど同じような思考を巡らせたことに気付く。

「――マールバラ公爵」

　マグノリアは静かに目を伏せた。

「その通りです。わたしはマールバラ公爵によって放《はな》たれた暗殺者でした」

　マールバラ公爵はあの頃、娘グロリアを王太子妃にするために方々に手を回していたと聞く。王家に匹敵《ひってき》するほどの財力を持つアサル家の影響力は絶大だった。あの王妃ですら、嫌っていながらもグロリアを自分のサロンに迎え入れざるを得なかったことを考えれば、ダフネという『王太子妃』の最有力候補がいなくなれば、その後釜《あとがま》にグロリアが座る可能性は非常に高かっただろう。

公爵が、政敵である宰相《さいしょう》の娘のダフネを煙《けむ》たく思うのも無理はなかった。

とすれば、マグノリアが暗殺者であったのは、二年前ということか。

「でもまさか、暗殺まで企《たくら》んでいたなんて」

「そんな風にお思いになるのは、恐らくあなただけですよ、プリンセス・ダフネ」

「え？」

マグノリアは猫のような機敏な動作で立ち上がり、背を向けてダフネから距離を取った。ちょうどダフネが安堵《あんど》を覚える数歩の所で立ち止まり、振り返って言葉を続けた。

「『まさか』、などと思うのはあなただけだったということです。あの頃あなたの周辺には、何度も危険なことが相次《あいつ》いで起こっていたはずです。巧妙に証拠は隠滅されていましたが、それらは全てマールバラ公爵の放《はな》った暗殺者の仕業《しわざ》です。覚えていらっしゃいませんか？　馬車の事故のことを」

「――あ……」

王太子妃になる前のこと。孤児院へ向かった時、馬車の車輪が外《はず》れ、あわやという事故になった。気が付けば自室で寝かされていて、医者とクライヴが入って来たのを覚えている。

オルトナー侯爵家の御者《ぎょしゃ》は優秀だ。事前に馬車の点検を怠《おこた》るはずなどないのに、何故車輪が外《はず》れてしまったのか不思議だった。だがその目を潜《くぐ》り抜けるほど至妙《しみょう》に、車輪に細工《さいく》されていたのだとしたら？　暗殺者の手によって。

「あれも……？」

マグノリアがこくりと頷《うなず》いた。

「それ以前にも、あなたの愛馬の手綱《たづな》に切れ目が入っていたり、あなた付きのメイドが良からぬ男に言い寄られていたりと、小さいけれど不穏なことが起こっていました。けれどそれらは全て前もって殿下達とお父上に食い止められ、あなたを徒《いたずら》に不安にさせないようにと内密になさっていたそうです」

「……なんてこと……！」

ダフネはぎり、と奥歯を噛み締めた。

守られていたのだ。ずっと。ダフネが何も知らずにぬくぬくと平穏な生活を送っている背景には、父やアーサー、そしてクライヴの尽力があったのだ。

「何故、わたしには教えてくれなかったの！　当事者なのに！　守られるだけの愚《おろ》かな役回りではいたくなかったわ！」

教えてくれていれば、父の言葉に従っただろう。自分の身辺にも気を付けて、迂闊《うかつ》なことはしないよう、十二分に警戒しただろう。

「不安にさせないように？　もちろん不安になったでしょう。けれど、それで逃げ出すような臆病者ではないつもりだったのに！」

悔しさに我を忘れ、王太子妃の仮面《かめん》をかなぐり捨ててそう叫べば、マグノリアはその剣幕《けんまく》に驚いたらしく目を見開いていた。

「……アーサーから聞いた話では、お父上はあなたに全てを話そうと仰《おっしゃ》ったそうですよ。けれど、クライヴ殿下が猛反対なさったとかで」

「クライヴが!?　何故!?」

「……さぁ。多分、守りたかった、のではないでしょうか？　あなたを」

ダフネは絶句した。

守りたかった？　それはダフネがクライヴに対して想ってきたことだ。

守りたかった。姉として、可愛い弟であるクライヴを。

守りたかった。幼馴染《おさななじみ》として、アーサーとクライヴの、かけがえのない絆《きずな》を。

守りたかった。クライヴを愛するひとりの女として、愛する人を失った、彼の矜持《きょうじ》を。

守ってきたつもりだった。それなのに、自分の気が付かない所で、クライヴもまた自分を守ってくれていたのだ。

「——あ……」

心を覆《おお》っていた硬い何かが、脆《もろ》い音を立てて剥《は》がれ落ちるのが分かった。

——わたしは、何かを間違えていた。

それは予感にも近かった。

けれど臆病な自分が、それが何の予感であるのかを紐解《ひもと》こうとするのを恐れ、その感情をあっという間に霧散《むさん》させてしまう。

——まだ、ダメだ。まだ知らないことが、知らなかったことが多過ぎる。

ダフネはゴクリと唾を呑んで、マグノリアに向き直る。その視線に先を促《うなが》されたことを悟ったマグノリアは、再び口を開いた。

「けれど、お父上とクライヴ殿下にはあの馬車の事故は衝撃だったのでしょう。それまで事前に食い止められていたものが起こってしまったのですから。それからあなたの周囲の守りは強固になってしまったのです」

そうだった。あの馬車の事故以来、父は家から出してくれなくなり、外に出る時はまだ王族でもないのに王立親衛隊が付いて回った。事故で気を失っただけで、怪我をしたわけでも病気でもないのに、と憤慨《ふんがい》したが、あれにはこういう理由があったのか。

「マールバラ公爵は焦《あせ》ったのでしょう。あなたには暗殺者が近付く隙《すき》はない。晩餐会《ばんさんかい》まで日も迫り、正式にあなたが『王族』となってしまえば、暗殺するのは更に困難となる。そこに転がりこんだのが、わたしだったのです」

転がりこんだ、ということは、もともとマールバラ公爵の暗殺者だったわけではないのだろう。


ダフネは目の前の女性をしげしげと眺めた。

若く美しく、豊満な女性なはずなのに、今はしなやかな男性のようにも見える、不思議な薬師。

「あなたは、何者なの」

ダフネの問いに、マグノリアは微《かす》かに口の端を上げた。

「わたしは暗殺者です。けれど、人を殺したことがない。本当の暗殺者はわたしの師――シミオン・チャーチです」

「シミオン・チャーチ……」

その名を口の中で転がしながら、どこか懐かしいような不思議な心地がして、ダフネは戸惑った。

聞いたことがある？　いや、もしそうならもっとハッキリとした記憶として残っているはずだ。

「シミオンはマールバラ公爵領で仕事に失敗し、捕らえられました。わたしは彼を救うため、マールバラ公爵の出した条件を呑みました。それが、あなたの暗殺だったのです」

「救うため……」

ダフネの呟《つぶや》きに、マグノリアは苦笑を漏らす。

「ええ。ですが、免罪を求めているわけではありません。それでわたしの罪が軽くなるわけではありませんから」

「ええ、分かっているわ」

ダフネの相槌《あいづち》に、マグノリアはにっこりと笑った。

「シミオンは確かに人を殺すことを生業《なりわい》としていました。けれど、わたしにとってはかけがえのない人だった。どうしても助けたかった。彼が居なくなったら、わたしはどうやって生きて行けばよいのか分からなかったから。だからわたしは、彼を助けるために公爵の条件を呑みました。公爵にとってわたしはまさにうってつけだった。それまでの暗殺者達は、間接的にあなたを殺そうとしていた。それは公爵が、足が付かないように、なるべく事故に見せかけて殺せと指示を出していたからですが、あなたの周囲の守りが強固になったためそれも難しくなった。けれどわたしは女で疑われ難《にく》く、直接あなたに手を下《くだ》す捨て駒にはもってこいで……」

「しかも人質を取っているので裏切る心配がない」

後を引き取ってダフネがそう言えば、マグノリアは満足気《まんぞくげ》に頷《うなず》いた。

ダフネは溜息を吐《つ》いた。一度に多くの事実を知り、混乱しそうになる思考を明瞭に保つには、かなりの精神力を要する。

「座っていいかしら？」

ソファを指《さ》してそう言えば、マグノリアは頷《うなず》いて自《みずか》らも向かいのそれに腰を下ろした。

「続けて宜《よろ》しいですか？」

ダフネはこめかみを指で揉みながら首肯《しゅこう》する。疲れは感じていたものの、全てを聞いたわけではない。この話がどこに繋がるのかダフネには見当もつかないが、自分が見えていなかった真実は、知らなくてはならないものだと感じていた。

「わたしはあなたに近付くために、手始めにあなたの行動範囲の中からあの孤児院を選びました。あなたはあそこに思い入れがあったのか、一月《ひとつき》に三度は訪問しておられたので、接触の機会としてちょうどいいと考えたからです」

言われてダフネは目を閉じた。確かにあの孤児院は気に入っていた。他の孤児院よりも近場にあったし、何よりあの頃ダフネは子供達の顔を見ることで、精神的な面で癒《いや》されていたから。

ダフネはマグノリアと出会った時の状況を、記憶の引き出しから探り出した。

「そしてあなたはあの孤児院に入りこみ、わたしとの接触に成功し、まんまとわたしのお付きに収まったというわけね。でも分からないわ。わたし達はあの孤児院で出会い、お茶を飲んだり話をしたりしたけれど、わたしを殺すのだったら充分に機会があったでしょう？　何故殺さなかったの？」

その質問に、マグノリアはあっさりと答えた。

「殺そうとしました。お茶に毒を仕こんで」

「え……」

「ですが、意気地《いくじ》がなくて、引っくり返す振りをして自分で台なしにしてしまいました」

そういえばそうだった、とダフネは呆気にとられながら思い返す。あの時、マグノリアはお茶を零《こぼ》して院長にこっ酷《びど》く怒られていた。

「あ、あれに毒が入っていたの？」

「はい。ですが、今思えばそれで良かったのです。あの時あなたを殺したら、すぐにわたしは捕まったでしょう。それでは意味がなかったから。わたしが捕まり処刑されれば、公爵は嬉々としてシミオンを口封じのために殺したでしょう。わたしの目的は、彼を救い出して共に生きることだったのです。それに――」

マグノリアは懐かしむように目を細め、笑った。

「シミオンは、わたしが暗殺業に手を染めることを最後まで拒んでいましたから」

そう語るマグノリアの表情は穏やかで、ダフネはふと不思議に思った。

「あなたの師は、どんな人だったの？　暗殺者の師でありながら、あなたに暗殺をさせないようにするなんて……」

するとマグノリアは、夢見るように遠くを見つめていた眼差《まなざ》しを、ふっと自分の手元に落とした。

「わたしは隣国の孤児でした。人買いに攫《さら》われ、性奴隷として売られそうになっていたところを、ある男に買われました。それがシミオン・チャーチでした。シミオンは薬師をしていましたが、裏では暗殺を生業《なりわい》としていたのです。わたしは彼の手足となるべく、暗殺術を教えこまれました」

衝撃の内容だったが、マグノリアがあまりに静かに語るので、ダフネは口を挟《はさ》まないでそれを見守った。

「毒薬と解毒薬の知識、武術、体術、他にも様々な技と知識を。――わたしは武術や体術の才能はからっきしだったようで、早々に匙《さじ》を投げられましたが。この姿も教えこまれたもののひとつです。わたしは道具さえあれば、どんな人物にも化《ば》けることができるんです。少女にも老女にも、男にも女にも」

マグノリアは自分の姿を手で指《さ》して、おどけたように肩を竦《すく》めた。そして酷《ひど》く淋《さび》しげな目をして遠くを見る。

「そんな風にわたしに教えるくせに、シミオンはわたしに仕事をさせようとしなかった。わたしは悔しくて、それならばどうしてわたしを買ったのかと訊《たず》ねました。すると彼は笑ってこう言ったのです。家族が欲しかったのかもしれない、と。彼はわたしと同じ色の髪と瞳をしていました。だからわたしを選んだのだ、と。わたしはその言葉が、死ぬほど嬉しかった！　だから、彼の家族になろうと決めたのです。シミオンは、今も昔も、わたしの家族なんです」

「……そう」

本当の家族に愛されて育ったダフネには、マグノリアの想いの欠片《かけら》も理解できていないのかもしれない。それでも、マグノリアが暗殺者になってでも、シミオン・チャーチを救いたかったということは分かった。きっとその人は、マグノリアにとって父であり母であり、兄であったのだろう。そしてその人にとっても、マグノリアは大切な存在だったのだ。だから暗殺術を教えながらも、その手を汚させたくなかった。

何となくしんみりしてしまった雰囲気に気付くと、マグノリアは少し気まずそうにして姿勢を正した。

「話がずれましたね。どこまで話しましたか――そう、わたしはまんまとあなたを騙《だま》すことに成功しましたが、両殿下や宰相閣下《さいしょうかっか》にはそう簡単に通用しなかった。彼らはポッと現れた怪《あや》し気《げ》な薬師の小娘をあなたから引き離し、徹底的に尋問しました」

「尋問」

その言葉にある残虐《ざんぎゃく》な意味に、ダフネは思わず眉《まゆ》を顰《ひそ》めた。暗殺者に対して行《おこな》われるのは当然ではあるが、それでも目の前の嫋《たお》やかな女性が肉体的苦痛を与えられたかと思うと愉快なものではない。するとマグノリアは困ったように顔を歪《ゆが》めた。

「……本当に、プリンセスはお人好しであられますね。自分を殺そうとした者の痛みを汲《く》んでそんな顔をなさるなんて。けれど、ご安心ください。肉体的に痛めつけられたりはしませんでした。そういった意味では、アーサーは決してわたしを傷付けませんでしたから」

「あなたの尋問をしたのは、アーサーだったの？　それなら分かるわ。アーサーは紳士だから」

明るく爽《さわ》やかなアーサーは、騎士道を正しく貫く男だ。婦人に乱暴をしたりなど決してしないだろう。そう思って言った言葉に、マグノリアは胡乱《うろん》な眼差《まなざ》しを向けてきた。

「あなたにとって、アーサーはそういう男なのですね……」

ハァ、と大きく溜息を吐《つ》いて言われ、ダフネは意味が分からずに首を捻《ひね》る。マグノリアは気を取り直すようにして話を続けた。

「ともかく、連日の尋問に遭《あ》いましたが、シミオンの命がかかっていたので、わたしも口を割りませんでした。けれど、さすがは王家の情報網。あっという間にわたしの素性《すじょう》を調べ上げてしまった」

王家には『目』と『耳』と呼ばれる特殊な諜報員がいる。幼い頃より訓練された者のみがなるというその情報収集力はすさまじく、王がこの国を把握《はあく》していられるのも、彼らの功績が大きいと言われている。恐らく、彼らが動いたのだろう。

「けれど問題がひとつありました。わたしが暗殺者であることは分かっても、マールバラ公爵に繋がる証拠が何ひとつ得られなかったのです。公爵は慎重《しんちょう》な男でした。特にわたしは捨て駒《ごま》でしたから、わたしが失敗した後、事が自分に及ばないよう万全の対策をしていたのでしょう」

「それで、父とクライヴ達は、あなたを使うことに決めたのね」

後を引き取ってダフネが言えば、案の定マグノリアはコクリと頷《うなず》いた。

そこまで言われれば、ダフネとて推測はつく。父とクライヴ達は、マールバラ公爵の失脚《しっきゃく》を望んでいた。変わりゆく時代に取り残された政治家は、執政者《しっせいしゃ》にとって邪魔にしかならない。更に王太子妃となる人間を暗殺しようしたことで、彼らの公爵排除の方針は決まったのだろう。マグノリアを処刑したところで、トカゲの尻尾《しっぽ》切《き》りになるだけだ。公爵を断罪するための糸口を、マグノリアをこちら側へ引きこむことで得ようとしたのだろう。即《すなわ》ち、二重間諜《かんちょう》だ。

「あなたはこの時点で寝返ったということね？」

「その通りです」

「取引材料は、シミオン・チャーチの救出、と言ったところかしら」

マグノリアはにっこりと満面の笑《え》みを浮かべた。

「ご明察です。シミオンを必ず見つけ出し、更にこれまでの罪を問わないことを条件に、わたしは二重間諜《かんちょう》の役を引き受けたのです。けれど、公爵はわたしが王宮に入れられたことでそれまで頻繁だった連絡を殆《ほと》んどしてこなくなりました。下手をすればわたしとの関係が露見《ろけん》しかねませんから。裏切ればシミオンの命はないという念置きだけは忘れませんでした」

マールバラ公爵の用心は徹底していたということか。

ダフネは顎《あご》に掌《てのひら》をあてて唸《うな》った。

「それで、結局クライヴ達は、公爵の尻尾《しっぽ》を掴《つか》めたの？」

「いいえ。わたし達は別の方法を選ばなくてはならなくなりました」

過去の出来事を走馬灯《そうまとう》のように振り返り、ダフネはハッとして言った。

「――レディ・マールバラ……グロリアね」

「はい。彼女は恰好の標的でした。思慮が浅く直情的で、王太子アーサーに執着していた。そこに罠を仕掛けさせてもらいました」

愛らしくかつ美しいグロリアを思い出し、ダフネの胸に複雑な感情が浮かんだ。

少女のままのような女性だった。利己的で単純。ダフネが彼らの立場であっても、グロリアを標的に選んだだろう。

「では、グロリアがあなたの部屋で起こした盗難事件や、舞踏会でのアーサーの服毒劇も？」

「ええ。全てわたし達の計画でした。まず彼女の周辺に、わたしが惚れ薬を作れるのだというまことしやかな情報を流し、一回分の薬の入った瓶《びん》が彼女の手に渡るように仕向けました。無論、中身は偽物です。そして王妃様に両殿下が参加するお茶会を開いてもらい、招待客の中に彼女も入れました。アーサーに振り向いて欲しい彼女は、お茶に混ぜてアーサーにこれを飲ませます。そしてアーサーは薬が効いたように彼女に優しくするのですが、すぐに薬が切れたように冷たくなる、という演技をしてもらいました」

「薬が本物だと思いこんだグロリアは、何とかして更に薬を、となるわけね……」

そういえばあの盗難事件の直前、王妃がお茶会を開いたというようなことを言っていた気がする。

「忍びこみやすいよう、連日王妃様に王宮で催《もよお》しを開いて頂《いただ》きました。盗みに入られた日も、午前中に絵の鑑賞会があったのです。そしてグロリア嬢が薬を盗み出してからは、彼女がアーサーに接触する機会を、舞踏会当日まで与えませんでした」

まんまと罠にかかったグロリアは、マグノリアの部屋から薬を盗み出し、舞踏会でアーサーに呑ませた。彼らの掌《てのひら》の上で転がされていたとも知らずに。

「後はわたしが知っている通り、でいいのかしら」

グロリアの起こした事件は、結果的に王族殺害未遂となった。王族殺しの罪は一族郎《ろう》党《とう》まで断首と決まっているのだが、未遂であったため爵位返上と国外追放に留まったのだ。だがそれだけではなく、王家側が仕組んだことで、そこまでやるのは躊躇《ためら》われたからかもしれない。

「はい」

「じゃあアーサーがあの時に呑んだ毒薬は……」

「毒ではありませんでした」

「……全部、お芝居《しばい》だったのね……」

ダフネは深く息を吐くと、両手で顔を覆《おお》った。

マグノリアが暗殺者であった、ということから始まった、二年前にあった様々な事件と思惑の事実に、度肝《どぎも》を抜かれていた。実際に見て来たことばかりだというのに、何ひとつ見えていなかったのだと痛感させられた。自分だけが蚊帳《かや》の外だったと先ほどは嘆いてしまったが、よく物事を見ていれば、ほんの少しでも何かに気が付いたかもしれなかったのに。

情けない、と思う反面、どこからか、ふつふつと闘志のようなものが湧《わ》き出てくるのを、ダフネは感じていた。

二年前……否《いな》、今までは、何ひとつ知らない愚《おろ》かな小娘であったけれど、今からは決して、そうはなるまい。守られるだけのお人形はもうまっぴらだ。

――わたしは、わたしの意志で動く!

そんな風に思える自分に、誰よりもダフネ自身が驚いていた。少し前までは、イオナの懐妊《かいにん》を知り、王太子妃を辞《じ》さなくては、と絶望していたというのに。

――違う。王太子妃を辞《じ》す覚悟ができたから、なのだわ。

しがみ付き続けてきた『王太子妃』という仮面《かめん》が壊されたから、ダフネは今、ダフネ・エリザベスそのものでいられるのだ。俯《うつむ》いていた顔を上げ、向かいに座るマグノリアを真っ直ぐに見た。

「ひとつ、分からないのだけど」

「何でしょう」

「あなたがアーサーと結婚しなくてはならなかった理由が分からないの」

全ての事実を聞いても、そのことだけがどうしても解《げ》せない。何故、あえてクライヴと恋仲であったマグノリアを、アーサーが奪わなくてはならなかったのか。あの舞踏会での事件が芝居《しばい》であったならば、アーサーの求婚を受け入れなくてはならなかった理由はなんだったのだろう？

すると、それまでポーカーフェイスを保《たも》っていたマグノリアが、一気に顔を赤らめた。

「……え？」

「そっ、それはっ……!!　その、つまり……！」

「あ……ひょっとして本当に、あの頃からあなた達は愛し合って……？」

顔を赤らめた理由を考えてそう言ったのだが、マグノリアは噛み付くように否定した。

「違いますｰ!! あの鬼畜《きちく》が……アーサーが尋問だと称して、わたしの無垢《むく》を散らしてしまったからです!!」

「無垢《むく》を散らす」

ダフネは鸚鵡《おうむ》のごとく言葉を繰り返し、絶句した。

マグノリアは今、なんと言った?

「アーサーは尋問のとき、身体を痛めつけない代わりに……み、淫《みだ》らな行為を……！昼も夜も問わず攻められ続けて、あの時はもうおかしくなるかと思いました！ その行為が……なんというか、行き過ぎてしまい、結果的にアーサーに貞操《ていそう》を奪われたのです。するとアーサーは、未婚女性の純潔を奪った場合、結婚しなくてはならないと言い出して」

ダフネは頭を抱《かか》えるべきか、いっそ大笑いすべきか迷った。だがまずすべきことは、アーサーの頭を王家の系譜が記載された分厚い書物で殴ることだろうか。

暗殺者であるマグノリアがその時まで無垢《むく》であったという事実にも驚いたが、何よりもダフネを驚愕《きょうがく》させたのはアーサーのあまりの愚行《ぐこう》だ。確かに貴族の男性がうら若き未婚の乙女の純潔を奪った場合、結婚しなくてはならないのが決まりだ。だがそれは形式的なもので、乱れた貴族社会の中では、未婚であってもそういう行為を楽しむ女性も少なくないため、適用されないこともしばしばだ。

そして尋問だとしても婦女子にそのような行為をするなど、赦《ゆる》されないことだ。アーサーはどうしてそんなことをしたのだろう？　マグノリアがクライヴの想い人だと知らなかったのだろうか？

「わたしはイヤだとずっと突っぱねていたのに、あんな場面でアーサーが勝手なことを言い出して、もう抜き差しならない状況になってしまったのです」

まるで赦《ゆる》しを乞《こ》うように言い募るマグノリアに、ダフネは怒りを堪《こら》えながら首を振った。

「あなたは何も悪くない。大丈夫よ、マグノリア。悪いのは、全てアーサー。どんな理由があれ、あなたにそんなことをしていいはずがない。それもよりにもよって、弟の恋人に対して！」

怒りのあまり拳《こぶし》を握りしめて震えるダフネに、けれどマグノリアはきょとんとして訊《たず》ねた。

「弟の恋人？」

「あなたはクライヴと恋仲だったでしょう！」

「は？　クライヴ殿下と？　わたしがですか？」

「…………」

沈黙が降りた。

じっとその表情を窺《うかが》ってみたが、マグノリアは本当にわけが分からないといった様子だ。

ダフネは目を閉じて額を押さえた。記憶を巡らせ、懸命に考える。

何かをわたしは勘違いをしている？　でも。

心臓が早鐘《はやがね》を打ち出すのが分かった。それが期待なのか不安なのか、ダフネには判断できない。

「あなたはクライヴの恋人だったのではなかったの？」

今度はマグノリアが目を丸くさせた。

「とんでもありません!!　わたしとクライヴ殿下が恋仲だなんて、断じてありません！

あなたに危害を加える極悪人として目の敵《かたき》にされているっていうのに！」

両手をブンブンと振って否定するその様子は、とてもクライヴに好意を抱《いだ》いていた元恋人のものとは思えない。

ダフネは混乱した。

「だってあなた達、あの時ベッドで睦《むつ》み合って……」

ダフネは、クライヴとマグノリアがベッドの上で縺《もつ》れ合っていた衝撃の場面を思い出した。脳にこびり付いてしまったあの光景は、何度も甦《よみがえ》ってはダフネを苦しめたものだ。

「睦《むつ》み合う!?　わたしが、クライヴ殿下と!?」

仰天《ぎょうてん》したようにマグノリアは叫んだが、やがて何かを思い出したのか、パッと目を見開いた。

「もしかして、薬を掬《も》ぎ取られそうになって揉み合っている際に、プリンセスが部屋に飛びこんできた時のことを仰《おっしゃ》っていますか？」

「薬を掬《も》ぎ取られる？」

質問に質問を返してしまったが、マグノリアは気にならなかったようだ。コクコクと何度も頷《うなず》く。

「はい。あの時わたしは自分の素性《すじょう》がばれるのは時間の問題だと焦《あせ》っていて、眠り薬を使って見張りを眠らせ、この王宮から脱出しようと企《たくら》んでいました。その薬を服の中に忍ばせているのを、クライヴ殿下に見破られたんです。その薬を取られそうになって、揉み合っているうちにあんなことに……そこに、あなたが入って来られたんですよ」

ダフネは口元を押さえて黙りこんだ。

マグノリアの言葉が正しければ、全てはダフネの誤解だったことになる。

マグノリアは、クライヴの恋人ではなかった？

クライヴはマグノリアを愛しているのではなかった？

「てっきりあの後、あなたの誤解を解いたと思っていたのですが……クライヴ殿下は何を考えているんでしょうか？」

「そんなことをわたしに聞かれても……！　わたしは今の今まで、クライヴはあなたを好きなのだとばかり思っていたのに！」

困惑のあまり、頭がパニック状態になる。だがマグノリアは溜息を吐《つ》き、ふるふると力なく首を振った。

「ですからそれは有り得ません。わたしが公爵から寝返って協力するようになってからも、クライヴ殿下はわたしを信用していなくて、いつだって酷《ひど》い扱いだったのですから。さすがにアーサーと結婚してからは、少し対応が和《やわ》らぎましたが」

「そんな……じゃあ、何故クライヴは誤解を解こうとしなかったのかしら」

クライヴがマグノリアを愛しているのだと思ったから、そして彼女を忘れられないのだと思っていたから、ダフネは今まで苦しんできたのだ。それなのに、それをいきなり誤解だと言われても頭がついていかない。

「あの、プリンセス。本題に入りたいのですが、宜《よろ》しいですか？」

あまりに多くの事実を一気に知ることになり、パニック状態のダフネに、マグノリアが申し訳なさそうに切り出した。

「本題？」

もはや何が本題なのか分からなくなっていたダフネは、こめかみを揉みつつ訊《たず》ねる。

「お願いしたいことがあるのです」

――そうだった、『お願い』。

マグノリアはそう言って、これまでの話を聞かせてくれたのだった。となればそのお願いというのも、今まで話したことと関連のあるものなのだろう。

「……何かしら。わたしにできること？」

マグノリアは大きな水色の瞳に悲痛なほど真剣な色を湛《たた》えて、ゆっくりと頷《うなず》いた。

「わたしの養父、シミオン・チャーチに会わせてほしいのです」

第十章　イオナ・イグリーズ

「シミオン？　会わせてって……何故わたしにそんなことを？」

急に話が変わってダフネは面喰《めんく》らった。しかも何故そんなことをダフネに頼むのか。

シミオンに会ったことすらないのに。

だがマグノリアは真剣な顔をして説明し始めた。

「二年前の事件の後、シミオンは無事に助け出され、殿下の取り計らいで王家の『耳』の一員となりました」

「『耳』!」

王家の『目』と『耳』――それは王に絶対を誓う、秘密諜報部隊だ。幼い頃より特殊な訓練を受け、ようやくその資格を得るのだと聞いたが、シミオンはそれに合格したということか。

「はい。暗殺者としてのこれまでの罪を恩赦《おんしゃ》する条件として」

なるほど、とダフネは思う。『目』と『耳』には厳しい律格《りっかく》がある。その中のひとつに、王家に対する裏切りを赦《ゆる》さないというものがあった。裏切り者は、同胞である『目』や『耳』に仕留められる。シミオンはいわば、王家に手綱《たづな》を握られたも同然となったのだ。

「当然、わたしはこれまでのようにシミオンと暮らすことはできなくなりました。そればかりか、彼が今どこでどんな任務に就《つ》いているのかも教えてもらえないのです」

「それは……仕方ないわ」

憮然《ぶぜん》としたマグノリアに、けれどダフネは首肯《しゅこう》する。王家の『耳』が何をしているかなどという情報が、身内とはいえ誰かに伝わっているようでは諜報の意味がない。マグノリアもその点は理解しているようで、「分かっています」と苦い顔をしながらも頷《うなず》いた。

「恩赦《おんしゃ》を受けられるだけでもありがたいのだと、ちゃんと分かっています。ですが、それでもシミオンはわたしを安心させるために、定期的に手紙をよこしてくれていました。大した内容ではなく、ただ元気にしている、というだけの……」

そこまで喚《わめ》き立てるように話していたマグノリアが、ぐっと声を詰まらせた。

「それが半年前を境《さかい》に途絶えてしまったのです」

「半年前……」

その時期に引っ掛かりを覚えて呟《つぶや》いたダフネを、マグノリアはひたと見据《みす》えた。

「それです、プリンセス」

「え？」

「半年前に現れたのです。王太子殿下の愛人と目《もく》されている異国の美女、イオナ・イグリーズが」

カチリ、と何かが嵌《はま》った。だが、まだ全貌は見えてこない。

目を凝《こ》らすように眉根を寄せたダフネに、マグノリアは畳み掛けるように続けた。

「さらに、同じ半年前から、アーサーのわたしへの束縛が厳しくなりました。今では邸《やしき》に軟禁《なんきん》といっていい状態なのです。どうやら外部からの情報も、わたしの耳に入れたくないようです。今日こちらへ伺《うかが》うのも、家の者の目をかい潜《くぐ》ってようやく……」

「わたしと同じだわ！」

それで男装しているのか、と思いつつ、頭を素早く回転させる。

ダフネとマグノリアが同時に軟禁《なんきん》されている。情報操作している辺りまで一緒となると、どう考えても偶然ではない。

だがダフネの言葉を予想していたのか、マグノリアはこくりと頷《うなず》いただけだった。

「それまではわたしの外出に頓着《とんちゃく》しなかった人が、護衛を付けずに外に出るなと言い出した。更に——プリンセスはご存知ですか？　三月《みつき》ほど前、アーサーの従者が倒れたことを」

ダフネは目を閉じて記憶を探る。そうだ、確かそんな話をお茶会か何かで耳にして、忙し過ぎるのではないかと、この間アーサーに訊《たず》ねたのだ。

「ええ。過労だと思っていたのだけれど……」

マグノリアの硬い表情から察するに、ダフネの推測は外《はず》れていたのだろう。果たして、マグノリアは首を横に振った。

「毒殺です」

「――毒！」

「幸い未遂で済みましたが。王立軍の模範試合で、本来ならばアーサーが着る予定だった鎖帷子《くさりかたびら》をその従者が代わりに着ることになり、そこに巧《たく》みに毒針が縫《ぬ》いこんであったのです」

「では、アーサーを狙った……!?」

その問いにマグノリアが静かに頷《うなず》いたので、ダフネは混乱した。

王族の一人だった公爵を狙った殺人未遂だ。どう考えても一大事であるのに、国政を担《にな》う一人と自負のあるダフネがその事実を知らなかったのだ。

理不尽さに怒りを覚えて、またもや気付いた。――既視感。

「――わたしの実家の、犬が毒殺されていたのも三月《みつき》前だわ……！」

そしてその事実もまた、ダフネから遠ざけられていた。

どちらも毒が使われており、明らかに殺意を匂わせている。しかも相手は王族であった公爵に、宰相《さいしょう》侯爵。国を揺るがす大事件になってもおかしくないのに、何故公《おおやけ》にされないのか。

「同時期に、アーサーと父が同じ毒という手口で狙われていたとなると……同一犯と考えて良さそうね。アーサーと父を狙う可能性のある人物……」

父が亡くなることで有利になる貴族は多いだろう。だが、王子であるアーサーを殺して利を得る者？

王位継承権を放棄しているアーサーには、正直な所その死にあまり意味はない。

「……となれば、アーサーに恨《うら》みを持つ者？」

ダフネの呟《つぶや》きに、マグノリアが頷《うなず》いた。

「わたしもそう考えました。けれどわたしの知る限り、殺したいほどアーサーに恨《うら》みを持つ者は……。プリンセスもご存知の通り、あの人は表向きには騎士道を貫く紳士で、人からの恨《うら》みを買うようなことはしませんから」

「そうよね」

王太子であった頃からアーサーの品行方正ぶりには定評があった。唯一しでかしたことといえば、マグノリアへの求婚劇ぐらい。王妃譲りの朗《ほが》らかで楽天的な雰囲気は、自然と人の心を解《ほぐ》しこそすれ、怒らせることは滅多にない。

「正直、この二人に共通している敵……というのが、すぐには思い浮かばないのだけど」

ダフネは呟《つぶや》きながら、目を閉じて懸命に考えを巡らせる。

「アーサーと父。この二人が狙われているのは事実。……この二人の、共通点は……？」

ダフネの呟《つぶや》きに、マグノリアがポツリと答えた。

「……もし狙われたのが、このお二方だけでなかったとしたら？」

「……え？」

思わず目を見開けば、マグノリアはこちらを真っ直ぐに見ていた。

「二人の共通点、と考えるから答えが出ないのです。別の角度から見れば……そう、わたし達が軟禁《なんきん》されている理由とか」

「――！」

軟禁《なんきん》されている『理由』――その言葉に、ダフネは息を呑んだ。

誰かが人を閉じこめる時、そこにはどんな理由がある？

ひとつは、邪魔をさせないため。その者による介入を防ぐために閉じこめる。

そしてもうひとつは、守るためだ。外敵からその者を守るために閉じこめる。

「狙われたのは、アーサーと父だけではなかった？　わたしと、あなたも……？」

閉じこめられていたのは、守るためだった？

『お前に秘める理由は、詮《せん》のない、驚くほどバカバカしいものだからね。だがそんなものなのだよ、男の矜持《きょうじ》など』

父の言葉が甦《よみがえ》り、声を上げて笑い出したくなった。

なるほど、お父さま。確かにバカバカしい。

「どこまで過保護なのかしら……！」

ダフネが歯軋《はぎし》りして呻《うめ》けば、マグノリアもまた苦々しげに唸《うな》った。

「全くです。まるでわたし達がか弱いだけの小娘みたいに」

「見くびってくださるものよね、わたし達の夫達は」

そう言いながら、ダフネとマグノリアは顔を見合わせて、にやりと笑った。

「となると、アーサー、父、わたし、あなたに共通する敵……となるわね」

ここまで手札が揃《そろ》えば、もはや疑いようもない。

アーサー、父、ダフネまでならば、国内外の政敵という可能性があったが、これにマグノリアが追加されるとなれば話は別だ。

元平民で、貴族の社交場にほとんど顔を出さないマグノリアは、政治的になんの力もない。そのマグノリアまで狙ったとなれば、これは個人的な恨《うら》みである可能性の方が高い。そしてこの四人に関わっていて、恨《うら》みを持つ人物となると……考え付くのはやはり。

「マールバラ公爵……？」

「そうですね。この四人に共通する、となると、やはり」

「けれどあのマールバラ公爵ならば、個人的な復讐より、返り咲きを狙いそうなものだけど……」

もしそうであれば、父とダフネのみを狙うだろう。この国の王にでもならない限り、王族であるアーサーを手にかければ、確実に死罪となってしまう。

「動機は、復権ではなく怨恨《えんこん》、と考えた方がいいのかもしれません。あの頭の切れる公爵です。グロリア嬢の話から、あの陰謀が宰相閣下《さいしょうかっか》のみならず、我々によって計画されたことなのだと、勘付いたのかもしれません」

「……そうね」

宰相《さいしょう》と王家による陰謀だったと分かれば、公爵とて己には自国での復権は無理だと諦めざるを得ない。そうなれば、当然残るのは、関係者全員に対する怨恨《えんこん》――

――守るため、だった。

先ほど感じた予感は、今、確信となった。

クライヴはダフネを守るために、全てを秘密裏《ひみつり》に行おうとしたのだ。『王太子妃』としての誇りを掲げるダフネは、マールバラ公爵に関わる件となれば、間違いなく自分も関わろうとするだろう。

マグノリアも当事者なのだから同様だ。

あの双子は、ダフネ達に起こっていることを知らせず、安全な所に閉じこめておくことで守ろうとしているのだ。

「ここ二ヶ月はアーサーと一緒でなければ外出も赦《ゆる》されず、邸《やしき》の中でさえ常に護衛が付くようになったのです」

「邸《やしき》の中でも……？　あなた、よく抜け出せたわね」

ダフネはマグノリアの境遇に同情して言った。常に監視のある状況で、よくここまで来れたものだ。男装をしたとしても、無理がありそうだが。

するとマグノリアは肩を竦《すく》めてあっさりと言った。

「わたしは薬師ですし、もともとその道の専門家なので」

「……薬を盛ったのね」

「軽い睡眠薬ですよ。常用しなければ副作用はありません。とはいっても、アーサーの下命があったのか、護衛達はわたしが勧める食べ物や飲み物には手を付けないものだから、結局邸《やしき》の人間全員の昼食に薬を仕こまなければならなくなって、手持ちの薬を全部使ってしまいましたが」

「全員の……!?」

ということは、今ウェスター公爵邸の使用人は全員眠っているということになる。

——帰宅したアーサーは、仰天《ぎょうてん》するのではないだろうか。

呆気にとられるダフネに、マグノリアはぺろりと舌を出して見せた。その茶目《ちゃめ》っ気《け》を新鮮に感じながら、ダフネは苦笑混じりに嘆息《たんそく》した。暗殺稼業《かぎょう》であっただけに、こっそりと食べ物や飲み物に薬を混ぜるくらい朝飯前なのだろう。

「となると、今度はイオナが何者なのか、よね……」

三月《みつき》前の宰相《さいしょう》邸の番犬の毒殺とアーサーの毒殺未遂がマールバラ公爵の手によるものだとして、半年前に突如現れたクライヴの愛人が、ここにきて妊娠した。その事実だけならば、彼女が単なる愛人である可能性はまだある。だが、現れた時期といい、妊娠した時期といい、何か繋がりめいたものを感じる。もしかしたら、イオナもこの件に関わっているのだろうか。

マグノリアも同意見だったようで、ダフネの目をしっかり見て頷《うなず》く。

「無関係でないことは確かでしょう。彼らと共謀してのことなのか、敵対してのことなのかは、今の所断定できませんが……わたしは前者だと睨《にら》んでいます」

力強く言い切ったマグノリアを、ダフネは翡翠《ひすい》の眼差《まなざ》しで見返した。

「何故?」

するとマグノリアは向かい合って座っていたソファから身を乗り出した。

「わたしは――暗殺者は、変装が得意なのです、プリンセス」

「変装が……」

マグノリアが身に着けているのは、男物の洋服……

「――え？　そんな、まさか……」

そこから導《みちび》き出した推測のあまりの突飛《とっぴ》さに、ダフネはイヤイヤ、と首を振った。そんなはずはない。そんなバカな。

だがマグノリアは真っ直ぐにダフネを見つめて言った。

「今、『白薔薇《しろばら》の館』は王立親衛隊の騎士団によって守りを固められています。騎士達を眠らせようにも、わたしの眠り薬はもう手持ちがないのです。中に入るには、騎士達に命じるしかない。そして王立親衛隊は、王族の命《めい》にしか従わない」

ダフネは目を閉じた。

『白薔薇《しろばら》の館』に住むのは、美しき異国の未亡人《みぼうじん》、イオナ・イグリーズ。

「イグリーズ……隣国の言葉で、『教会《チャーチ》』……」

半ば愕然《がくぜん》としつつ、マグノリアの強い眼差《まなざ》しを受け、今自分が呟《つぶや》いた名を反芻《はんすう》する。

シミオン・チャーチ。その名を初めて聞いた時に感じた、妙な懐かしさ。既視感ともいうべきその感覚の理由に、ダフネはたった今気付いてしまった。

――もし、それが本当だとしたら……？

飛び上がって喜ぶべきか、ガックリと項垂《うなだ》れるべきか非常に迷うことになるだろう。

ダフネは立ち上がって、マグノリアの手を取った。

「行きましょう、マグノリア。真実を確かめに」

どちらにしても、このまま大人しく閉じこめられているつもりなど、さらさらなかったのだから。


ガタガタと馬車が揺れる。

その振動を身体に受けながら、ダフネはぼんやりと車窓《しゃそう》の景色を眺めていた。外はすっかり日が落ちてしまっているのでよく見えないけれど、それでも流れる景色から結構なスピードで走っているのが分かった。マグノリアが怖い顔をして急がせていたので、御《ぎょ》者《しゃ》も頑張ってくれているのだろう。

当のマグノリアはダフネの向かいに座り、緊張しているのか硬い表情で黙りこくっている。男装していても美しい彼女は、まるで精巧《せいこう》な彫刻のようだった。

ダフネは自分が着ている紺色《こんいろ》のドレスの生地を撫《な》でた。それは王宮の侍女の制服だ。

さすがは元暗殺者。マグノリアはダフネが王宮から出られないと知ると、『少しお待ちください』と部屋から姿を消した。半時もしないうちに、どこから拝借してきたのか侍女の衣装を持ち帰って来て、微笑《ほほえ》んで言ったのだ。

『さぁ、変装のお時間です、プリンセス』

――まさか、こんなに簡単に王宮の外に出られるなんて。

そして、マグノリアは変装させたダフネを、まんまと王宮から連れ出すことに成功したのだ。

イオナの懐妊《かいにん》という事実を暴露《ばくろ》される形で、自分が軟禁《なんきん》されていると知った時には、王太子妃を辞《じ》すことでしか外に出られないと思った。それはつまり、ダフネがクライヴの全てを諦めたという証明になるだろうから。クライヴも、きっと安心できるだろうと。イオナに危害を加えるのではないかとクライヴに疑われていたこと、そしてそれも仕方ないと思っていたが、全てを崩された気がした。

――けれどそう感じること自体が、短絡的だったのでは？　わたしの目は、真実を見ていた？

ダフネの頑《かたく》なな心を解放してくれたのは、ずっと羨《うらや》み続けてきた女性、マグノリアだった。

衝撃的な過去の罪を告白し、彼女はダフネに助けを求めにやって来た。ダフネの対応次第では窮地《きゅうち》に陥《おちい》る可能性もあったというのに、それでも彼女は行動したのだ。

マグノリアは、行動の人だ。行動することで、自分の想いを遂《と》げようとする。

対して、ダフネは真逆だ。行動しないことで、自分の想いを守ろうとしてきた。それがひいては『王太子妃』に固執することに繋がり、それによって自分自身をがんじがらめにしていった。動けないまま、膨《ふく》れ上がる自分の恋を持て余しては泣き、その自虐的《じぎゃくてき》な涙で視界はすっかり曇ってしまった。

マグノリアが明かしてくれた様々な事実は、ダフネのその曇りをクリアにしてくれた。今、ダフネにはこれまでと違った現実が見え始めている。

二年前の父の政敵マールバラ公爵の失脚《しっきゃく》は、父と王家によって周到に用意された謀略であったということ。そしてダフネはその中心にいながら、何ひとつ知らされないままであったということ。

さらに、その事件はまだ終結してはいなかったということ。

それがマグノリアはダフネに助力を求めてきたのだ。

馬の嘶《いなな》きが聞こえて馬車が止まった。

物思いにふけっていたダフネは、ハッとして顔を上げる。マグノリアもまた、同じように顔を上げていた。

御者《ぎょしゃ》が施錠を解く金属音がして、ドアが開かれた。

ドアの向こうに、暗闇に浮かび上がるように聳《そび》えるのは、白い漆喰《しっくい》の壁の瀟洒《しょうしゃ》な建物——通称『白薔薇《しろばら》の館』。

「来たわよ、イオナ・イグリーズ」

呟《つぶや》いたダフネに、マグノリアが言った。

「プリンセス、お手を」

男装しているマグノリアがダフネの手を取って馬車から降ろすのは、傍目から見る分には正しいことなのだろうが、事実を知るダフネには少々面喰《めんく》らうものがある。

ともあれ、とりあえずは、とその手に自分の手を重ねて馬車を降りれば、案の定騎士達に取り囲まれる。『白薔薇《しろばら》の館』——イオナ・イグリーズが住む屋敷の周りには、噂通り王立親衛隊の衣装を身に着けた騎士が二人配備されていた。

「何者だ」

自分よりも二回りは大きい男達を前にして、けれどマグノリアは不敵な笑《え》みを浮かべて片手を払った。

「下がれ、無礼者」

「何!?」

一気に気色《けしき》ばむ騎士達に、今度はダフネが静かに、けれど威厳《いげん》のある声で言った。

「お下がりなさい。わたしは王太子妃ダフネ・エリザベス。本日はレディ・イオナ・イグリーズに会いに参りました。そこを通しなさい」

ダフネの命令に、けれど男達は顔を見合わせて笑い合うだけだ。

当然だろう。今ダフネは侍女のお仕着せを身に着けており、とても王太子妃には見えない。

だが、この騎士達は王立親衛隊だ。王族を守る使命にあるのだから、必然的に王族の顔を覚えているはずだ。

「何を馬鹿なことを言っているんだ、小娘！　私達は王立親衛隊だぞ！　王太子妃殿下に直々《じきじき》に拝謁《はいえつ》させて頂《いただ》くこともあるんだ。本物か偽物かなど、すぐに分かる！」

せせら笑う騎士に、ダフネは顎《あご》を上げて門の前を指《さ》した。

「ならば外灯の下で、この顔をよく検分なさい。この赤毛の色もよく分かるように」

言いながらお仕着せのキャップを取れば、するりと零《こぼ》れ落ちた豊かな赤毛に、騎士達が「えっ」と声を上げてダフネをまじまじと見た。

「プ……プリンセス・ダフネ！　何故このような所にっ！」

まさか本当にダフネだったとは夢にも思っていなかったようで、騎士達は腰を抜かさんばかりに仰天《ぎょうてん》した。

無理もない、とダフネは思った。

完璧な『王太子妃』ダフネ・エリザベスが、変装して夫の愛人の屋敷に乗りこんできたのだ。青天の霹靂《へきれき》とでもいうべきか。

ダフネ自身、自分の行動の大胆さに驚いているのだ。

だが、不思議と清々《すがすが》しかった。以前ならば、こんなことをしでかした自分を嫌悪し、後悔に塗《まみ》れていただろう。けれど唖然《あぜん》とする大男達の顔が実に滑稽《こっけい》で小気味《こぎみ》よく映った。

ダフネはことさらにっこりと微笑《ほほえ》んで見せた。

「王太子の正妃として、愛人とやらに物申しに来たのです。そこをお開けなさい」

穏やかに不穏なことを言うダフネに、逆に空恐《そらおそ》ろしさを感じたのか、騎士の一人がごくりと喉を鳴らして一歩下がった。そしてもう一人も一歩下がり、門を開いたのだった。

「さすがです、プリンセス」

邸《やしき》の扉の前でも同様のやり取りをした後、狼狽《ろうばい》した騎士に扉を開けてもらいながら、マグノリアがそう囁《ささや》いてきた。ダフネは曖昧《あいまい》な微笑《ほほえ》みで返した。何しろ、ダフネの予想がもし間違っていたとすれば、今ここにいることは、クライヴ達に損害を与えることになってしまうかもしれないのだ。

少々複雑な想いを抱《かか》えながら『白薔薇《しろばら》の館』に入った途端、マグノリアはスゥッと大きく息を吸うと、ダフネがビックリするほど大きな声で叫んだ。

「シミオーーン！　シミオン・チャーーーーチ！」

その声のあまりの大きさに、ダフネは思わず耳を塞《ふさ》いだ。だがそんなダフネには目もくれず、マグノリアは大声を張り続ける。

「シム！　シミオン・チャーチ！　わたしよ！　マグノリアが来たわよ！」

ダフネは一瞬マグノリアが錯乱《さくらん》しているのではないかと思った。何しろそれまで冷静沈着な態度を崩さなかった女性が、敵地かもしれぬ場所でいきなり大声を上げて養父の名を呼び出したのだから。だが同時にやはり、という思いもあった。

――シミオン・チャーチはここにいる。

そして、奥から血相《けっそう》を変えて飛び出してきた人物が、マグノリアの名を呼び返したので、ダフネの推測は確信へと変わった。

「マギー！　お前、なんでこんな所にいるんだ⁉」

優美なドレス姿で現れたのは、この邸《やしき》の女主人イオナ・イグリーズ。いつか見た美貌はそのままで、けれどその麗《うるわ》しい顔を驚愕《きょうがく》に歪《ゆが》めている。その姿を見た刹那《せつな》、ダフネの横を風のように通り過ぎたマグノリアが、イオナに飛び付いた。

まるで恋人のように、熱烈に、マグノリアはイオナの首に腕を巻き付けてしがみ付いている。

「シミオン！　わたしのシム！　会いたかった！　ずっとずっと探していたのよ!!」

「――マギー……」

イオナは観念したかのように大仰《おおぎょう》な溜息をひとつ吐いた後、仕方なさげにマグノリアを抱き、その髪を撫《な》でた。

その様子を眺めながら、ダフネはシミオンの名に感じた既視感を思い出していた。

イグリーズは、隣国の言葉で『教会《チャーチ》』を意味する。

イグリーズは、チャーチ。そして『シミオン』の中には、『イオン』がある。それに女性らしく『a』を付ければ――

「イオナ……」

――『イオナ・イグリーズ』は『シミオン・チャーチ』――

蓋《ふた》を開けてみれば、こんなにも単純明快な仕掛けだった。半年前に消息を絶《た》ったシミオンは、イオナとしてここにいたのだ。マグノリアに連絡できなかったのは、恐らくイオナの正体がばれてしまうことを恐れてだろう。アーサーも危険からマグノリアを遠ざけたかったようだから。

老若男女《ろうにゃくなんにょ》問わず変装できるとマグノリアが言った時、よく考えればすぐに分かったのかもしれない。マグノリアの師であるシミオン・チャーチがそれをできないはずがないのだから。

奇妙な心持ちだった。これまで嫉妬《しっと》に焼かれてきた心の傷跡が、かさぶたが剥《は》がれるように、ひとつ、またひとつと癒《い》えていくような感覚がある。そして、自分は無為《むい》に苦しんできたのだと、釈然としない気持ちがないでもない。

ダフネがずっと嫉妬《しっと》し続けてきた夫の愛人は、男だったのだ。

第十一章　飛ぶ

予想していたとはいえ、衝撃の光景を目《ま》の当たりにして、ダフネは粛然《しゅくぜん》と立ち尽くした。そんなダフネに構わず、シミオンは首に縋《すが》り付いているマグノリアの頭をヨシヨシと撫《な》でている。その姿はまさに父親と娘そのもので、ダフネは、二人が師弟関係だという話が本当なのだと思わざるを得なかった。

やがてシミオンは、ようやく気が付いたとでもいったようにダフネに目を遣《や》った。見事なアーチを描く柳眉《りゅうび》が大きく上がった。

「なんだ、妃殿下も一緒かよ。こりゃ驚いたね。あのお堅いお利口《りこう》ちゃんが、『愛人』

宅に押しかけるなんてな」

皮肉めいた物言いに、さすがのダフネもムッとしてしまう。そもそも、最初から彼女――否《いな》、彼には良い感情を抱《いだ》いていない。

「あなたがご招待くださったのでしょう？　相談に乗ってくださると仰《おっしゃ》っていたではないですか。随分念の入った役者ぶりでしたわね、レディ・イオナ・イグリーズ。まさか夫の『愛人』が男性だなんて、夢にも思いませんでした」

憤然《ふんぜん》とそう告げると、シミオンは驚いたように目を見開いた後、愉快そうに哄笑《こうしょう》した。

「ははは、いや失敬！　恐悦至極《きょうえつしごく》に存じます、賢妃ダフネ・エリザベス様！　いやぁ、嫌味《いやみ》まで言えるなんて驚きだ！　こりゃクライヴにとっては僥倖《ぎょうこう》かぁ？　いよいよ報《むく》われるのかね、あの甲斐性《かいしょう》なしも！」

「失礼な。わたしの夫は甲斐性《かいしょう》なしではありません。取り消してください！」

クライヴを侮辱されて、ダフネが思わず声を荒らげると、シミオンは心底うんざりした顔つきになった。

「そういうことは本人に言ってやれよ。……っとに、クライヴも大概だが、アンタもアンタだな。似た者同士っていうのか？　どうでもいいが、巻きこまれる人間の身にもなってみろってんだ。傍迷惑《はためいわく》な」

「傍迷惑《はためいわく》って……」

いつダフネがこの女装男に迷惑をかけたと言うのか。そもそも、『愛人』だなどと大嘘を吐《つ》くからこんなことになったのではないか。そのためにダフネがどれほど涙を流してきたか。傍迷惑《はためいわく》なのは、そちらの方だと言いたい。

だがシミオンはダフネの不満気な呟《つぶや》きを無視し、抱いていたマグノリアを床に下ろした。

「ホラ、自分で歩くんだ、マギー。さすがにこのナリでお前を抱いて階段は上れない」

シミオンはそう言ってドレスの裾《すそ》を翻《ひるがえ》し、ホールの中央にある階段を上がって行く。

マグノリアは親鳥に付いて歩く雛《ひな》宜《よろ》しく、いそいそとその後を追った。

二人の親密な様子に取り残された気分で立ち尽くしていると、途中まで階段を上っていたシミオンが、首だけを巡らせてダフネを見下ろした。

「何やってるんだ。早くおいで」

まるで子供に言うような口調に、ダフネはぎょっとした。今まで『賢妃ダフネ・エリザベス』をそんな風に扱った者はいなかったから。憤慨《ふんがい》するべきところなのだが、何故かダフネは異《い》を唱える気になれず、シミオンの言葉に従っていた。

シミオンは二階の奥の部屋の前に立つと、ドアに手をかけてこちらを振り返った。

「ちょっと前に薬を作ったからな。匂いがするかもしれないが、まぁ害のあるもんじゃないから我慢してくれ」

そう言いながらシミオンがドアを開いた瞬間、ダフネはあっと思った。

――サンダルウッド……

濃密なサンダルウッドの匂いが、部屋に充満していた。だがクライヴが身に纏《まと》っていた香りとは若干違う。それよりも薬のような、草っぽい青臭さがある匂いだった。

隣に立っていたマグノリアが、すん、と鼻を鳴らした。

「咳の発作《ほっさ》止めを作ってたの？　シム、また喘息《ぜんそく》が出てるのね？」

シミオンは肩を竦《すく》めた。

「持病だからね、仕方ないさ。まぁ薬で治まる程度だから心配ない」

「無理すると悪化するくせに！　気を付けてよ！」

ぷりぷりとお小言《こごと》を言うマグノリアを「ハイハイ」といなして、シミオンは二人を中に招き入れた。そこは大きな寝室だったが、恐ろしいほどに物が散乱していた。窓際のチェストには所狭しと薬瓶《くすりびん》や乳鉢《にゅうばち》、植物か何かを乾燥させたものなどが置かれ、猫脚のテーブルにはランプや小さな鍋、水差しなどが使ったままにされている。そして床には書物や紙などが無造作に積み上げられている。

正直こんな汚い部屋は初めて見た。ダフネは唖然《あぜん》としたが、マグノリアの方は意《い》に介《かい》した風もなく、示された椅子にストンと腰を下ろした。部屋の入り口に立ったままのダフネに何を勘違いしたのか、マグノリアがカラカラと笑って片手を振った。

「大丈夫ですよ、プリンセス。この匂い、強烈ですが、少し時間が経《た》ったら薬臭さが抜けていい匂いだけが残るんです。服に付いてしまいますけど、香水代わりだと思えば」

そんなことを気にしていたわけではないが、ダフネはそれを聞いて、クライヴのあの移り香はやはりこの匂いなのだと確信した。

二人が椅子に座ったのを確認すると、立ったまま腕を組んで二人を見下ろした。

「――で？　お前達は何でこんな所に居るんだ？」

質問したいのはこちらの方だ、と反論する前に、シミオンが後を続けた。

「と言いたいところだが、ここに現れたってことは、大方バレてるんだろう？　答え合わせといこうじゃないか」

「……そうですね。ここに来たのは、答え合わせのためというのが一番近いですから」

「つまり？」

「全ては二年前から続いているということ」

政敵である宰相《さいしょう》オルトナーを排除するため、その娘であるダフネの暗殺を企《くわだ》てていたマールバラ公爵が、逆に双子と宰相《さいしょう》に謀《たばか》られ、爵位を剥奪《はくだつ》されこの国を追われた事件。自業自得なのだが、公爵の性格を鑑《かんが》みると、逆恨《さかうら》みをして復讐を考える可能性は高い。その後の消息について、ダフネは父に聞いてみたことがあった。すると、父はにっこりと微笑《ほほえ》んで言ったのだ。

『抜かりはないよ。監視を付けて状況は把握《はあく》している。何も心配することはない』

だから安心していたのだが、もし、父が言う状況が変わっていたのだとすれば？

「恐らく、あなたがイオナ・イグリーズになった半年前辺りに、マールバラ公爵に関することで父や王家が警戒するような事件が起こっている。例えば、監視を付けていた公爵に逃げられた、とか。違いますか？」

ダフネが問いかければ、シミオンは水色の瞳を満足そうに細め、見返した。

「さっすが、賢妃様ってとこだな」

それを肯定と捉《とら》え、ダフネは口元だけで笑んで見せた。

「……お褒めに預かり光栄です。では、あなた……王太子の愛人イオナ・イグリーズの存在は、公爵を誘《おび》き出すための罠、ですね？」

王太子クライヴの愛人という設定のこの女を、あの抜け目のないマールバラ公爵が利用しようとしないはずがない。マールバラ公爵の敵意は、政敵である宰相《さいしょう》オルトナーに向けられているので、王家の人間に手出しはしない。何とかして王家に取り入る方法を模索するはずだ――恐らく、父とクライヴはそう考えたのだろう。

「大正解。賢妃様にしちゃ、そこに辿《たど》り着くのが少々遅かった気がするがなぁ」

シミオンが綺麗《きれい》に紅《べに》を引いた唇を歪《ゆが》めて言った嫌味《いやみ》に、ダフネはほんの少し眉《まゆ》を顰《ひそ》める。

『悔しかったらアタシの邸《やしき》までいらっしゃいな！　文句のひとつくらい聞いてあげてよ？　場所はお分かり？』

以前イオナがダフネに言った台詞《セリフ》だ。シミオンはダフネが事実に勘付いて自分の所に来ることを想定――あるいは期待をしていたのだろう。シミオンも父同様、クライヴに口止めをされていたようだ。シミオンと父は恐らく、ダフネに事実を知らせないことに納得していなかったのだ。

それはそうだろう。普通に考えれば、最初からダフネを巻きこめばこの事件は簡単に決着がついた。何と言っても狙われている当人なのだから。

そうまでしてクライヴが自分を守ろうとしていたことに、ダフネは期待を抱《いだ》きつつ、首を傾《かし》げたくなる。

――どうして、そこまでしてわたしを守ろうとするの？

その答えは、もう半分出てしまっている。

『だがそんなものなのだよ、男の矜持《きょうじ》など』

そう言って苦笑した父の顔を思い出す。

——わたしは、期待をしていいの、クライヴ。

ダフネは心の中で、ここにはいない、いつも仏頂面《ぶっちょうづら》をした夫に呼びかける。

あなたを好きなままでいて、いいの？　あなたの隣にいて、いいの？

今、訊《たず》ねたいことはたくさんある。けれども、その答えはどうしても本人の口から聞きたい。

放っておけば膨《ふく》れ上がりそうになるその想望を、ダフネはそっと胸の内に押しこめて、シミオンに続けた。

「けれどマールバラ公爵は、レディ・イオナという罠にも食いつかなかった。その証拠に、三月《みつき》前に立て続けに起こった事件……父の家の犬の毒殺、そしてアーサーの従者の毒殺未遂。王族であるアーサーへも向けられた殺意に、そこで初めて、あなた達はマールバラ公爵の目的がこの国での返り咲きではなく、我々に対する復讐だと判断したのですね？」

「その通り。アーサー殿下を狙った毒殺未遂の際、殿下の防具一式を保管してあった場所からカードが発見された。そこには『制裁』の文字と、宰相殿《さいしょうどの》、王太子殿下、妃殿下、アーサー殿下、そしてマグノリアの名があった。アーサー殿下の名の上に斜線が引かれてあったことから、書かれている人物全員に復讐していくという意味だと分かったんだ。わざわざカードを置いていくなんていう芝居《しばい》がかった行動からいって、犯人は少々狂気じみている。そんな人間ほど怖いものはない。何をしでかすか分からないからな。イオナ懐妊《かいにん》の噂は、復讐の的を絞《しぼ》ろうとした苦肉の策だ」

溜息を吐《つ》いて肩を竦《すく》めるシミオンに、ダフネは「なるほど……」と呟《つぶや》く。

公爵の目的があの事件の首謀者全員だというのなら、王宮やウォートン侯爵家、そしてウェスター公爵家よりも、警備の手薄な愛人宅の方が狙いやすいというわけだ。

「現在、王太子が愛人の胎《はら》に宿《やど》った子を大切にしていると思わせる為に、王立親衛隊を警備に充《あ》てたり、クライヴ殿下に毎晩通わせたりと小細工をしつつ、罠にかかるのを待っている、そういう状態だ。……で？」

そこで一度言葉を区切り、シミオンは腰に手を当てて仁王立《におうだ》ちでダフネとマグノリアを見下ろした。その秀麗《しゅうれい》な美貌には、底冷えするような怒りが滲《にじ》み出ていた。

美しい人が怒ると妙な迫力がある。ダフネは少々怯《ひる》みながら、それでも負けまいと顎《あご》を上げた。

「王子様方が閉じこめてでも守ろうとしている、大事な大事な奥様方は、そこまで分かっていて、どうしてここに来た？　ここが罠のど真ん中だって分かってるだろう？」

「……で、とは？」

まるでクライヴの言葉を代弁するかのような物言いに、カッとなった。

真実に気付いてから、ずっと不満に思い続けてきたことだ。

だが先に不満を爆発させたのはマグノリアだった。

「誰が守ってくれ、だなんて言ったの!?　シムやあの人が危険な目に遭《あ》ってるっていうのに、のうのうとしていられるはずないじゃない！」

怒り心頭といった娘の金切《かなき》り声《ごえ》に、今度はシミオンの方が腰が引けたようだ。

「ちょ……分かった、マギー……」

宥《なだ》めようとしたシミオンの手を振り払い、マグノリアは立ち上がって叫んだ。

「何にも分かってない！　シムもアーサーも何にも分かってない！　わたしがどれだけ不安だったと思うの!?　シムが生きてるか死んでるかも分からない状況で、アーサーは教えられないの一点張り。あまつさえ夫が毒殺されかかったことも知らされず、邸《やしき》の中に閉じこめられて……！　わたしはペットじゃないわ！」

顔を真っ赤にして叫びながら、マグノリアはボロボロと涙を流した。それまで仮面《かめん》のように冷静な表情を顔に貼り付けていたマグノリアが、どれほど不安を抱《かか》え、耐えていたのかを知り、ダフネはきゅっと胸が痛んだ。

立ち上がり、興奮に震えるマグノリアの肩をそっと抱いて、翡翠《ひすい》の双眸《そうぼう》をひたとシミオンに据《す》えた。

「マグノリアの言う通りです。わたし達は、もう守られるだけの存在ではいたくない。だからここに来たんです」

静かに告げた言葉に、けれど応《こた》えたのはシミオンではなかった。

「それは立派な覚悟だと思うけれど、僕の妻を巻きこんでほしくはなかったな」

唐突に割りこんできた声に、マグノリアが蒼褪《あおざ》めて硬直し、ダフネは声のする方を振り返った。

紺色《こんいろ》の乗馬服にしなやかな身体を包んだ、輝く金の髪、真夏の空のような瞳。

アーサー・ガブリエルが、艶《あで》やかな笑《え》みを浮かべてドアの前に立っていた。

「まったく、僕の可愛い奥さんは悪戯《いたずら》っ子だね。こんなに僕を振り回すなんて、いけない子だ。愛《いと》しい妻に会いたくて早く帰宅してみれば、その姿がない。どれほど心配したと思ってるんだい？」

アーサーは淀《よど》みなく話しながら、ゆっくりと一歩一歩こちらへ近付いてくる。その所《しょ》作《さ》は滑《なめ》らかで優雅で、いかにもアーサーらしいものだったが、どうしてだろう？　ダフネには穏やかに微笑《ほほえ》むアーサーの背後に、ものすごく不穏な空気が立ち上っているように見える。

「な、何よ！　どれだけ聞いてもシミオンの行方を教えてくれなかった、あなたが悪いんでしょう！」

マグノリアは驚くほど幼い物言いで叫んで、あわあわと立ち上がってシミオンの背後に逃げた。

アーサーの笑んだ目から殺気が零《こぼ》れた。

「待て、マグノリア。それは逆効果だ」

シミオンが両手を上げて無抵抗の意を表す。

「シミオン・チャーチ。雇い主の妻にちょっかいを出すとは……豪胆《ごうたん》だな」

「この状況をどう見たら、俺がちょっかいを出してることになるんだ」

「シミオンとこうやって再会できた以上、あなたの言うことなんかもう聞いてやらないんだからっ」

「頼む、マギー。ちょっと黙っててくれ」

「………僕の妻をマギーと呼ぶな」

「いや、だからこれは俺の娘だからして」

「我が剣の錆《さ》びになる覚悟はあるんだろうね？　シミオン・チャーチ」

「……勘弁してくださいよ、公爵閣下……」

天使のように愛らしい少年が、艶《なま》めかしい美女の後ろに隠れ、そんな美女に麗《うるわ》しい笑顔で切り掛からんとしている男性――まるで喜劇を観ているかのようだと、呆気にとられながらもそんな感想を抱《いだ》いたダフネは、シミオンの叫び声で我に返った。

「ちょ、おい！　剣を抜くな！　お姫様、見てないで止めろ！」

見ればアーサーが腰に帯刀《たいとう》していた剣をすらりと抜いている所だった。

度肝《どぎも》を抜かれて、ダフネは叫んだ。

「アーサー・ガブリエル！　剣を収めなさい！　何事ですか！」

咄嗟《とっさ》に飛び出したのは、『王太子妃』としての命令だった。その叱責にアーサーは首を巡らせると、渋面《じゅうめん》を作って剣を鞘《さや》に収めた。

「君とマギーがこんな所に来ているとはね……クライヴが卒倒するよ」

その言葉でダフネは我に返った。考えてみれば王宮を抜け出したのだった。気分が悪いからしばらく眠ると、サリーをごまかしてきたのだが、寝室に入られればすぐばれる。

まさかクライヴにばれてしまったのだろうか。

アーサーはこめかみに手をやって深々と溜息を吐《つ》き、ダフネを睨《にら》んだ。

「さっき僕がちょうど帰宅した時に、血相《けっそう》を変えてウチの邸《やしき》に飛びこんで来たんだ。君を出せと喚《わめ》くから、居ないと言ったんだがどうにも納得しなくて。思う存分家の中を探せばいいと言ったら渋々帰っていったんだが……あの僕を射殺さんばかりの目付き……。その後マグノリアが逃げたことに気付いて、すっかりあいつが君のことを探していたことを失念していたが……ああ、恨《うら》むよ、ダフィー」

「では、クライヴはわたしがいなくなったことに、もう気付いているのね」

「問題はそこじゃないんだが……」

そう言いながら、アーサーはシミオンの後ろにいるマグノリアの腕を取って引き寄せようとしている。嫌がるマグノリアはますますシミオンにしがみ付き、間に挟《はさ》まれたシミオンは心底うんざりした顔で虚空《こくう》を見つめている。

「おやめなさい、アーサー！　嫌がる女性に何しているの！」

ダフネは仕方なくアーサーの背中に抱き付いてそれを止めようとしたのだが、バタン、という大きな破壊音がして動きを止めた。

驚いて振り返れば、破壊されたドアの前に、髪を振り乱したクライヴが呆然と立っていた。

ダフネはクライヴの背後に黒い陽炎《かげろう》のようなものを見た気がした。

一切の表情を消し去ったクライヴが、無言のまま身動《みじろ》ぎもせずこちらを凝視《ぎょうし》している。

無表情なのに、漆黒《しっこく》の双眸《そうぼう》だけが異様な光を灯《とも》している。それがまるで抜き身の刃《やいば》のようで、ダフネは本能的に恐怖を覚えて、掴《つか》んでいたアーサーの服に縋《すが》り付いた。

「ああ、ダフィー。それは逆効果だ……」

どこかで聞いたような台詞《セリフ》をアーサーが呟《つぶや》いた。

「——け」

無表情のクライヴの唇だけが微《かす》かに動き、ダフネは彼が何かを言ったことに気が付いたが、声が小さ過ぎてよく聞き取れなかった。

「え？」

「——剣を抜け‼　アーサー・ガブリエル‼」

轟《とどろ》くような怒声《どせい》が辺りに響いた瞬間、どん、と身体に衝撃を受けた。

どうやらアーサーに突き飛ばされたらしい。床に倒れこみ、痛みに喘《あえ》ぐ暇もなく、ギイっという甲高《かんだか》い金属音が鼓膜に響いた。

——え、まさか。

驚いて顔を上げれば、クライヴが幅広の長剣をアーサーに向かって振り下ろしている

所だった。アーサーは先ほど収めたばかりの己の剣で、それを受け止めている。

両王子の体格はほぼ同じ。腕力も剣の技量も同格。

力が拮抗《きっこう》しているために、時が止まったかのように静止した二人の身体は、アーサーがわざと後方へ力を逃がしたことで崩れる。

クライヴに押された反動を利用して、アーサーが素早く半身を捻《ひね》り、クライヴから間合いをとる。アーサーに逃げられ、上体が前方につんのめるのを右足で堪《こら》え、クライヴは身を翻《ひるがえ》して再び剣を構える。

アーサーもまた、クライヴに対して正面から剣を構えた。

睨《にら》み合って対峙する双子から、尋常ではない緊張感が漂《ただよ》っている。それが殺気だと、剣技に疎《うと》いダフネでも分かった。

アーサーがにやりと口の端を上げた。

「……へぇ、面白い。お前と真剣にやり合うのは何年振りだろうねぇ、クライヴ。どっちが勝つかなぁ」

「私が勝つ」

からかうような物言いのアーサーとは対照的に、クライヴは真剣に応《おう》じる。

「勝てるの？　僕は王太子を降りて武職に下《くだ》ったから、日々の鍛練を欠かしていないけど、お前はそんな暇はないだろう？　身体、鈍《なま》ってるんじゃないの？」

　せせら笑うアーサーに向かって、クライヴが無言で一歩踏みこんだ。

　ガギィン、と再び金属音が響き、再び剣が重なった。

「鈍《なま》っているかどうかは、その身を以《もっ》て確認すればいいだろう」

　クライヴが平坦な声でそう答え、カァン、と高音が響き、二人は再び離れた。それを皮切りにすさまじい速さで剣と剣がぶつかり合う。

　双子だからだろうか。相手の次の行動を予期しているその動きは、一対の光と影のようだった。アーサーの剣に、クライヴの剣が。クライヴの視線に、アーサーの視線が。

　一挙一動が相手に合わせて繰り出されるその様《さま》は、まるで――

――剣舞を見ているようだわ。

　場違いにもそんな感想を抱《いだ》いてしまったダフネは二人を止めることができず、ただ呆けて見入っていた。

「大体、お前には前から言ってやりたかったんだよ！　クライヴ、この根暗男が！」

　クライヴの剣を躱《かわ》し、自身も剣を繰り出しながら、アーサーが叫んだ。

「言いたいことも言えないくせに、勝手に先走って空回《からまわ》って、結局一番大切な人を自分で泣かしてるんだ！　恰好つける前に、言わなくちゃならないことがあるだろう！」

ガァン！

一際大きな音が響き、クライヴがアーサーの上に圧《の》し掛かるようにして切り掛かる。鍔迫《つばぜ》り合いの間、クライヴはそれまでの無表情をかなぐり捨て、憤怒《ふんぬ》の形相《ぎょうそう》でアーサーを睨《にら》み下ろしていた。

「お前がっ……！　お前が言うのか!!　私が喉から手が出るほど欲しいものを易々《やすやす》と奪っていく、お前がっ……!!」

喉から絞《しぼ》り出すように唸《うな》り、再びアーサーに切りかかる。

剣と剣が踊り、ガチン、ガチンと音が立つたび、青白い火花がチラチラと目を過《よぎ》って、ダフネは胆《きも》が冷える。

「いつ僕がお前の欲しいものを奪ったんだよ！　人聞きの悪いことを言うな!!」

アーサーが喚《わめ》くと、クライヴは額を汗で濡らしながら、くしゃりと顔を歪《ゆが》めた。

その表情に、ダフネはハッとした。

――ああ、あの顔。

クライヴの、どうしようもなく切なそうな、あの顔。その表情を見るたび、ダフネの心に哀《かな》しみともつかない熱いものが込み上げ、一緒に泣いてしまいそうになるのだ。

「くそ……！　ああ、そうだとも！　彼女が私のものだったことなどない！　最初からお前のものだった！　どれほど私が愛していても、決して届かない！　今も昔も、ダフネはお前だけを愛しているんだ！」

心臓が止まった。

自分の五感の全てが灰になったような感覚に陥《おちい》り、ダフネは呼吸を止めた。

今、クライヴは何と言った？

『どれほど私が愛していても』？

『ダフネはお前だけを愛しているんだ』？

――わたしが？　アーサーを？

いやそれよりも、クライヴが？　愛している？

――わたしを？

ほんとうに？

「だ、から、そういうことは、本人に向かって、言えっ!!」

キィイイイン！

鐘の音のような音が鳴り響き、アーサーの薙《な》ぎ払った一閃《いっせん》で、クライヴの剣がその手から弾《はじ》け飛んだ。剣はガランと鈍《にぶ》い音を立てて床に転がり、クライヴが肩で息をしながら呆然とそれを目で追う。

アーサーもまた荒い息で剣を投げ捨て、クライヴの頬に渾身《こんしん》の一撃を喰《く》らわせた。

バキッ、と重い音がして、クライヴの首が真横に振れた。

アーサーはぜいぜいと喘《あえ》ぎながら、「目が覚めたか」と聞いた。クライヴは犬が身震いするように頭を振ると、「ああ」と応《おう》じる。

するとアーサーは大仰《おおぎょう》に溜息を吐《つ》いて、ポンとクライヴの肩に手を置いた。

「じゃあ、そろそろこのくだらない空騒《からさわ》ぎを終わらせてくれよ。まったく、振り回される方の身になってくれ」

そう言ってアーサーはダフネの脇を通り過ぎ、後方にいるマグノリアの方へ歩いて行った。

「……僕の奥様は、いつまでそうやって間男《まおとこ》にしがみ付いているのかな？」

「シムはわたしの父親よ！　変な言い方はやめて！」

賑《にぎ》やかな外野のやり取りは、ダフネの耳に入って来なかった。

ただ、数歩向こうに途方に暮れたように佇《たたず》む自分の夫を、祈るような気持ちで見つめていた。

クライヴは酷《ひど》い有様だった。

髪は乱れ、上等なはずの乗馬服は着崩れてしわくちゃな上、汗塗《あせまみ》れで、顔は殴られて腫《は》れている。

けれど、その酷《ひど》い恰好のクライヴが、これまでで一番愛《いと》しく感じるのは、何故だろうか？

眉間《みけん》に皺《しわ》を寄せ、肩を下げたクライヴが、ダフネを頼りなく見て言った。

「ダフ」

――ああ。

あの日のままの名で。

「――好きなんだ。もう、ずっと君だけを。君だけを、愛してきた」

ダフネの翡翠《ひすい》の瞳から、涙が溢《あふ》れ出る。

全身が歓喜で戦慄《わなな》いた。

その涙に狼狽《ろうばい》したのか、クライヴが目を伏せた。

「分かっている。君がアーサーを愛していることは。結婚が決まった日、君が言ったことをちゃんと覚えてもいる。――愛は要《い》らない。そう言ったね。けれど、もう限界なんだ。私は君を愛している。だから、今は無理でも、いつか――」

目を伏せたまま言い募ろうとするクライヴに、ダフネは堪《たま》らず駆け寄って抱き付いた。

「――っ、ダフ、ネ……？」

唐突な抱擁《ほうよう》にクライヴは驚いていたが、倒れたりはしなかった。疲労はしているようだったが、それでもがっしりとダフネを受け止め、腰に手を添えて支えてくれた。

――ああ、どうして、勇気を持てなかったのかしら。

この腕の中に、飛びこむ勇気を持っていたなら。

――けれど、今はもう大丈夫。

自分の殻《から》に閉じこもっていたダフネ・エリザベスはもういない。

こんなにしっかりと受け止めてくれる腕があるのだと、分かったから。

「愛しています、クライヴ」

ダフネはハッキリと言った。泣いていたけれど、それだけはちゃんと聞いてもらわなくてはと思ったから。涙声になったりしないように、しっかりと力をこめて。

クライヴの漆黒《しっこく》の双眸《そうぼう》が、驚きに見開かれた。

奇跡でも見ているかのように凝視《ぎょうし》される。ダフネは泣き濡れた緑の瞳で、それを受け止めた。

「ずっとずっと、あなただけを愛してきたの」

「…………信じられない」

呆然としたままのクライヴが、独り言のように呟《つぶや》いたので、ダフネは困った。

信じられないのは、ダフネも一緒だ。

決して手に入らないと思っていたものが、実はその手の中に最初からあったのだと教えられた。これが夢ではないかと疑ってしまっても不思議ではない。

もし都合のいい夢だったなら、目覚めた時の落胆《らくたん》がどれほど辛いかを、身を以《もっ》て知っているから。

「わたしがあの日ああ言ったのは、あなたがマグノリアを愛しているのだと思っていたからよ」

「嘘だ」

意固地になっている子供のような言い方に、ダフネは思わず微笑《ほほえ》んだ。幼い頃のクライヴと重なる。

「……嘘じゃないわ。ほら、わたしはここにいる。あなたの腕の中に」

ダフネはだらりと下ろされたクライヴの手を取り、自分の頬に触れさせる。

クライヴの熱い手が、小刻《こきざ》みに震えているのが分かって、ダフネの目からまた涙が零《こぼ》れた。その温かい雫《しずく》が、クライヴの手に落ちた瞬間、息が止まるほど強く抱き締められた。

「ダフネ！　ダフ……、ダフ……!!」

それは抱き締めるというより、しがみ付くような抱擁《ほうよう》だった。その腕にこめられた力と、震える大きな肩が、クライヴの本当の気持ちを伝えてくれている気がする。

ダフネは喘《あえ》ぐがごとく泣いた。

――ずっと、ずっとこうしたかった。あなたと、心のままに、抱き合いたかった。

それを言葉にしたかったけれど、喉はもう嗚咽《おえつ》に戦慄《わなな》き、使い物にならない。

幼い子供のように、クライヴの背中に手を回して泣いた。

「もう、二度と見失わない。二度と」

そう声を絞《しぼ》り出したクライヴに、ダフネは何度も頷《うなず》いた。

自分達は、お互いを見失って迷路に迷いこんだ。

今ようやくこうして出会えたのだから、二度と見失わないように、手を取り合って生きて行こう、お互いを、信じて――

そう思って目を閉じた瞬間、階下から猛烈な爆発音が響いた。

――ドォオオオン！

地響きを伴《ともな》ったその騒音に、ダフネはぎょっとして身を強張《こわば》らせ、クライヴが警戒に全身の筋肉を緊張させた。

「――ロマンティックなムードの所悪いけど」

のんびりとしたアーサーの声も、どこか緊張を孕《はら》んでいた。

アーサーは優雅な仕草で落ちた剣を拾い、クライヴにも手渡した。その空色の瞳には、笑《え》みは一欠片《ひとかけら》も見当たらなかった。

それを受けたクライヴの顔に険《けわ》しさが戻ったのに気付き、ダフネは拳《こぶし》をぎゅっと握った。

──何?

背後を見れば、オロオロした様子のマグノリアを庇《かば》い、シミオンもまた酷《ひど》く真剣な面《おも》持《も》ちをしていた。

「諸悪の根源が、いよいよお目見えのようだ」

アーサーの揶揄《やゆ》するような口調に、クライヴが意味深長《いみしんちょう》な様子で頷《うなず》いた。

「──ああ」

ダフネはただならぬ緊迫感に怯《おび》えながらも、抱き締めるクライヴに訊《たず》ねた。

「マールバラ公爵ね?」

クライヴが頷《うなず》いた。そしてダフネを背に庇《かば》うように身体を移動させたので、彼女はその腕を叩いた。言っておかねばならないことがあったからだ。

「クライヴ。わたしはもう、何も知らされずに蚊帳《かや》の外に置かれるのはごめんです」

愚痴《ぐち》を言いたくはなかったが、そもそも最初からちゃんと話してくれていれば、こんな誤解に誤解を重ねることはなかったのだ。ダフネが腹を立てているのが口調から分かったのか、全身に緊張を漲《みなぎ》らせながらも、クライヴが眉《まゆ》を下げた。

それをからかい混じりに擁護《ようご》したのは、アーサーだった。

「ああ、もう責めないでやってよ、ダフィー。そこの憐《あわ》れな弟は、君が好き過ぎて大事過ぎて、傷付かないよう先回り先回りして障害物を取り除き続けてもう十年以上経《た》ってる。クライヴの過保護は、もう習慣を通り越して性癖みたいなものだから」

「語弊《ごへい》のある言い方をするな！」

クライヴがアーサーに憤然として噛み付いたが、ここでうやむやにしてしまいたくなかったダフネは、その両頬を手で包んでぐいと引き戻し、漆黒《しっこく》の双眸《そうぼう》を正面から見据《みす》えた。いつにないダフネの強引な所作《しょさ》に、クライヴが戸惑ったように視線を合わせる。

「クライヴ。わたしはもう、守られるだけではいたくないの」

「……ダフネ?」

「わたしも、あなたを守りたい。あなたを守るために、わたしは王太子妃になったの。あなたの隣に立って、あなたを支えるために。どうか、わたしにもあなたを守る権利をください」

物心がついた時から『プリンセス・ダフネ』であろうとしてきた。けれども、ダフネが本当に『王太子妃』になりたいと心から願ったのは、クライヴの隣に立てると分かった時だった。クライヴが『王太子』の重責《じゅうせき》を担《にな》うのであれば、その片翼《かたよく》でありたいと、そう思ったのだ。

クライヴは目を見開いてダフネの顔を凝視《ぎょうし》していたが、やがて彼女をかき抱《いだ》いた。

「――ダフ……！」

そのまま唇を奪われ、何の駆け引きもなく舌が入りこんで来た。息もつけないキスだった。まるで箍《たが》が外《はず》れたように貪《むさぼ》られ、ダフネの方が慌ててしまう。

「ん、は……ちょ……クラ……」

忘れているようだが、アーサー達の前だ。必死にクライヴの胸を押して距離を取ろうとするのだが、鋼《はがね》のような背中と腰に回った腕が離してくれない。それどころか、ダフネのその抵抗が更にクライヴの情熱を煽《あお》るようで、更にきつく抱き締め直され、どうにもならない。

それを諫《いさ》めてくれたのは、やはりアーサーだった。

「盛り上がりたい気持ちはよく分かるんだけど、ちょっと落ち着こうか、弟よ」

非常になげやりな調子でそう言われ、クライヴは渋々キスを中断した。じろりと睨《にら》みつける弟に、アーサーが呆れたような目を向けたその時、再びドォン！という爆発音がして、建物が揺らいだ。

さすがに、場の空気が一気に緊迫した。

「――これ、もしかしてヤバい？」

アーサーが呟《つぶや》く。それにクライヴが短く頷《うなず》いた。

「そのようだな。あの爆発音は……」

「――マズい。火事だ」

シミオンが窓を指《さ》して言った。全員がハッとしたようにその方向を見れば、灰色の煙が窓から見えた。クライヴが窓に近付いて外を確認する。

「火元は下だな」

険《けわ》しい顔で彼がそう呟《つぶや》いたのと同時に、呻《うめ》き声が聞こえた。

「――殿下……！　お逃げ、ください……！」

壊れたドアに寄り掛かるようにして、その場に崩れ落ちたのは、騎士の一人だった。顔色が酷《ひど》く悪く、呑みこめないのか、涎《よだれ》を口の端から零《こぼ》している。

シミオンが薬師という職業柄、誰よりもいちはやく動いてその騎士に近付き、様子を確かめる。

「毒だな……匂いからして、胃のものを吐いている。経口性《けいこうせい》の毒だ。恐らく、この邸《やしき》の水か何かに毒を入れたのだろう」

「ということは、この者以外の騎士達も……」

「多分」

厳しい顔で頷《うなず》くシミオンに、アーサーが舌打ちをした。

「くそ！　汚い真似を！」

「あら。あなたが言うのかしら？　よりによって、その台詞《セリフ》を？」

アーサーの悪態に応《こた》えたのは、明るい女の声だった。

両開きのドアからするりと現れ、シミオンを羽交《はが》い締《じ》めにして立ち上がらせたのは、なんと女性。その手にはアイスピックのような鋭い刃物が握られ、シミオンの頸動脈《けいどうみゃく》にぴたりと当てられていた。

「シム！」

マグノリアの悲鳴が上がり、アーサーが彼女を抱き締める。

キッチンメイドのような地味なドレスを身に着けたその女性はまだ若く、美しかった。

ダフネはあっと声を上げる。

「レディ・マールバラ！」

その女性は、グロリア・ルイーズ・アサル。マールバラ公爵の一人娘であるその人だった。

だが、かつての華やかな麗《うるわ》しさは消え失《う》せてしまっていた。ふくよかな薔薇色《ばらいろ》をしていた頬は削《そ》げ、つやつやと輝いていた蜂蜜《はちみつ》色の巻き毛はパサつき、メイドキャップの中に押しこまれている。高慢そうではあったものの、あどけない魅力を湛《たた》えていたその瞳は、今や憎悪にぎらつき、異様なまでに爛々《らんらん》としていた。

グロリアはダフネを一瞥《いちべつ》し、せせら笑った。

「レディ・マールバラ！　そう呼ばれていたこともあったわねぇ。あなた達がわたしとお父様を陥《おとし》れるまでは！」

「――では公爵ではなく、お前だったのか……！　宰相《さいしょう》の邸《やしき》の犬を殺したのも、アーサーの従者を殺したのも」

クライヴが唸《うな》るように呟《つぶや》いて、グロリアを睨《にら》み付ける。

動揺するダフネとは裏腹に、グロリアはケタケタと笑い出した。

「その通り！　だって仕方ないでしょう？　お父様は亡くなってしまったのだもの！　あなた達がわたしを監視してたのは知ってたわ。この裏切り者の暗殺者を使ってね！」

グロリアはグイ、とシミオンの頤《おとがい》を反らせ、グッとその喉に当てた刃物に力をこめる。シミオンがギュッと眉間《みけん》を寄せる。その白い首から一筋の血が流れた。

「……俺は、あんたの父親に捕らえられはしたが、雇われた覚えはない」

シミオンが訂正すると、グロリアはいきなり癇癪《かんしゃく》を起こした。

「うるさい！　お前の娘が裏切ったんだから、お前も同罪だ！」

その間も刃物はピタリと当てられたままで、ダフネはハラハラする。

グロリアの様子は明らかに尋常ではない。目が据《す》わっていて、激高《げっこう》し易《やす》い――こんな状態の人間を、ダフネは救護院で見たことがあった。

――薬物中毒者……

この世には、一時的な解放感を齎《もたら》すが、使う者の精神を蝕《むしば》んでいく薬がある。依存性の高いそれらの薬に手を出した人間は、やがて狂気へと導《みちび》かれるのだ。

この場に居る誰しもがそう思い至ったようで、グロリアを刺激しないよう沈黙を選んだ。誰にも制止されないことに気を良くしたのか、グロリアは得意になって話を始めた。

「あなた達の監視を振り切るために、わたし達は隣国のそのまた隣国までこっそり逃《のが》れたわ。いつかあなた達に復讐する機を窺《うかが》うために。お父様はいつも言っていた。『オルトナーを殺せ。あの男が全ての元凶だ。あの男を葬《ほうむ》り去れば、私は再びあの国で返り咲ける！』って。可哀想なお父様。復讐のために生き続けていたのに、流行病《はやりやまい》で呆気なく死んでおしまいになるなんて。だから、娘であるわたしが代わりに復讐することにしたの。そしてこの国に再び舞い戻ったけれど、いざ復讐をしようと思って気付いたわ。復讐するのは、オルトナーだけじゃおかしいって。だってそうでしょう？　お父様はあなた達みんなに陥《おとし》いれられたのに！　でも、わたしにとってもっといけ好かないのは、あなたよ、ウェスター公爵閣下！」

グロリアは歪《ゆが》んだ笑《え》みをアーサーに向けた。その笑《え》みはゾッとするほど粘着質なものだった。

アーサーはそれを無表情で見ていた。

「あなたはわたしの恋心を知っていて、わざと優しくしたわ。わたしが愛を告白すると、『僕にはすでに愛する人がいるから応《こた》えられない。けれど、もしその女と出会う前に君に出会っていたら』と期待させた。そして、その後ろに庇《かば》っている女が惚れ薬を作れると聞いたことがある、と仄《ほの》めかした。恋に狂った単純な小娘が飛び付くと知っていてね!!」

そう叫んだグロリアは、「アハハハハ!!」と大声を上げて笑い出した。その姿は痛々しく、ダフネは胸が痛んだ。

アーサーは決定的なことは何もしていない。結果的に、全てグロリアがやったことで、それが招いた結果がマールバラ公爵の失墜《しっつい》に繋がったのだ。

けれど、グロリアをそう導《みちび》いたのは、間違いなくアーサーであり、クライヴであり、宰相《さいしょう》であるダフネの父だ。確かにマールバラ公爵には、ダフネを暗殺しようと画策した罪があった。けれども、グロリアには悪意はなかった。単に愚《おろ》かだっただけだ。彼女はただ、恋をしてしまった。それだけだった。なのに、その恋心を利用されてしまったのだ。

　そう思うと、この女性が憐《あわ》れに思えてしまう。

「だからわたしは、まずはあなたと宰相《さいしょう》に復讐することにしたの！　でも宰相《さいしょう》の家の番犬がうるさくて、どうにも忍びこめないから殺してやったら、更に警備が厳しくなってしまったわ。本当は宰相《さいしょう》が乗る馬に、突然暴れ出すような薬を飲ませたかったのだけど。だから今度はあなたを狙ったのに、何故かあの間抜けな従者が毒を盛ったあなたの鎖《くさり》帷子《かたびら》を着たりするから、失敗に終わってしまった。せっかく恰好良くカードを残して残りの奴らに怯《おび》えてもらおうと思ったのに、とんだ間抜けを晒《さら》してしまって、あれも失敗だったわ。次はいけ好かない薬師の女を狙おうと機会を窺《うかが》っていたんだけど、何やらもう一人の方の王子様の愛人とやらが身篭《みご》ったというじゃない。それを聞いて、これ以上性悪王家の血筋をのさばらせてなるものかって思ったわ。わたしを騙《だま》してお父様を陥《おとしい》れるような人間達は、もうこの世にいてはいけないの。増えるだなんて言語道断《ごんごどうだん》。そうでしょう？　だから取りあえずこの愛人とやらを殺してやろうと思ったわけ。そうして出向いてみれば、ふふ、驚いたわ！　復讐したい人が集まっているんだもの!!　ああ、今日のわたしはなんて幸運なのかしら！　きっと天国のお父様のお導《みちび》きね！」

恍惚《こうこつ》とした表情でそう言うと、グロリアはふと自分の手元——シミオンの喉に突きつけている刃物に視線を落とした。

「まずは、ひとり——」

それがシミオンを殺そうとする合図だと分かったダフネは、思わず叫んだ。

「ダメ‼　やめて、グロリア‼」

グロリアは手を止めて、ぼんやりとした眼差《まなざ》しでダフネを見遣《みや》った。

その死んだ魚のような目を翡翠《ひすい》の瞳で受け止めて、ダフネは前に進み出ようとした。

が、クライヴに腕を掴《つか》まれる。ダフネは、必死な表情で首を横に振るクライヴを見上げた。いつだってその腕の中に包みこみ、守ろうとするクライヴ。その中に収まっているのは簡単だ。温かく安全なこの温もりに全てを委《ゆだ》ねていればいい。

——けれど、それではわたしのなりたい自分にはなれない。

わたしは、あなたの王太子妃でありたい。あなたの隣に立つ者でありたいの。

今確かに自分の根幹に宿《やど》ったその決意をこめて、ダフネはクライヴの漆黒《しっこく》の双眸《そうぼう》を見《み》据《す》えた。

クライヴは眉間《みけん》に深い皺《しわ》を刻《きざ》んでダフネを凝視《ぎょうし》していたが、一瞬ぎゅっと瞼《まぶた》を閉じると、小さく頷《うなず》いて腕の力を抜いた。

初めてクライヴが見せてくれたその譲歩に、ダフネは胸が熱くなるのを感じた。ずっと噛み合わず、すれ違ってばかりいた自分達だったけれど、これからはきっと――心に満ちてくるその希望に、ダフネは力を得て一歩を踏み出した。

目の前には、虚《うつ》ろな目でこちらを見るグロリアがいる。

「あなたは間違ってる‼　復讐なんて無意味よ‼　お父様の復讐を背負《せお》うなんて馬鹿げてるわ！　今ならまだ引き返せる。彼を離して！」

何とか分かって欲しくて叫ぶと、グロリアは憐《あわ》れむようにうっすらと微笑《ほほえ》んだ。その笑《え》みは、かつての彼女を彷彿《ほうふつ》とさせる、華やかで高慢なものだった。

「プリンセス・ダフネ……あなたはいつだってそうだったわね。頭が良くて、清らかで正しくて、生まれながらの気高きプリンセス。ねえ、知っていて？　わたしはあなたが大嫌いだったの。いつだって比較されるのはあなた。『プリンセスのようになさい！』『プリンセスを見習いなさい！』――わたしはこんなにも美しくて愛らしいのに、みすぼらしいだけのあなたを、何故見習わなくてはならないの⁉　今だってそう。正しい？へぇ、そう！　それが何の役に立つの⁉　正しくしていたってアーサー様に捨てられて、なんて惨《みじ》めなプリンセス‼　――引き返せる、ですって⁉　馬鹿なこと言わないで。

引き返す場所なんて、わたしにはもう残されていないのよ!!」

　そう叫ぶや否《いな》や、グロリアは刃物を持つ手に力をこめた。アーサーが短剣を放《はな》ったのはその瞬間だった。

「きゃあああああああ!!」

　グロリアの悲鳴が上がり、その手から刃物が滑《すべ》り落ちた。シミオンは素早い動きで身を反転させると、グロリアの腕を背中にねじって突き倒し、馬乗りになった。グロリアの右肩には、アーサーの放《はな》った短剣が深々と突き刺さっていた。

「……ったく、だから女物の服は嫌なんだ。動きづらくって敵《かな》わん」

　シミオンはブツブツ言いながら、片手でグロリアの腕を捻《ひね》り上げる。

　グロリアは抵抗しなかった。その様子に違和感を覚えたのか、シミオンがハッとしてグロリアの身体から下りた。毒による自害をしたのではないかと顔を確認しようとした瞬間、グロリアがガバリと起き上がって走り出した。足を縺《もつ》れさせながらも、その落窪《くぼ》んだ眼窩《がんか》の中の目は炯々《けいけい》と光って、アーサーだけを見つめていた。

「アハハハハハハッハハハハハハ!!」

　大声で笑いながら、グロリアは自分の肩に刺さった短剣を引き抜いた。

　パッと鮮血が飛び散る。

「アーサー!!」

マグノリアの悲鳴が上がり、風のように動いたシミオンがアーサーの前に躍《おど》り出た時、グロリアが手の中の刃《やいば》を自分の左胸に突き立てた。

「いやぁああっ!!」

その瞬間《ま》を目の当たりにしてしまったダフネが悲鳴を上げる。その身体をクライヴが抱き締めた。

ドサリ、と鈍《にぶ》い音がして、グロリアが部屋の真ん中で崩れ落ちた。短剣が刺さったままの傷口から、ドクドクと泉のごとく紅い血が溢《あふ》れ出て、血溜まりを広げていく。

どのくらいの時間が経過したのだろう。ダフネにはひどく長くも感じたが、実際にはほんの短い間であったのかもしれない。グロリアは、呼吸しようと苦しそうにはくはくと口を動かしていたが、今その身体はぐったりと弛緩《しかん》し、目はガラス玉のように光を失っていた。

シミオンが近付き、その顔を少しまさぐった後、開いたままの瞼《まぶた》を閉じさせて言った。

「死んだ」

アーサーとクライヴが無言のままグロリアの傍《そば》に歩み寄る。ダフネも、そしてマグノリアも何も言えなかった。このグロリアの起こした復讐に、そしてその死に、少なからず各々《おのおの》に責任があるのだと、誰しもが分かっていた。

沈黙を破ったのは、シミオンだった。

「殊勝《しゅしょう》な空気のとこ悪いがね。ちょっと急がないとヤバいと思うぞ」

そう言われて廊下を見れば、真っ黒い煙がもうもうと立ちこめていた。階下の炎が目の端《はし》に映った。

我に返った双子は急に俊敏《しゅんびん》さを取り戻し、目で廊下を確認し、頷《うなず》き合う。

「マズいな」

「ああ。階段は使えない。下は火の海だ」

「では、窓から飛び下りるしかないな。向こうの窓は煙で視界が悪いから、あちらを使おう。二階だから大したことはないだろう」

「僕達はね。問題は女性陣だ。マギーは多少危ないことに免疫はあるが、ダフィーは……」

「大丈夫だ。私が受け止める」

何か怖いことをさらりと言われた気がして、ダフネは蒼褪《あおざ》める。

——飛び下りると言った!?　窓から!?

「冗談でしょう!?」

思わず悲鳴を上げてクライヴを見るも、彼は真摯《しんし》な顔でこう言った。

「大丈夫。愛する君を受け損《そこ》ねたりはしない」

さらりとそんなことを言われて、ダフネは絶句した。

――愛する君!?

いつも仏頂面《ぶっちょうづら》のクライヴが、そんな恥ずかしい言葉を口にするなんて!! 動揺のあまり顔を真っ赤にして硬直するダフネに、マグノリアが呆れたように声をかけた。

「いや今までも態度でバレバレだったんですけどね、根暗王子の溺愛っぷりは……」

「ええ!?」

素《す》っ頓狂《とんきょう》な声を発するダフネに、アーサーもわざとらしく訴えるように呟《つぶや》き、シミオンはやれやれと肩を竦《すく》める。

「むしろどうして気が付かなかったのかが不思議だよ」

「クライヴの恋愛相談を受けていた俺の身にもなってくれよ。いくら敵をおびき寄せるための『愛人役』だったからって、夜中に毎回愚痴《ぐち》だか惚気《のろけ》だか分からん戯言《ざれごと》に付き合わされたんだ。別料金を頂《いただ》きたいもんだぜ、全く」

次から次に落とされる爆弾に、ダフネが目を白黒させていると、クライヴは憤然とした顔で彼女の肩を掴《つか》んで窓まで連れて行った。その頬が、ほんのりと染まっていることに気付いたダフネは、それらの爆弾が真実なのだと分かって、心が沸き立った。

「クライヴ……」

漏れ出た呼びかけに応《こた》えるように、クライヴはくるりとこちらを振り向いて向き合った。

「いいか、ダフ。私が先に飛び下りて、君を受け止める。必ず受け止めるから、私を信じて欲しい」

その漆黒《しっこく》の目には揺るぎない光があった。それは紛《まぎ》れもない、ダフネへの愛情だった。

ダフネは迷わなかった。自分の中にも、同じだけのクライヴへの愛があったから。

散々迷って、間違えてきた。

多くの誤解と、多くの取り間違いで、すれ違い続けてきた。そのせいで、哀《かな》しみ、苦しんで、そのあまりの辛さに何度もこの想いを諦めようとしてきた。

――それでも、諦めることなんかできなかった。

あなたを愛することを、やめることなどできなかった。

ダフネは翡翠《ひすい》の双眸《そうぼう》を微笑《ほほえ》みで細め、こっくりと力強く頷《うなず》いた。

「愛してるわ、クライヴ」

この想いを、諦めなくて良かった。

あなたを想い続けて、良かった。

万感《ばんかん》の想いをこめて愛を告げたダフネに、クライヴもまた頷《うなず》き返した。

「私も愛している。君だけを、これまでも、そしてこれからも」

二人が見つめ合っていると、アーサーがすぐ後ろまでやって来て、うんざりした声を上げた。

「いいから早く飛んでくれ！　後がつかえてる上に、状況は切羽詰《せっぱつ》まってるんだ」

ダフネは真っ赤になって謝ったが、クライヴは片方の眉《まゆ》を上げてアーサーを睨《にら》んだ。

だがすぐにくるりと後ろを向いて窓を開けると、ダフネがあっと言う暇もなく、ひらりとその身を空中に躍《おど》らせた。

「クライヴ!!」

真っ青になって下を覗《のぞ》きこめば、クライヴは無事に着地してこちらに向かって両腕を差し出していた。

「さぁ！　おいで、ダフ！」

クライヴの姿が酷《ひど》く小さく見えるほどの高さに、ダフネは身が竦《すく》んだ。

――飛び下りるだなんて、できっこない！

一瞬そう思ってしまった。けれど。

「ダフ」

クライヴの、ダフネを呼ぶ声がもう一度聞こえた。揺るぎない力がこめられた低い声。

クライヴだけが叫ぶ、あの呼び名で。

ダフネは微笑《ほほえ》んだ。

――大丈夫。

何があってもあなたを信じるから。

「受け止めて、クライヴ」

そう言うと、遥《はる》か下のクライヴが微笑《ほほえ》んだのが分かった。その瞬間、全ての恐怖が消え去った。

――もう、怖いものなんてない。

あなたが居てくれるから。

ダフネは飛びこんだ。

愛《いと》しい人が広げた、腕の中に。

終章　重なり合う熱

グロリアによる『白薔薇《しろばら》の館』襲撃と炎から危《あや》うく逃《のが》れた一同は、駆け付けた王立警備隊に保護された。警備隊の指揮をアーサーが執《と》り現場を収拾した後、ひとまず全員王宮に戻り休むことになった。

ダフネは煤《すす》だらけの散々な状態でメイドに受け渡された。主《あるじ》の憐《あわ》れな姿にメイド達は悲鳴を上げ、泣きながら世話をしてくれた。

湯を使いさっぱりと新しい夜着を身に着けた所で、「王太子殿下がお待ちです」と夫婦の寝室へと案内された。寝室では、クライヴもまたさっぱりとした様子で、寝台の上で座っていた。

想いが通じ合ってからこの部屋に来るのはこれが初めてだと気付き、ダフネは何だか面映《おもは》ゆい気持ちで下を向き、顔を赤らめた。そんな妻の心境を見て取ったのか、クライヴが微笑《ほほえ》んで寝台を下り、自《みずか》ら歩いてダフネが立ち尽くすドアの前まで迎えに来た。そしてそっと額にキスを落とすと、ダフネの膝裏と背中に腕を差しこみ、横抱きにして寝台へと運んでくれた。

寝台の上でもクライヴはダフネを離そうとはせず、膝の上に抱いたまま、寒くないようにと毛布を掛けてくれた。クライヴの態度のあまりの変わりように驚きながらも、ダフネはやはり嬉しさの方が大きく、文句を言わずにそれに従った。

クライヴはこれまでの経緯を、ポツリポツリと語ってくれた。ダフネは時折質問のために口を挟《はさ》みながら、それを聞く。そして全容が明らかになると、自分とマグノリアがやったことは、自分達を守ろうとしてくれていた彼らの努力を無にするような行動だったと分かった。

「ごめんなさい」

居た堪《たま》れずに俯《うつむ》いてしまったダフネの手を取り、クライヴはその白く小さな掌《てのひら》に口づけた。

「謝ることなどないんだ、ダフ。全て、君に愛を告げられずにいた私の臆病さが原因なんだ」

苦々しげに言うクライヴに、ダフネは首を振った。

臆病だったのは、自分だ。最初は三人の関係を崩すのが怖くて。そしてクライヴに恋をしていると気付いてからは、クライヴに軽蔑《けいべつ》されるのが怖くて。傍《そば》にいることすら奪われるのが怖くて、たった一言を言えずに来た。それが、あれほどまでの誤解と苦しみを生んだのだ。

けれど彼は微笑《ほほえ》みでそれを制し、ダフネの身体を持ち上げるようにして、自分と向かい合わせにした。

「君を愛している、ダフネ。最初は姉のように。これが恋だと気が付いてからは、ひとりの女性として。君以外、欲しいと思ったことなどない。私には、君だけだ。君しか、要《い》らない」

一息にそう告げて、クライヴは漆黒《しっこく》の瞳を苦しげに陰らせた。

「……君はアーサーを愛しているのだと思っていたから、告げることができなかった。アーサーが妬《ねた》ましかった。アーサーになれるなら、君の愛を得られるのなら何だってするとどれほど思ったことか……!! あの舞踏会で、突然予定外のことを言い出したアーサーに動揺したけれど、内心歓喜したよ。これで君を私のものにできると。アーサーに捨てられた君は、私を選ぶしかなくなるだろうから、と。けれどそんな己を恥じもした。そんな自分の醜悪《しゅうあく》さを知られたくなくて、君に真っ直ぐに向き合えなかった……」

その吐露《とろ》は、ダフネの抱《いだ》いていた想いと全く同じだった。

クライヴはマグノリアを愛しているのだと思っていた。マグノリアが妬《ねた》ましかった。マグノリアに、なりたかった。ダフネは震えるような吐息を吐いて、クライヴの頬にそっと触れた。

「……わたしも、マグノリアが羨《うらや》ましかった」

ポツリと呟《つぶや》けば、クライヴは仰天《ぎょうてん》した顔をした。

「――なんだって？　マグノリア？」

「あなたは、彼女を愛しているのだと思っていたの。彼女をアーサーに奪われて、仕方なくわたしを取るしかなかったんだって……。だから、ずっとずっと彼女になりたかった。いいえ、マグノリアだけじゃない。あなたが他の女性と噂になるたび、その女性になりたいと思った。その女性のように、あなたの腕に、抱かれたいと思っ……」

そう、クライヴに抱かれる女性に嫉妬《しっと》して、抱かれない、愛されない自分を嘆いてどれほど涙してきただろう。

その想いがまざまざと甦《よみがえ》り、ダフネは思わず声を詰まらせる。

クライヴは堪《たま》らないといったようにダフネをかき抱《いだ》き、彼女の涙の滲《にじ》んだ目尻を親指で拭《ぬぐ》った。

「ああ……!!　お願いだ、泣かないでくれ。私は愛されることは叶わなくとも、君を自分の手で守りたいと、それだけを思っていたのに。それは私自身から君を守ることも含まれていて……私はいつだって、君に焦《こ》がれすぎて激情を持て余していた。それが君を泣かせてるなんて考えもしなかった。ああ、どうして私達は、間違ってばかりいたのだろう?　すまない……すまない、ダフ……!!」

クライヴの硬い胸に顔を押し当てるように抱き締められ、その肌の温もりが頬に伝わる。とくん、とくん、というクライヴの心臓が早鐘《はやがね》を打っているのが、自分の身体を通して鼓膜まで響くのを、ダフネは不思議に感じていた。

この寝台で荒々しく貪《むさぼ》られることはあっても、こんな風に優しく抱き合っていただけなど、これまであっただろうか？　肌と肌、それよりもずっと深い場所で重なって来たというのに、ただこうして寄り添っているだけの今の方が、よほどクライヴを近くに感じられるのは、やはり心を通じ合わせたからなのだろうか。

ダフネは自分に覆《おお》い被《かぶ》さるようにしているクライヴの背に、そっと手を回した。

「あなたを、ものすごく身近に感じるの、クライヴ。でも、とても怖いの。あなたはずっと、傍《そば》に居ても届かない、月のような人だと思っていたから……。どうしたらいいの？　とても幸せなのに、どうしたらいいか分からない……」

まるで、ふわふわとした霧《きり》の中を漂《ただよ》っている気分だ。

霧《きり》は濃密でとても甘いのに、足元が定まらないようで心許《こころもと》ない。

掴《つか》まるものが欲しい。漠然とそう思った。

すると、ダフネの肩の上でクライヴがくぐもった笑い声を上げた。

「私もだ。幸せ過ぎて、どうしていいか分からない。怖い。この幸せが、夢のように消えてしまうのではないかと……」

「クライヴ……」

また、同じだ。自分達は、同じ不安を抱《かか》えて立ち竦《すく》んでいる。

「それならば……」

甘さを含んだ声でクライヴが呟《つぶや》いた。

ダフネを抱き締める腕が弛《ゆる》み、ぐい、と肩を押されて重心が傾《かし》いだ。

——え？

そう思った時には、寝台の上に仰向《あおむ》けに押し倒されていた。

目の前には、酷《ひど》く甘く切ない光を黒曜石《こくようせき》の瞳に瞬《また》かせた、端整な美貌——こちらを見下ろすクライヴは、ニヤリと口の端を上げて笑った。それは捕食者の笑《え》みだった。

「お互いが手の中にあるのだと、いやと言うほど分かり合ってみるのはどうだろう？」

ダフネは翡翠《ひすい》の瞳を大きく見開かせ、それからクシャリと破顔した。

「——バカね」

その言葉を封じるように、クライヴが顔を寄せて唇を重ねた。

こんなにこの手を熱いと思ったことがあっただろうか？

皮膚に、粘膜に触れるその指が、酷《ひど》く熱い。

自分を見つめる、漆黒《しっこく》の眼差《まなざ》しも。零《こぼ》れる吐息も。息をも吐かせぬような口づけも。

クライヴの全てが、炎のように熱い。

ダフネの全身は、神経の全てが肌の表面に浮き出てしまったかのように、クライヴの仕草ひとつひとつに、ビクビクと反応してしまう。

この身にクライヴの烙印《らくいん》を捺《お》されているような気さえする。

重なり合ったスプーンのようになり、前に回した両手で小振りな乳房を揉みしだきながら、クライヴがダフネの耳を食《は》んだ。

「……ぁっ!!」

びくり、と頤《おとがい》を反らして声を上げたダフネに、クライヴは構わずそのまま耳孔《じこう》に舌を捻《ね》じこんだ。

びちゃり、と卑猥《ひわい》な音が大きく鼓膜を震わせ、熱く熟《う》れた戦慄《せんりつ》がダフネの背骨を駆け下りた。

乳房を揉んでいた骨張った指は、先端の突起を探し当てると、玩具を見つけたと言わんばかりに、クルクルと指で捏《こ》ねくり回し始める。

「……はぁっ……」

声にならない溜息を零《こぼ》し、ダフネは自分の中に溜まっていく快感をなんとかやり過ごそうと懸命だ。

おかしい。今日は本当におかしい。

クライヴに触られるのは今日が初めてではない。結婚してから、何度も何度も肌を重ねてきた。それなのに、クライヴの触れるどこもかしこも、火を灯《とも》されたかと思うほど熱くなる。皮膚の下の血液が、沸騰《ふっとう》するかのようだ。

その熱がダフネの身体中に渦巻《うずま》き、今にも爆発しそうなのだ。

——ああ、けれどこの熱は。

ダフネは病《やまい》に冒《おか》された時のように、朦朧《もうろう》とした頭で考える。

熱い。だけど、苦しいわけではない。これは歓喜だ。

「あ……う、れしい……」

思ったままに言葉が零《こぼ》れるのは、愉悦《ゆえつ》の熱に理性までもが溶けてしまったからか。

ダフネの喘《あえ》ぎともつかぬ声を、クライヴは聞き逃《のが》さなかった。くつりと喉を鳴らすと、耳の中を隈《くま》なく舐《な》め尽くしていた舌を下降させ、顎《あご》の輪郭《りんかく》に沿ってねっとり辿《たど》って行く。

その間も乳首を弄《いじ》る指の動きは止めず、逃げるように身体を反らすダフネを追って自分の身体を密着させる。

ダフネは自分のお尻に熱く硬い昂《たか》ぶりを感じて、鳩尾《みぞおち》がカッと熱くなるのが分かった。

その熱いものが当たる辺りに、ぬるりと濡れた感じがするのは、気のせいではないはず。あれは、クライヴの欲望がダフネの空洞《くうどう》を埋めたくて、今か今かと待ち侘《わ》びている証拠だ。

クライヴの欲に合わせて、ダフネの欲もまた膨《ふく》れ上がっていく。

身体の芯が膨張《ぼうちょう》するような感覚に、ダフネは堪《たま》らず目を閉じて身を捩《よじ》った。だがクライヴはそれを赦《ゆる》さず、その動きに合わせてダフネの身を反転させ、仰向《あおむ》けにしてその上に覆《おお》い被《かぶ》さった。

両手首を大きな手で押さえ付けられ、ベッドに磔《はりつけ》にされている状態だというのに、ダフネは何の恐怖心も抱《いだ》かなかった。以前クライヴにそうされた時は、心を置き去りにされる虚《むな》しさに、竦《すく》み上がったというのに。

——もう、怖くない。

身体だけを貪《むさぼ》られるのではないと分かったから。クライヴが欲してくれているのは、そのままのダフネ。心ごと、愛してくれているのだと分かったから。

信頼と愛情をこめて目を開ければ、こちらを優しく、けれど熱っぽく見下ろす漆黒《しっこく》の瞳があった。

思えば、これまでクライヴの瞳をちゃんと見たことがあっただろうか？

その黒曜石《こくようせき》の双眸《そうぼう》の奥に、マグノリアの姿が過《よぎ》るのではないかと怯《おび》え、それを目の当《ま》たりにするのが怖くて、いつでも目を閉じていた気がする。

本当は、ずっとこんな風に見つめてくれていたのに。

他の誰でもない、ダフネを。ダフネだけを見つめてくれていたのに。

「だいすき……クライヴ、大好き。本当に、あなたを愛してる」

今まで戒《いまし》めてきた言葉を、ダフネは告げる。

「本当に、愛してるの。本当に、あなたを愛してる。ずっとずっと、これまでも、この先も……」

それは懺悔《ざんげ》にも近かった。告げずに来たことで、あまりにも多くの時間を浪費してしまった自分を、戒《いまし》めるための。そして告げずにいたことで、いたずらに傷付けてきてしまったであろう、クライヴへの謝罪だった。

クライヴは困ったように微笑《ほほえ》んだ。

「そんなことを言わないでくれ、ダフ……ただでさえ、我慢しているのに……。そんな可愛いことを言われると、抑制がきかなくなってしまう」

言いながら、ダフネの額に、頬に、鼻にとバードキスを落としていく。その行為は優しかったけれど、肌に感じるクライヴの唇が、いつもよりずっと熱く、息遣いが荒いのを感じて、ダフネは言った。

「いいの。抑制なんか、しないで。もう、怖くないもの」

どんなに荒々しい行為でも、もう怖がらないで受け入れられると分かっていた。そのままのクライヴが欲しいと思えたのだ。

けれどもクライヴは頷《うなず》かなかった。

少し自嘲《じちょう》めいた笑《え》みを口元に乗せ、首を振った。

「ダメだ。今日は乱暴にはしないと決めているんだ。君を悦《よろこ》ばせたい。これ以上はないと言うほど愛して、君が満足するまで」

そう囁《ささや》く低い声は、蜂蜜《はちみつ》のように甘かった。そのままダフネの唇に自《みずか》らのそれを重ねる。そのキスは緩やかだけれど執拗《しつよう》で、ねっとりと絡み付くように舌を扱《しご》かれ、ダフネは息苦しさに喘《あえ》いだ。逃《のが》れようと上がる顎《あご》を、すかさずクライヴの手が引き戻し、再び絡まる舌に口内を蹂躙《じゅうりん》される。尖《とが》らせた舌先で上顎《うわあご》を擽《くすぐ》られると、背筋にゾクゾクとした震えが這《は》い上がり、ダフネは身をしならせた。自《みずか》らの胸をクライヴの硬い胸板に押し当てるような体勢になったが、快楽と呼吸困難で朦朧《もうろう》とし始めているダフネは気付かない。

だがクライヴはダフネが朦朧《もうろう》としていることを把握《はあく》していて、くぐもった笑い声を喉の奥で鳴らすと、自分の胸をわずかに揺り動かし、当たっているダフネの胸の尖《とが》りを転がした。

「……んっ、ふぅ、……んぅ……ん」

唇を塞《ふさ》がれたままのダフネは、鼻声ですすり泣くしかない。

ダフネの手首を掴《つか》んでいたはずの手はいつの間にかなくなっており、白く華奢《きゃしゃ》な肢体《したい》をまんべんなく愛撫しながらある場所を目指している。

ダフネはもうその手の向かう場所を知っていた。

焦《じ》らすようにゆっくりと動くクライヴの手に、ダフネは我知らず腰を浮かせて強請《ねだ》る。

クライヴが嬉しそうに笑った。

「困ったひとだね、ダフ。待ちきれない？」

「ああ……も、クライヴ……！　おねが……」

縋《すが》るように言っても、クライヴは笑うだけだった。

骨張った手は欲しい場所を通り越して、ダフネの白い太腿《ふともも》を這《は》って、その裏側をつっとなぞる。

「あっ……！」

ダフネは小さく喘《あえ》いで足の指を反らす。

「もっと啼《な》いて、ダフ。その可愛い声をもっと聞かせて」

クライヴは実に楽しげにそう囁《ささや》くと、上半身を起こしてダフネの左足首を持った。高く持ち上げたその足首にキスを落とすと、その場所から尖《とが》らせた舌先を伝い下ろしていく。

「……ぁ、あああ……」

細く下肢を這《は》うその生温《なまぬる》い軌跡《きせき》は、ダフネの身体の奥にすでに熾《お》きている欲望の火種をどんどんと煽《あお》る。柔らかな太腿《ふともも》を辿《たど》る際、クライヴは所々で留まっては、がぶりとその肉を食《は》むようにしたり、あるいはちゅ、ちゅ、と音を立てて吸い付いたりする。緩慢《かんまん》とも思えるほどのその速度に、ダフネの期待は今までにないほど高まっていく。

ようやく太腿《ふともも》の付け根に辿《たど》り着くと、クライヴはいったん身を起こしてクスクスと笑い出した。

「まだ直接触ってもいないのに、もうこんなに滴《したた》らせて……いやらしいひとだね、ダフ」

揶揄《やゆ》するように言われ、ダフネは恥ずかしさのあまりイヤイヤと首を振り、足を閉じた。

「やぁ……言わないで……」

「言わないで？　どうして？」

とぼけたような物言いが憎らしい。

ダフネは潤《うる》んだ翡翠《ひすい》の瞳でクライヴを睨《にら》んだ。するとクライヴは眉根を寄せて唇の端を上げ、はぁ、と切なげな溜息を吐《つ》いた。

「そんな目で見つめるなんて……煽《あお》っているのか？」

煽《あお》る、などと言われても、自分の中の欲望を持て余したダフネには意味の分からない問いでしかない。身体が熱い。下腹部にじくじくと疼《うず》く熱を何とかしてほしくて、ダフネは泣きそうな顔でクライヴを見上げるしかなかった。

「ぉ、願ぃ……クライヴ……！」

「っ……ああ、もう……！」

吐息混じりに苦しげに唸《うな》ると、クライヴはダフネの懇願《こんがん》を振り払うようにしてダフネの両足を割った。

「あっ……！」

「駄目だ、ダフ。今日は君を気が済むまで愛すると決めたんだ。今まで告げられなかった言葉を、想いを、全て君に注《そそ》ぎこむつもりだ」

クライヴの指が赤い茂《しげ》みを優しくかき混ぜ、その下で震えている空洞《くうどう》の入り口に触れた。

くちゅり、と甘やかな水音が立った。

にゅるにゅるとクライヴの指がその蜜を絡めるように周辺で動き、花弁をなぞる。

「ああ……こんなに。分かるか？　ダフ。君のここは、もうこんなに涎《よだれ》を垂らしている」

「……やぁっ」

「嫌なものか。嘘は良くないな、ダフ。君の虚《うつ》ろはこんなにも雄弁なのに。……ホラ」

クライヴは歌うように言いながら、長い指をつぷり、と蜜壺の中に埋めた。

「ぁっ……！」

指が膣の中でぐるりと動いた。自分の中にクライヴの一部が入りこんで動くその感触に、ダフネの脳が蕩《とろ》けそうになる。

「ああ、もうこんなにぐしょぐしょになって。花弁も真っ赤に染まって、すっかり綻《ほころ》んでいる。これならもう一本入るね」

ぬちゅ、という水音と共に、中を蠢《うごめ》く指が二本に増やされる。膣道を解《ほぐ》すようにバラバラと動かすと、溢《あふ》れ出る蜜をかきだすような動きで、ダフネの中を引っかいた。

「ぁ、ぁ……ああっ、……クラ……！　っぁ」

指の動きに合わせてじゅぶ、くちゅ、と卑猥《ひわい》な音が立つ。その音すらも、今のダフネにとっては脳髄《のうずい》を痺《しび》れさせる媚薬《びやく》でしかない。

「ああ、気持ち好《い》いんだね？　でもまだダメだ。もっと欲しがると良い。もっともっとその甘い声を聞かせて」

クライヴの親指が、蜜口の上に隠れる真珠を見つけ出して転がした。

「ひ、ぁあっ」

一番敏感な場所を攻められ、ダフネは腰を浮かせて悲鳴を上げた。

クライヴはその腰を片手で引き戻しながら、くつくつと喉を震わせる。

「ああ、ダフは本当にここが好きだね。こうして指でくるくると弄《いじ》られるのも好きだが……」

クライヴは言いながら身を屈《かが》め、ダフネの秘所を覗《のぞ》きこんだ。

濡れそぼり、ひくつきながら男の指を咥《くわ》えこんでいるその場所に、クライヴが顔を埋《うず》めるのが分かって、ダフネは羞恥心《しゅうちしん》から抗《あらが》おうとした。だが次の瞬間もたらされた快感に、全ての思考が吹き飛んでしまった。

「……こうして、舌で可愛がられるのが一番好きだからね」

笑《え》みを押し殺すようにそう呟《つぶや》き、クライヴの舌が真珠を上下に嬲《なぶ》り出した。

「あ、あ、ぁああ、あ、……ああ……」

強い快感にびくびくと腰が揺れる。足が反り、小指の先が丸くなって宙をかいた。

目の前が霧《きり》がかかり、何も見えなくなっていく。

クライヴによってギリギリと張り詰められていくのは、ダフネの欲望の琴線《きんせん》。それがふつりと断ち切られる瞬間が、すぐそこまで迫っている。

「達《い》くんだ、ダフ。私のために」

そう命令され、瞬間は訪れた。

クライヴが親指で弄《いじ》られて真っ赤に膨《ふく》れ上がったそれを、吸い上げたのだ。

「あぁあぁっ……‼」

バチン、と目の前で星が飛ぶような感覚がして、ダフネの溜まりに溜まった欲望の熱が一気に弾《はじ》けた。

全身が熱の塊《かたまり》になるほどの刹那《せつな》が過ぎ、ダフネは荒い息を繰り返していた。

身体はぐったりと弛緩《しかん》し、もう指先も動かすことはできない気がした。

クライヴはそんなダフネに優しく口づけ、汗の滲《にじ》んだ額を撫《な》でる。

ダフネがぼんやりとその端整な顔を見つめていると、クライヴが苦笑に顔を歪《ゆが》めて言った。

「すまない、ダフネ。もう耐えられない」

何を謝るのだろう、と定まらない頭で考えていると、不意に足の付け根に熱い昂《たか》ぶりが押し当てられるのが分かった。

――あ……。

それが何かを認識するのと同時に、重い一突きで一気に貫かれた。

「ひぁあああっ!!」

充分に綻《ほころ》んでいたはずの蜜道も、急激な侵入に抵抗をみせた。まるで異物を押し戻そうとする膣肉の蠕動《ぜんどう》に、クライヴが息を詰めて動きを止めた。

「──っは……」

ひくひくと蠢《うごめ》くダフネの膣肉は、クライヴの剛直を押し戻すどころか、まるで欲を搾《しぼ》り取ろうとしているかのようだった。

クライヴはそのままダフネの上に倒れこむように覆《おお》い被《かぶ》さり、ダフネの両脇から腕を潜《くぐ》らせて自分より二回りは小さな身体を抱き締めた。

ふわり、とクライヴの汗の匂いがした。

肌と肌をぴったりと合わせ、自分の隙間《すきま》にクライヴのものを受け止めていると、まるでこうして重なり合っているのが一番自然なことであるかのように思えてくる。

ダフネがクライヴで、クライヴがダフネで。

──ずっとこうしていられればいいのに。

二人がひとつになっていれば、あんな哀《かな》しい誤解をすることはなく、苦しむ必要などなかっただろうに。

「……このまま……」

低く呟《つぶや》かれ、ダフネは訊《たず》ねるように顔を動かした。

ダフネの肩に顔を埋《うず》めていたクライヴが、その動きに合わせてわずかに身動《みじろ》いで、続きを呟《つぶや》いた。

「一生こうしていたい。君と共に。君の中で」

それは自分がたった今感じたことと全く同じだったので、ダフネは思わず噴き出した。

「わたしも。わたしも、あなたとこうしていたい。このまま、ずっと、永遠に。……いっそのこと、溶け合ってひとつになってしまえばいいのに。わたしとあなた、隔てるものなど一切捨てて、ひとつに」

夢見るように囁《ささや》けば、クライヴが溜息を吐《つ》いてキスを落とした。

舌を絡ませ合い、熱い吐息を呑みこんで、ようやく唇を離したクライヴが言った。

「ああ、そうなれたら……だが、そうなってしまえば、私は君にこうしてキスすることができなくなってしまうな」

ああ、それは困る、とダフネは即座に思った。

「あなたにキスできなくなるなんて、考えられないわ」

素直にそう口にすれば、クライヴはそうだろう？　とでも言いたげに眉《まゆ》を上げ、再び飢《う》えた獣のようにダフネの唇を貪《むさぼ》った。

そうしながらゆるゆると腰を動かし、ダフネの中を探索するように屹立《きつりつ》を動かす。ぐるりと回転させると、ぐぷりと蜜が奥から湧《わ》いて滴《したた》った。

口づける互いの息が上がるのを感じながら、ダフネは自分の足をクライヴの腰に巻き付けた。

緩やかな悦《よろこ》び以上のものが欲しくて堪《たま》らなかった。

その催促に、「——ははっ」とクライヴがひとつ笑った。その途端、素早い動きで肉茎が引きずり出され、抜ける寸前で再び勢いよく膣奥まで突き入れられた。

「んはぁっ!!」

子宮口を抉《えぐ》るようなその一撃に、ダフネは全身がビリビリと引き攣《つ》りそうになった。

その電流のような感覚は、痛みのようでもあったが、快楽でもあった。

「ああ、……駄目だ、もう、我慢できないっ……!!」

クライヴが切なげにそう吐き出し、ダフネの腰を両手で掴《つか》んで激しい抽送《ちゅうそう》を始めた。

じゅく、じゅぶ、という淫《みだ》らな水音と、肌と肌がぶつかり合う破裂音が部屋の空気を振動させる。激しい抽送《ちゅうそう》に愛蜜が泡立ち、接合部から垂れ伝う感触がある。

心臓の音がうるさい。

これは自分の音なのか、それともクライヴのものなのか。

それとも、どくどくと脈動しているのは、ダフネの隙間《すきま》を激しく擦《こす》り上げる欲望だろうか。

熱い。

クライヴが重く突き入れるたびに、何かを切望して蠢《うごめ》く、自分の身体が熱い。

クライヴが絡ませる舌の温度が熱い。

呑みこむ唾液が熱い。

荒い呼吸が熱い。

クライヴの、自分を見つめる漆黒《しっこく》の眼差《まなざ》しが、熱い！

「――あああっ!!」

ダフネは歓喜に身を仰《の》け反《ぞ》らせる。

弾《はじ》け飛んでしまいそうだ。

何もかも、この熱に吹き飛ばされて。

みっちりと己を満たしているクライヴの肉棒が、ひときわ質量を増す感覚がした。硬い切っ先が膨《ふく》れ上がり、最奥を穿《うが》つ力に、ダフネは悲鳴を上げた。

「ひ、あ、ぃあっ……、ぁあっ、もっ……クライヴぅ……ん！」

「駄目だ！　まだ、駄目だ、ダフっ……！　いっしょに……っ!!」

「ああ、……いやぁ！　クライヴ！　クライヴ!!」

ダフネは両腕を開いて空に彷徨《さまよ》わせる。

――抱いていて。抱き締めさせて。

クライヴがそんなダフネをかき抱《いだ》くようにしがみ付いた。

「ダフ！　……ぁあっ、もっ……イクぞっ……!!」

ダフネはその首に腕を回し、しっかりと抱き付いた。

「あああぁっ!!」

「……くっ……!!」

ダフネは真っ白になる視界の中、自《みずか》らの中にクライヴの熱い奔流《ほんりゅう》が勢いよく注《そそ》ぎこまれるのを感じていた。

どくどくと自分の中でクライヴが脈打つのは、いつになっても慣れない奇妙な感覚だ。自分の中に、別の生き物が蠢《うごめ》いているような感覚。

それでも、今日ほどその感触を嬉しいと感じたことはなかった。自《みずか》らも快感の靄《もや》の中で揺蕩《たゆた》いながら、ダフネは自分に被《かぶ》さるクライヴの身体が、余韻《よいん》に浸《ひた》り、ゆっくりと解《ほど》けていくのを感じた。

徐々に重みを増していくその硬い肉体が愛《いと》しい。自分に委《ゆだ》ねられたその無防備な裸体を、ただ守りたいと思った。自分よりも二回りも大きい体躯《たいく》の男性を、『守りたい』などと、人に聞かれたら笑われそうだけれど、でも本当にそう思うのだから仕方がない。

ダフネは汗の滲《にじ》んだクライヴの逞《たくま》しい背を優しく撫《な》でながら、その肩口にそっと口づける。

「ダフ……」

クライヴが甘えるように名を呼んだから、余計にその庇護欲《ひごよく》が膨《ふく》れ上がる。

ダフネはちゅ、ちゅ、と小さな音を立てながら、クライヴの肩に、首にと、啄《ついば》むようなキスをしていく。

「……ダフ？」

ダフネの行動に戸惑ったのか、クライヴがダフネの顔の横に両肘をついて、顔を覗《のぞ》きこんできた。

クライヴが自分を見ている。それだけでどうしようもなく嬉しくて、その端整な顔を両手で包みこんで、ダフネは微笑《ほほえ》んだ。

「すき。すきよ、クライヴ。だいすき。愛してるの。本当に、本当に愛してる……」

言っても言っても足りない気がした。ずっとずっと、言ってはいけないと自分に戒《いまし》めてきた言葉だったから。

するとクライヴは目を瞠《みは》って、それからカッと顔を赤らめた。

その表情が堪《たま》らなく可愛く見えて、ダフネは思わずまじまじと見つめてしまった。

「……っ、見るなっ」

クライヴが焦《あせ》ったように顔を背《そむ》けようとしたので、ダフネは慌てて頬を包んでいた手に力をこめた。

「いやっ、ちゃんとこっちを見ていて！」

いつも冷静沈着で無表情でいることの多いクライヴが、珍しく見せたその感情の発露《はつろ》をもっと見ていたかった。だがクライヴは片手でダフネの両目を覆《おお》ってしまう。

「イヤだ……！」

「見せて、クライヴ。あなたのどんな表情も見ていたいのに！」

「駄目だ！　こんな……情けない顔なんか！」

唸《うな》るような言葉に、ダフネは驚いた。

「どうして？　情けなくなんかないわ！」

「情けないだろう！　ただでさえ私は君よりも三歳も年下なのに！」

まるで子供のような台詞《セリフ》に、ダフネは目隠しされたまま呆気にとられた。

「わたしが年上だからいけないの？」

「違う！　私は君を守りたいんだ！　君に頼られる男でありたい。それなのに、君はいつも冷静で正しい『王太子妃』で、私をすり抜けて先へ行ってしまう。君を捕まえて私の腕の中で守るために、私はずっと努力してきた。『賢妃ダフネ・エリザベス』以上に賢く、冷静に、正しくあろうと。狼狽《ろうばい》など見せたくないんだ！」

見えない視界の向こうで叫ぶクライヴが、どんな顔をしているか、何故かダフネには分かってしまった。子供の頃、ダフネにだけ見せた、あの甘えん坊な少年の顔。

——ああ、もう本当に。

ダフネは笑った。嬉しくて、泣きたくて、でもどうしようもなく愛《いと》しくて。

眦《まなじり》が熱くて溶けそうだ。溢《あふ》れ出る涙は、もう苦くはない。

掌《てのひら》に滲《にじ》む涙の感触に、クライヴが驚いて目隠しを離した。

「——っ、ダフ!?」

止めどなく涙を流すダフネに、クライヴが蒼褪《あおざ》めた。

「すまない！　目隠しがそんなに嫌だったか!?」

狼狽《うろた》えるあまり、ダフネの上から身体をどかそうとするクライヴに、ダフネは両腕を差し出すように広げた。

「違う、違うの。同じよ。わたしも、あなたと同じなの。わたしが冷静で正しくあろうとしてきたのは、それがあなたの傍《そば》にいられる唯一の方法だと思ったから。あなたの傍《そば》で、あなたを支え、守りたかった。愛していたから、あなたの傍《そば》にいるために、わたしは『王太子妃』になったのよ」

クライヴの逞《たくま》しい首に両腕をかけて、ダフネは泣きながら笑った。クライヴは呆然とダフネを見下ろしていたが、やがてぽつりと呟《つぶや》いた。

「君は『王太子妃』でありたいのかと思っていた……いや、そうあるべきだと思っているのかと……」

ダフネは噴き出した。こんな所にもまだ誤解が残っていただなんて！

「『王太子妃』なんか、あなたの傍《そば》にいられないなら、すぐにでも捨ててしまったわ！」

クライヴはまだ呆然としたまま、それでもそっとダフネの瞼《まぶた》に口づけた。涙を吸い取るようなその優しい唇に、ダフネはうっとりと身を任せる。

「私達は……本当にいろいろと時間を無駄にしてきてしまったのだな……」

しみじみと言ったクライヴに、ダフネは笑った。

「本当に……もうこれ以上、一秒だって無駄にしたくないわ」

「無駄になどするものか」

クライヴは呻《うめ》くように言って、ダフネを抱《かか》えたまま身を起こし、ベッドの上で胡坐《あぐら》をかいた。

「きゃ……ぁ、ん！」

クライヴと繋がったままだったダフネは、身を立てられる体勢になったことで、自分の中にいるクライヴが、再び力を持ち直し始めていることに気が付いた。

そのままゆるゆると腰を揺らされ、ダフネはクライヴの首に縋《すが》った。

「ぁ、や、またっ……！」

「無駄にしないと言っただろう」

「ばかぁっ」

耳元で囁《ささや》かれた台詞《セリフ》に、ダフネが半分鼻に抜けた甘い声で詰め寄れば、クライヴが喉の奥で笑った。

ずん、ともはや完全に勃《た》ち上がった怒張《どちょう》に奥を抉《えぐ》られ、ダフネは甲高《かんだか》く啼《な》く。

「はぁんっ」

クライヴがダフネの唇を食べるように塞《ふさ》ぎ、舌を絡ませる。ぬるぬると舌を擦《こす》り合わせる心地好さを陶然《とうぜん》と味わいながら、自分の背中や腰をなぞるように擦《さす》るクライヴの手に自分の手を重ねる。クライヴは絡められたダフネの指を、自分の指で挟《はさ》むようにぎゅっと握った後、柳腰《やなぎごし》を掴《つか》んでリズムを刻《きざ》んだ。

「あ、あ、ぁ、ぃ、あんっ」

掴《つか》まれた腰を上下させれば、そのリズムに合わせてクライヴが腰を突き上げる。硬い亀頭がダフネの蜜壺を行き来すると、先ほど放《はな》たれたクライヴの精がかき混ぜられ、くちゃくちゃという泡立った粘着質な水音が立った。

中にいるクライヴが動き粘膜が擦《こす》れるたび、下腹部に痺《しび》れるような快感が溜まってぃく。それは腫《は》れ物が膿《う》んで熱を持っていく感覚にも似ていた。じくじくと痛み、どんどんと腫《は》れ上がって、やがて弾《はじ》ける——その瞬間を求めて、自分の中がきゅんと締まるのが分かった。

クライヴがその瞬間「くっ」と息を詰めて、ダフネの腰から手を離した。

いきなり手を離され、困惑して目を開ければ、クライヴの切なげに上気した顔があった。目が合うと、クライヴは漆黒《しっこく》の瞳をとろりと溶かして笑った。少し意地悪そうなその笑《え》みにダフネは胸がきゅ、と疼《うず》いた。

「ホラ、もう分かっただろう？　自分で動いて」

意地悪そうに笑った理由が分かり、ダフネは眉《まゆ》を下げた。動け、と言われても、クライヴに誘導されて無意識にやっていたのだし、何より恥ずかしい。

けれども膨《ふく》れ上がった快楽の予兆が消えてしまうのを恐れて、ダフネは半分泣きそうになりながらクライヴに縋《すが》る。

「やぁっ……クライヴ、お願い……」

意地悪く笑うその顔を両手で引き寄せ、強請《ねだ》るようにキスをする。ちゅ、と音を立てて形の良い唇を吸えば、すぐさま舌が伸びてきてダフネの口内を蹂躙《じゅうりん》した。

「ん、ぅ、ふぅんっ、ぁ、ねぇ、おねが……」

キスの合間に強請《ねだ》るも、クライヴは笑うだけで動いてくれない。それどころか、両手をダフネの胸に伸ばし、その頂《いただき》を弄《いじ》り始める。

「ぁ、ああ、ひぁ、や、だめっ……」

そんなことをされれば、疼《うず》きが高まるばかりで余計に苦しくなる。ダフネが身を捩《よじ》って逃《のが》れようとすると、ずん、と腰を突き上げられてその場に縫《ぬ》い止められる。

「ひぁあんっ、あ、ぁあっ、も、おねがっ……」

最奥を強く穿《うが》たれ、目から火花が出るような快感に、ダフネが懇願《こんがん》する。

「自分の好《い》い所を探すように動けばいいんだ。さっきは自然にやっていただろう？」

ゆさゆさと膝の上で揺すられ、ダフネは緩やかな快楽に喘《あえ》ぎながら、それでも到達できない場所を求めて涙を流す。

「クライヴ……クライヴぅ……」

「泣いてもダメだよ、ダフネ。さぁ、動きなさい」

キスには応《こた》えてくれるのに、クライヴは一番欲しいその快楽を自分で引き出せと突き離す。優しい命令に、ダフネは欲しいあまりに戦慄《わなな》く下肢に力を入れて、腰を動かした。

「あっ、は、ぁあっ」

最初はもたついた頼りない動きだったけれど、それでも自分の欲しかった場所への快感に、何かが背筋をびりびりと走り抜けた。

「そう、上手だ」

クライヴが歌うように言って、徐々にリズムを取り戻すダフネを褒める。

「あっ、あ、あは、んっ、あっ……」

「ああ、すごい、ダフ……！　蕩《とろ》けそうだ……」

クライヴが酷《ひど》く切なげに呻《うめ》いて、ダフネの胸の頂《いただき》に吸い付いた。赤子のようにちゅくちゅくと吸われ、歯で甘噛みされると、頭の奥がじんと痺《しび》れた。更にもう片方の頂《いただき》を指で捏《こ》ね回され、ダフネは背を反らして啼《な》いた。

「ああぁっ、だめ、も、クライヴ、クライヴ！」

愉悦《ゆえつ》が弾《はじ》けるのを求めて、ダフネの子宮がぐうっと押し下がる。その動きに合わせるように膣道が引き絞《しぼ》られるのが分かった。

「っく、ああ、もうっ」

観念するような唸《うな》り声を上げると、クライヴはダフネを抱き締め、猛然と腰を突き上げ出した。

「ああ、あ、あ、あ、ああ」

ガツガツと最奥を抉《えぐ》られ、いくつもの小さな花火がダフネの身体に咲いた。その火種で着火した快楽の導火線《どうかせん》は、あらゆる場所からダフネの中心に向かって燃え伝っていく。

「おいで！　ダフ、一緒に……っ！」

耳元に落とされた切羽詰《せっぱつ》まった囁《ささや》きを合図に、ダフネは内に溜まった熱を一気に解放する。

「ああああっ」

「っ、はっ……‼」

ビクビクと身を仰《の》け反《ぞ》らせて達したダフネをかき抱《いだ》いて、クライヴもまたその熱をダフネの中に注《そそ》ぎこむ。ドクン、ドクンとクライヴが中で脈打つ感触に、ダフネはどうしようもなく幸せを感じて、泣いた。その涙を舐《な》め取ったクライヴもまた、泣いていた。

二人は向かい合わせに抱き合ったまま、どちらからともなく唇を合わせた。

全てが愛《いと》しかった。その肌、その汗、その身の震え——吐き出される吐息ですら、空気に溶けていくのが惜しいほど。

激しく打つ相手の心臓の音を己の肌で感じ合いながら、愉悦《ゆえつ》の余韻《よいん》が消えてもまだ、抱き合ったままでいた。


王太子クライヴ・ナサニエルは冷静沈着で知られていた。

何事にも動じず表情をあまり変えない、鉄壁の自制心を持った男。

だがだからこそ、ふとした折に見せる微笑が、国民の心を掴《つか》んでいるとも言われている。

そんな冷静な王太子が、血相《けっそう》を変えて王宮の廊下を駆けていた。

あの王太子が、顔色を真っ青にして、しかも廊下を全力疾走している姿に、メイドをはじめ行き合った執政官なども仰天《ぎょうてん》してその姿を目で追った。

そして皆が不安に陥《おちい》って囁《ささや》き合った。

「王太子妃様に、何があったんだろう!?」

王太子が顔色を変えるのは、唯一、愛してやまない王太子妃ダフネ・エリザベスに何かあった時だと、皆知っているからである。

賢妃と称《たた》えられるダフネ・エリザベスは、身分の隔てなく慈愛《じあい》に溢《あふ》れた人柄で、国民の尊敬と信頼を受ける素晴らしい王太子妃である。唯一惜しむらくは、結婚して三年、未《いま》だ王太子との間に子がないことであろうか。

ややもすれば、王太子よりも国民の方が熱心に祈っているかもしれない。

プリンセス・ダフネに、子宝を、と。


「ダフネ!!」

クライヴはノックもせずに、寝室のドアを蹴破《けやぶ》らんばかりに開け放《はな》った。

夫婦の寝台の傍《そば》には、王家のお抱《かか》え薬師シミオン・チャーチと、その義娘にしてウェスター公爵夫人マグノリアが立っており、ギョッとしたように振り返った。

だがクライヴにとって彼らなどどうでも良かった。

彼の関心は、いつだってただ一人、愛《いと》しい赤毛の妻だけに向けられている。

その愛《いと》しい妻は、大きな寝台に身を横たわらせ、翡翠《ひすい》の瞳を大きく見開いてこちらを見ていた。心なしか顔色が青白い。

クライヴは一秒も惜しいとばかりに妻のもとに駆け寄り、薬師を押し退《の》けてその白い手を握った。

「倒れたと聞いたぞ!! どうしたんだ? 具合が悪いなら、どうして出かけたりするんだ! 孤児院の視察などいつだってできるだろう。ああ、こんなに顔色が悪い! 大丈夫なのか。どこが悪いんだ!?」

普段は寡黙《かもく》なこの王太子は、こと、妻のこととなると人が変わったように饒舌《じょうぜつ》になる。

シミオンとマグノリアは呆れたように顔を見合わせ、ダフネは夫のあまりの取り乱しようにうっすらと顔を赤らめた。

「もう。少し貧血気味なだけです。大袈裟《おおげさ》だわ」

困ったように言うダフネに、クライヴは憤慨《ふんがい》した。

「大袈裟《おおげさ》だと!?　何を言うんだ。君にもしものことがあったら、私は生きていけないのだと何度言えば分かるんだ!!　もっと自分を……」

「あー、すまん。惚気《のろけ》はいいんだが、ちょっと聞いてくださいよ、殿下」

コホン、と咳払いで横槍《よこやり》を入れたのはシミオンだった。

豊かな白金髪《プラチナブロンド》を後ろでひとつに束ね、薬師らしいゆったりとしたローブに身を包んだその姿は、今は男性である。

もう四十を過ぎているはずのこの薬師は、一体どんな秘術を使っているのか、どう見ても二十代にしか見えない外見を保《たも》っている。

気心が知れているからと言って、自分の妻に他の男が寄り添っていたことに不満を抱《いだ》く心の狭い王太子は、ギロリと鋭い目を薬師に向けた。

「何だ」

「オイオイ。薬師にまで嫉妬《しっと》するのは勘弁してくださいよ、全く……」

「うるさい。早く用件を言え」

「ホント、この双子はこんな所ばっかりそっくりで嫌になるわ……」

「斬《き》られたいのか」

「あーもー！　殿下、おめでとうございます。王太子妃様、ご懐妊《かいにん》されました」

シミオンが自棄《やけ》くそぎみに発した言葉の内容に、クライヴは一瞬言葉を失った。

「――何だと？」

「ご懐妊《かいにん》ですよ、殿下。プリンセス・ダフネに、お子様が」

「ダフネ!!」

シミオンの言葉が終わらない内に、クライヴはダフネを抱き締めていた。

華奢《きゃしゃ》な妻は急に引き寄せられて「きゃ」と悲鳴を上げたが、抗《あらが》わなかった。代わりにクライヴの乱暴な所業を諫《いさ》めたのは、義姉であるマグノリアだった。

腰に手を当てて仁王立《におうだ》ちし、美しい顔を怒りに歪《ゆが》めて叫ぶ。

「殿下！　話を聞いていらしたのですか!?　プリンセスのお腹には、赤ちゃんがいるのですよ！　そんな乱暴に抱き締めたりしたら駄目でしょう!!」

言われて初めて思い至ったのか、クライヴはハッとして腕の中の妻の様子を確かめた。

「すまん！　大丈夫か、ダフネ」

ダフネはクスクスと笑いながら、クライヴの頬を両手で包んだ。

「大丈夫よ。その程度でどうにかなったりしないから」

「そ、そうか……」

夫の男らしい骨格を掌《てのひら》に感じ、ダフネはうっとりと翡翠《ひすい》の双眸《そうぼう》を細めた。

こちらを見つめるクライヴの表情には、驚きと興奮、そして歓喜がハッキリと見て取れた。この身の内に宿《やど》った新しい命を心から喜んでくれているのが分かって、蕩《とろ》けるような幸福がダフネを包んだ。

「ねぇ、幸せ？」

ダフネは訊《たず》ねた。

わたしは、幸せよ。

こんなにも、あなたを愛することが幸せだなんて、あの頃はきっと信じられなかっただろうけど。

あなたが笑うだけでいいと思っていた。

でも、今、あなたの傍《そば》で、わたしも共に。

この先も、ずっと――


王太子クライヴ・ナサニエルはこの五年後、先王の跡を継《つ》ぎ即位。

その唯一の妃《きさき》にして正妃であるダフネ・エリザベスは王妃となった。

この王と王妃は、兄である公爵と共によく国を治め、後に賢王、賢妃として、後世まで語り継《つ》がれることになるのである。

書き下ろし番外編

王妃の微睡《まどろ》み

艶《つや》やかな黒髪の少年が、すんなりと伸びた手足を規則正しく振って先を歩く。

まだ線が細いその後ろ姿を、ダフネは懸命に追いかけていた。

『クライヴ！』

待ってほしいのに、ダフネの声が聞こえないのか、クライヴは振り返ることなく先を進む。どんどんその後ろ姿が遠くなっていき、哀《かな》しさと心細さからダフネはもう一度声を張った。

『クライヴ！　待って！』

今まで出したことのないほど大きな声だった。そのおかげか、クライヴがようやくこちらを振り返ってくれた。

——ああ、やっと振り向いてくれた……

そう安堵《あんど》していると、少年だったはずのクライヴの姿は大きくなり、肩幅のしっかりした青年のものに変わってしまった。

黒曜石《こくようせき》のような瞳にあるのは、冷《ひ》え冷《び》えとした色のない感情だった。

『ついてきても無駄だ、ダフネ。私には他に愛する女性がいる』

ナイフで胸を一突きされたかのような衝撃を受け、ダフネはその場に凍《こお》り付いた。

──そうよ。どうして忘れていたの。クライヴが愛しているのは、私ではない。

白金《プラチナ》の髪の女神のような美女。それがクライヴの想い人だ。赤毛の冴《さ》えない自分などではないのに、どうして隣に立てるなどと思ってしまったのか。

一気に胸に膨《ふく》れ上がる哀《かな》しみと、腹の底に渦巻《うずま》く苦しみ。それを感じながらも、ダフネはどこかで呆然と思う。

──どうして、忘れてしまっていたの。こんなにも身近な哀《かな》しみで、苦しみだったはずなのに。

クライヴを愛すると決めた時から、一生抱《かか》えていく感情だと覚悟してきた。

それなのにどうして、今思い出したかのように感じるのか。


「どうして……」

「ダフネ！」

肩を揺さぶられ、ダフネはハッと目を覚ました。

目を開いて飛びこんできたのは、こちらを心配そうに覗《のぞ》きこむクライヴの顔だった。

「クライヴ……？」

ぼんやりとした思考の中で未《いま》だ半分微睡《まどろ》みながら、ダフネは小さく首を傾《かし》げる。

クライヴだ。いまさっきのクライヴよりも、少し年齢を重ねた姿だ。相変わらず端整で表情に乏《とぼ》しい顔だが、以前に比べると最近はよく笑うようになり、笑うと目尻に皺《しわ》ができるようになった。

――それは、あの子達のおかげ……。あの子達は、わたし達の幸福を体現してくれる存在だから……

そこまで考えて、ダフネはようやく自分は夢を見ていたのだと気付いた。

――そうだったわ。わたし、昼食を食べた後、やたらに眠くなってしまって……

午後からの公務がないのをいいことに、午睡《ごすい》してしまったのだった。

未《いま》だぼうっとした表情のダフネに、クライヴは心配げに眉根を寄せた。

「ダフ？　どうした？　気分が悪いのか？」

大きな手でダフネの額の髪を払うように撫《な》でる。その乾いた皮膚の感触を、ダフネはうっとりと目を閉じて味わった。

「夢を……昔の、夢を見ていたのです」

「夢？　悪夢だったのか？　うなされていた」

クライヴの質問に、ダフネはおもむろに瞬《まばた》きをした。

――悪夢？　そうだったかしら？

確かに、哀《かな》しくて苦しい夢だった。だがあれは、過去のダフネが心に抱《いだ》いていた想いだった。クライヴに愛する人がいようとも、どれほど切なく痛かろうと、彼を愛し続けるのだと、そう誓っていた。

もうやめたい、この想いから逃《のが》れたい。何度そう思ったか知れない。だが逃げずに踏みとどまった結果、今この幸せがあるのだ。

愛し、愛されるという喜びの中に。

だからダフネは首を横に振った。

「いいえ。悪夢などではありませんでした。確かに苦しい夢だったけれど、目を覚ませば、今、目の前にあなたがいてくれる。それを知っているから」

過去は悪夢などではない。幸せへの通り道だっただけなのだ。

そう微笑《ほほえ》めば、クライヴは眩《まぶ》しそうにわずかに目を細める。

「君は……どんどん綺麗《きれい》になっていくんだな」

真顔でそんなことを言われ、ダフネは目をパチクリとさせた。そして年甲斐《としがい》もなく少女のようにカァッと頬を熱くした。

「な、なにを……！」

だがクライヴは至極真面目な顔のまま、ダフネの両頬を包みこみながら、どこか崇拝するような眼差《まなざ》しで妻を見つめる。

「君の美しさは、年を重ねても色褪《いろあ》せない。それどころか、凛《りん》とした強さが加わって、日々しなやかに色を増す。私が君に相応《ふさわ》しい男になるために毎日研鑽《けんさん》を重ねても、君はその先へ先へと行ってしまう。追いかけるのがどれほど大変か、君は知らないんだ」

「まぁ、クライヴ……。それは、わたしの方こそよ」

父王の跡を継《つ》ぎ、王となったクライヴは、王太子であった頃よりももっと威厳《いげん》を増しただけでなく、丸くなった。これまで冷静沈着、泰然自若《たいぜんじじゃく》を特徴としてきたクライヴだったが、子供を持ったことでそこに柔らかさが加わった。父親としての包容力が備わったということなのだろうが、これまで彼のあまりの冷徹《れいてつ》さに寄ってこなかった女性達が、その柔らかさに群《むら》がり始めているのだ。王という立場である以上、女性が寄ってくるのは仕方ない。クライヴを信じているが、それでも少しヤキモキしてしまうのだ。

そう口を尖《とが》らせて愚痴《ぐち》を零《こぼ》せば、クライヴは弾《はじ》けるように笑い出した。

「ああ、君のそういう所が、本当に！　一体君はいつまで私を悶《もだ》えさせる気だ！」

「そんなつもりはありません！　本気で思ってるのに！」

「ばかだな、私が正妃以外娶《めと》らないと宣言しているのは人口に膾炙《かいしゃ》するところだし、正妃である君には既に二人の王子がいる。こんな状況で、誰が私に側妃を勧められる？　そんなことをすれば、私の不興を買うのは目に見えているというのに」

何を想像しているのか――正確には、どの貴族を想定しているのか――クライヴが酷《こく》薄《はく》そうな笑いを吐き出す。

二人の間には現在七歳と五歳になる王子が誕生している。そのため世継《よつ》ぎの憂慮《ゆうりょ》がなくなったダフネの正妃としての地位は、安泰と言える。

「でも、それだけではないのはわたしも分かっているもの……」

王の側妃の地位が空《あ》いているこの状況は、権力を欲する貴族達にとって、諦められぬ夢を鼻先にぶら下げられたままのようなものなのだ。

今は正妃を溺愛する王だが、男の寵愛《ちょうあい》などすぐに移ろうものだ、と考える貴族は多い。

実際、王家主催の晩餐会《ばんさんかい》などで、娘達をクライヴに宛《あて》がおうと必死に工作する貴族の姿を何度も目の当《ま》たりにした。その度、クライヴから絶対零度の対応を受け、返り討《う》ちにされていたが……

——わたし、ずいぶんと我儘《わがまま》になっているのね。

先程見た過去の夢を思い返し、ダフネは自嘲気味《じちょうぎみ》に笑った。

あの頃は、こんな情けない不安をクライヴに向かって言うなど、想像もつかなかった。

当人相手に愚痴《ぐち》を言えるのは、クライヴと思い合っているという自信がある故《ゆえ》だ。

——嫌な女ね、わたし。

王の側妃に、と願う全ての女性達にしてみれば、自分は高慢で鼻持ちならない女だろう。だがそんな自分を嫌いだとは思えない。クライヴとの絆《きずな》を作り上げることができたのは、あの切なさと苦しさを乗り越えたからこそなのだ。

そう思い、満足感にもう一度小さく息を吐《つ》けば、それを溜息と勘違いしたのか、クライヴが困ったように言った。

「そんなに不安なのか？」

「え？　あ、そうでは——」

なくて、と答えようとしたダフネは、夫のニヤリとした微笑《ほほえ》みに言葉を詰まらせた。

「では、安心材料をもう一人こしらえることにしよう」

「あ、安心材料って……！」

ベッドに横になったまま話をしていたダフネに、クライヴはのしり、と大きな体躯《たいく》で覆《おお》い被《かぶ》さった。彼は自分の衿元《えりもと》に指を入れクラヴァットを緩《ゆる》めながら、嬉しそうに口の端を上げる。

「最近はアーデンとの貿易の件で忙しく、なかなか君に触れられなかったからな」

東の新興国アーデンが我が国との貿易を求めて来たことで、ここ数ヶ月クライヴは多忙となった。アーデンは王を倒し共和制を取った国であり、王制を維持している我が国にしてみれば、扱いに繊細さが求められる案件だ。父も周辺諸国や国内貴族達への根回しに奔走《ほんそう》しているのを知っているし、クライヴが夜遅くなっても執務室から戻ってこない理由も理解している。本来ならばダフネも共にその一端を担《にな》うべきなのだが、実は現在ちょっとした問題があってそれを熟《こな》せないでいる。

それは、つい先刻王妃専属薬師であるマグノリアによって診断されたばかりで、クライヴにはまだ伝えていなかった。先に言えば良かったと、今更ながら焦《あせ》りつつ、ダフネは懸命に夫の厚い胸を押した。

「ちょ、ちょっと待って、クライヴ……！」

頬を染めながら頼りない力で抗《あらが》おうとする妻に、夫はと言えば、やたらとうっとりとした眼差《まなざ》しを返すばかりだ。

「待てない」

「ええっ、ちょ……んむっ」

　圧《の》し掛かられ、唇で強引に口を塞《ふさ》がれてダフネは目を白黒とさせた。

　クライヴはさすがというか、荒々しいながらもダフネの急所を的確に突くように、口内を蹂躙《じゅうりん》する。舌先で弱い所を擽《くすぐ》られ、更には耳朶《じだ》を優しく指で撫《な》でられ、ゾクゾクとした甘い慄《おのの》きが背筋を走るのを感じて、ダフネは狼狽《ろうばい》した。

　――あ、ダメ……。このままじゃ……

　クライヴの巧《たく》みさに流されてしまう、と思った時、バァンと音を立てて王妃の寝室の扉が開かれた。

「母上様！　お加減はいかがですか？」

「お母さま！　ぼく、お馬に乗って障害物を跳び越せたんだよ！」

　そのけたたましい声に、クライヴが唇を外し、へなへなとダフネの顔の横に頭を埋《うず》めた。飛びこんできたのは、二人の愛らしい王子達だった。

　上の王子は、黒髪に緑の瞳で、きりりと涼《すず》しげな目元が父王そっくりだ。普段はしっかり者の王太子であるが、母妃にのみ甘えたになるところまで似ていたりする。

　下の王子は、赤毛で白い肌にそばかすが浮いていて、母妃というよりは、外祖父である宰相《さいしょう》ウォルフレッド・チャールズ・オルトナーに瓜二つだともっぱらの評判だ。

「あっ！　お父さまだ！　お父さまー！」

「父上様？　どうしてここにおられるのですか？　ご政務は？」

「フレドリック、キャメロン、お前達、お母様の部屋に許可なく入ってはいけないと教えただろう」

父の威厳《いげん》を保つ為か、クライヴは衣服をさり気《げ》なく正しながら、ベッドを下りて飛びこんでくる子供達を抱き上げた。

難を逃《のが》れたと内心安堵《あんど》しつつ、ダフネもまたゆっくりとベッドから身を起こし、微笑《ほほえ》んだ。

クライヴが我が子達を抱いている姿を見ると、いつも胸が温かくなる。

泉のように胸を満たす、この感覚が幸福というものだと、ダフネはもう知っている。

「だって父上様。母上様は少しお休みしなくてはならないけれど、起きられたらお会いしても良いって、マギーが言っていたんです」

唇を尖《とが》らせて弁解する長男の言葉に、クライヴは驚いた顔でこちらを振り返った。

「なに？　ダフ、具合が悪いのか⁉」

抱いていた息子二人を下ろしてからダフネの手を両手で取り、握る。その大きな手にこめられた力によって、ダフネの中に幸福がまたひたひたと満ちていく。

微笑《ほほえ》みを深めて、ダフネはそっと首を振った。

「いいえ。具合が悪いわけではありません。先程薬師に確かめましたところ、陛下。三人目の御子を宿《やど》しましてございます」

これは王妃としての台詞《セリフ》。だが、心からの喜びと誇りをこめて、そう伝えた。

目の前の漆黒《しっこく》の瞳が歓喜に煌《きら》めくのをうっとりと見詰めながら、ダフネは愛する人にそっと口づける。

「ありがとう、クライヴ。わたしを、こんなにも幸福にしてくれて」

「――それは、私の台詞《セリフ》だ、ダフ……。私の幸福の全ては、君だ。君がいてくれるから、私は生きている」

互いの存在と幸福を確かめるように、二人はその身をそっと抱き締め合った。

この先に続く未来に、光が満ちていることを確信しながら。

〜大人のための恋愛小説レーベル〜

ETERNITY
エタニティブックス

ETERNITY Rouge
エタニティブックス・赤

口づけのたびに秘密が増えていく

キスの格言

春日部《かすかべ》こみと

装丁イラスト／gamu

ひょんなことからイケメン実業家と知り合ったジュエリーデザイナーの愛理。後日、大きな仕事が舞い込み意気揚々と職場に出向くと、そこにいたのは件のイケメン実業家！　彼は愛理のキスと引き換えに、ビジネスチャンスをあげると持ちかけてきて——様々な思惑が錯綜するドラマティックラブストーリー！

四六判　定価：本体1200円+税

※エタニティブックスは大人の女性のための恋愛小説レーベルです。ロゴマークの色で性描写の有無を判断することができます（赤・一定以上の性描写あり、ロゼ・性描写あり、白・性描写なし）。

詳しくはアルファポリスにてご確認下さい

http://www.alphapolis.co.jp/

携帯サイトはこちらから！

NB ノーチェ文庫

花嫁に忍び寄る快楽の牙!?

黒狼《こくろう》侯爵《こうしゃく》の蜜なる鳥籠

神矢千璃《かみやせんり》　イラスト：SHABON

価格：本体 640 円+税

継母に疎まれ、家を出て教会で暮らすブルーベル。そんな彼女のもとに、冷血で残忍と噂の黒狼侯爵との縁談話が舞いこんだ！　初恋の人に愛を誓った彼女は、縁談を断るため侯爵家に向かったのだが……侯爵から強引に結婚を迫られ、さらには甘い快楽まで教えこまれて——？

詳しくは公式サイトにてご確認ください

http://www.noche-books.com/

携帯サイトはこちらから！

本書は、2014年4月当社より単行本として刊行されたものに書き下ろしを加えて文庫化したものです。

ノーチェ文庫

ダフネ

春日部《かすかべ》こみと

2016年11月 4日初版発行

文庫編集－河原風花・宮田可南子
編集長－塙綾子
発行者－梶本雄介
発行所－株式会社アルファポリス
〒150-6005 東京都渋谷区恵比寿4-20-3 恵比寿ｶﾞｰﾃﾞﾝﾌﾟﾚｲｽﾀﾜｰ5階
TEL 03-6277-1601（営業） 03-6277-1602（編集）
URL http://www.alphapolis.co.jp/
発売元－株式会社星雲社
〒112-0005 東京都文京区水道1-3-30
TEL 03-3868-3275
装丁・本文イラスト－園見亜季
装丁デザイン－AFTERGLOW
（レーベルフォーマットデザイン－ansyyqdesign）
印刷－大日本印刷株式会社

価格はカバーに表示されてあります。
落丁乱丁の場合はアルファポリスまでご連絡ください。
送料は小社負担でお取り替えします。

ISBN978-4-434-22419-5 C0193